내 인생이 성공이란 자서전을 쓴다

부자 철학

'돈'은 성공의 상징이다

어떤 사람들은

"당신은 돈에 관한 책을 쓰는 목적이 무엇인가요? 왜 부(富)를 돈으로 측정하는 것이지요?"

라고 물을지도 모른다.

또 다른 사람들은 돈보다 더욱 바람직한 부의 형태가 있다고 믿을지도 모른다.

실제로 돈으로 측정할 수 없는 부가 있는 것은 사실이다. 하지만 수백만 명의 많은 사람들은

"나에게 필요한 돈을 주세요. 그럼 나는 내가 원하는 모든 것을 얻을 수 있어요."

내가 이 책에서 어떻게 해야 돈을 벌 수 있는 지에 대해 쓴 이유도 많은 남성과 여성들이 가난의 두려움으로 무기력해져 있기 때문이다.

돈은 단지 조개껍질이나 둥근 금속, 종이 조각에 불과하다. 돈을 주고도 살 수 없는, 인간에게는 매우 소중한 영혼과 마음이 있긴 하지만, 대부분의 실패한 사람들은 자신의 영혼을 간직할 만한 능력을 제대로 갖고 있지 못하다.

완전히 몰락한 남자가 일자리를 구하기 위해 헤매고 다녔지만, 모든 것이 허사였다. 간혹 직원을 구하는 곳이 있긴 했지만, 월급이 거의 없거나 거리에서 쓸모 없는 잡화를 파는 일뿐이었다. 그래서 그는 다시 거리를 헤맸고, 사치품들이 즐비한 쇼윈도를 들여다보며 열등감을 느꼈다.

또다시 그는 어쩔 수 없이 거리의 이곳저곳을 방황하기만 할 뿐, 아무런 목적이 없는 그의 행동이 자신을 더 큰 구렁텅이로 내몰고 있다는 사실을 깨닫지 못했다.

만일 그런 그가 직업을 갖게 되면 옷을 잘 차려 입고 출근을 하게 될 것이다. 하지만 옷 따위는 그의 열등감을 결코 감춰줄 수 없는 겉치레에 불과할 뿐이다.

그는 거리를 거닐면서 많은 사람들을 보았고, 분주히 활보하는 그들의 활기찬 모습을 진심으로 부러웠다. 그들은 자신의 초라한 모습과 달리 독립심, 자기 존중, 인간미를 가지고 있는 것처럼 느껴졌기 때문이다.

이런 그가 나중에는 직업을 갖게 되었지만, 그는 여전히 자신이 훌륭하지 않다고 생각하고 있었다. 왜냐하면 그에게는 돈이 별로 없기 때문이다. 즉, 그를 달라지게 만드는 요소는 오직 돈의 힘인 것이다.

나폴레온 힐 씀

the law of SUCCESS

부자가 되고 싶다면 생각을 바꿔라

▶ 당신의 성공을 위한 조언

1. 당신을 성공으로 이끄는 원동력은 당신 마음속에 잠재되어 있는 힘이다.

2. 당신이 돈 없고 초라한 사람일지라도 불같은 욕망이 있는 한 기회는 반드시 찾아온다.

3. 대부분의 사람들은 성공이 자신의 손아귀에 쥐어지기 직전에 포기하고 만다.

4. 목적은 크든 작든 성공에 대한 시금석이다. 자기 일의 중요성에 대해 생각하는 습관을 길러라. 그럼 불가능해 보이는 일도 성취할 수 있다.

욕망은 성공의 동반자이다.

성공을 원하는가?
그렇다면 이미 개척해 놓은 성공의 길이 아니라
그 누구도 가 본 적이 없는 새로운 길을 찾아야 한다.

_R. 파머스톤

생각이 곧 재산이다. 특히 생각이 부자가 되려는 불타는 욕망과 조화를 이룰 경우, 그것은 정말 커다란 재산이 된다.

일찍이 에드윈 반즈(Edwin Barnes)는 '사람은 누구나 진지하게 생각하면 부자가 될 수 있다'는 사실을 깨달은 사람이다.

이 위대한 발견은 결코 쉽게 얻어진 것이 아니다. 그것은 발명가인 토마스 에디슨(Thomas Edison)과 함께 일하고 싶다는 욕망과 함께 시작되었다.

우리는 먼저, 반즈의 욕망이 무척 명확했다는 점을 알아야 한다. 그의 욕망은 결코 막연하지 않았다. 즉, 그는 명확하게 다른 누구도 아닌 에디슨과 함께 일하고 싶은 강렬한 욕망을 갖고 있었다.

하지만 그는 자신의 욕망을 즉시 행동으로 옮길 수 있는 형편이 아니었다. 그에게는 두 가지 어려움이 있었던 것이다. 먼저, 에디슨을 개인적으로 알지 못했을 뿐 아니라, 에디슨이 거주하고 있는 이스오렌지까지 갈 여비조차 없었다.

이러한 어려움은 욕망을 실현하고자 하는 많은 사람들을 좌절시킨다. 이런 상황에서 그대로 좌절해 버린다면 실패한 인생이 되고 만다. 따라서 이런 어려운 상황에서 제일 중요한 것은 진실된 마음이다.

결국 그는 에디슨의 연구실에 도착했고, 에디슨에게 함께 일하고 싶다고 말했다.

반즈를 처음 만나고 몇 년 뒤 에디슨은 "내 앞에 있던 그는 평범한 사람이었다. 그러나 그의 얼굴에는 굳은 결의가 담겨 있었다. 자신이 얻으려고 하는 것을 반드시 얻고야 말겠다는 결의였다. 사람들을 많이 만나 본 나는 사람이 무언가를 진실로 열망하면, 그것을 얻기 위해 모든 것을 기꺼이 바친다는 사실을 잘 알고 있었다. 그래서 나는 그에게 기회를 주었다. 그가 성공할 때까지 굳센 결의를 가지고 노력할 것이라는 믿음을 알았기 때문이다."라고 당시를 회상했다.

이렇게 반즈는 첫 번째 면담에서 에디슨의 사무실에서 일할 수 있는 기회를 얻었다. 많은 세월이 흘러 겉으로는 에디슨과 함께 일하겠다는 반즈의 목표에는 변함이 없었지만, 반즈의 마음에는 중요한 변화가 일어났다.

심리학자들의 의견에 따르면 사람이 진실로 뭔가를 열망하고 그에 대한 준비가 끝나면, 그 마음 자세가 겉으로 드러난다고 한다.

반즈는 에디슨과 동업을 할 만반의 준비가 되어 있었다. 그리고 그는 "나는 에디슨과 동업을 하기 위해 여기까지 왔다. 한평생 걸린다고 해도 그 목표를 이루고 말 것이다."라고 말했다.

대부분의 사람들은 목표가 뚜렷해야 한다는 점에는 공감한다. 그러나 강박관념에 사로잡히면서까지 그 목적을 고수하려고 하지는 않는다.

아마도 젊은 반즈는 그 당시 그런 점을 깨닫지 못했을 수도 있다. 그러나 그의 강인한 결심과 불타는 욕망은 온갖 반대를 무릅쓰면서도 자신이 바라던 것을 이루는 힘이 되었다.

기회는 생각하지 못했던 곳에서 온다

기회의 문에는
'미시오', '당기시오'라는 글귀가 씌어 있다.
_지그 지글러

기회는 반즈가 기대했던 것과는 다른 방향과 형태로 나타났다. 실제로 기회는 뒤로 돌아오는 교묘한 특징을 가지고 있는 마법과 같은 것이다. 그래서 가끔 불행으로 오인되기도 하기 때문에 많은 사람들이 기회를 바로 인식하기까지 꽤 많은 실패를 반복하게 된다.

에디슨은 당시 '에디슨 축음기'라고 알려진 새로운 기계를 개발했다. 하지만, 그의 세일즈맨들은 그 기계가 인기를 얻지 못할 것이라고 판단해 관심조차 보이지 않았다.

반면 반즈는 '에디슨 축음기'를 팔 수 있으리라 직감했고, 그 사실을 에디슨에게 말했다. 그 즉시 에디슨은 반즈에게 기회를 주었고, 반즈는 매우 성공적으로 기계를 팔았다. 그 결과 반즈는 에디슨으로부터 '에디슨 축음기'를 전 세계에 팔 수 있는 권리를 얻었다. 일종의 동업자가 된 것이다.

그러나 반즈는 더 위대한 일을 해 냈다. 즉, 그는 사람이 진실로 원한다면 부자가 될 수 있다는 사실을 증명해 보였다. 반즈의 강렬한 최초의 욕망이 그에게 얼마나 많은 돈을 벌어주었는지는 알 수 없으나 엄청난 액수였을 것이라 짐작된다. 그러나 돈의 액수는 무의미하다. 그보다는 결코 만질 수 없는 상상이 물질적 보수로 돌아올 수 있음을 증명해 보였다는 데 큰 의미가 있는 것이다.

너무 일찍 체념하거나 포기해서는 안 된다

최후의 승리는 출발점의 빠른 시작이 아니라
결승점에 이르기까지의 끈질긴 노력이다.

_워너메이커

실패의 공통된 원인 가운데 하나는 단 한번의 실수로 모든 것을 간단히 포기해 버리는 그릇된 습관이다.

누구나 한 번쯤은 그런 경험이 있을 것이다.

한 예로 다비의 삼촌은 골드러시 시대에 금광업에 푹 빠져 서부로 떠났다. 인간의 좁은 생각으로 지구상의 금보다 훨씬 더 많은 보물이 묻혀 있다는 사실을 알지 못했던 그는 채광권을 얻어 금을 파내는 작업에 착수했다.

이런 작업에 착수한 몇 주일 뒤 그는 빛나는 황금맥을 발견했으며, 땅 위로 이 황금 광석을 운반할 기계가 필요했다.

다비의 삼촌은 조용히 금맥을 흙으로 위장한 뒤 집으로 되돌아가 친척들과 몇몇 이웃들에게 그의 대성공에 대해 말했고, 그들은 앞다투어 운반 기계를 살 돈을 만들었다.

다비와 삼촌은 다시 금광으로 돌아가 금을 채굴했다. 이런 식이라면 부채를 단번에 청산할 수 있을 만큼의 어마어마한 수익을 올릴 것이 분명했다.

꿈에 부푼 그는 금맥을 따라 아래로 계속 뚫고 내려갔다. 그런데 다비 삼촌의 희망대로 진행되는 듯하던 일이 어그러졌다. 돌연 금맥이 사라져 버린 것이다.

다비의 삼촌은 더 깊이 구멍을 뚫고 내려가 금맥을 다시 찾으려고 애썼지만 허사였다. 마침내 다비의 삼촌과 다비는 단념했고, 기계를 고철상에게 헐값에 넘겼다. 그러고는 기차를 타고 빈털털이 신세로 고향으로 돌아갔다.

고철상 주인은 광산 기사를 불러 그 땅을 조사하도록 했다. 탐사를 마친 기사는,

"그들은 금맥 단층선을 찾아 내지 못했기 때문에 계획에 실패했다."
고 지적했다.

기사의 계산에 따르면 다비의 삼촌이 단념한 곳으로부터 꼭 90센티미터 떨어진 곳에 새로운 금맥이 있다는 것이었다.

결국 고철상 주인은 광산에서 나온 금으로 수백만 달러의 돈을 벌었다. 이는 포기하기 전에 전문가의 조언을 들은 덕분이었다.

▶ 일의 대가가 곧 성공이다.

일의 대가가 곧 성공이다.
일로 하여 사람은 발전하고 부자가 된다.
일은 돈을 저축할 수 있게 하며 행운의 기초이다.
일은 인생을 즐겁고 행복하게 만들어 주는 요소이므로
우리는 일을 사랑해야 한다.
일의 축복과 결과를 기대하는가?
그렇다면 더욱 일하기를 즐겨라.
일을 사랑하면 인생이 즐겁고 가치있게
그리고 풍요롭게 만들 것이다.

성공은 실패 직후에 온다

성공하려면 남의 등을 떠밀지 말고 자기가 뜻한 일에는
한눈팔지 말고 묵묵히 나가야 한다.
이것이 성공이 튀쳐나오는 요술주머니다.
_B. 프랭클린

다비는 그 후 오랫동안 '욕망이 부로 바뀔 수 있다'는 사실을 깨달을 때까지 금광업을 포기한 것에 대해 여러 번 후회했다. 그러나 그 후회는 세일즈맨인 다비를 성공으로 이끄는 원동력이 되었다. 즉, 그는 금에서 90cm 떨어진 지점에서 멈추었기 때문에 거대한 행운을 잃었다는 사실을 늘 명심했다.

"나는 금에서 90cm 떨어진 곳에서 작업을 중단했다. 따라서 나는 내가 보험을 들라고 요청하는 상대가 '노(No)'라고 대답한다고 해서 멈추지는 않을 것이다."

다비는 해마다 생명보험을 백만 달러 넘게 파는 프로 세일즈맨이 되었다. 그것은 금광업의 '중단'에서 배운 '끈기' 덕이었다.

성공에 이르기 위해서는 수많은 좌절과 실패를 겪어야 한다. 그런데 많은 사람들이 좌절과 실패에 맞닥뜨리는 순간 목표를 향한 행동을 멈추어 버리는데, 이것은 기회를 잃는 큰 실수다.

내가 직접 성공한 사람들을 대상으로 연구를 한 결과, 그들의 위대한 성공은 좌절을 극복한 직후에 온다는 것이었다.

실패는 교활하고 예리한 책략가로, 거의 성공에 다다른 사람을 실수하게 함으로써 희열을 느낀다.

알 수 없는 이상한 힘

자신을 과신하지 않는 자는
신을 믿고 있는 자보다 훨씬 현명하다.
_괴테

최근 다비는 하드 녹슨 대학에서 학위를 받았다. 그는 금광업을 통해 '노(No)'가 반드시 '노(No)'만을 의미하는 것은 아니라는 새로운 사실을 깨달았다.

어느 날 오후 그는 많은 흑인 소작농들이 살고 있는 커다란 농장의 주인을 도와 방앗간에서 밀가루를 빻는 일을 하고 있었다.

그때 조용히 문이 열리더니 소작농의 딸인 흑인 소녀가 들어와 문 가까이에 섰다. 그 소녀를 쳐다보던 주인 아저씨는 무뚝뚝하게 "왜 왔지?"라고 물었다.

그러자 소녀는 온순하게 "저, 어머니가 50센트를 좀 주셨으면 하던데요.'라고 대답했다.

아저씨는 "못 줘. 그러니 빨리 집에 가봐."라고 단호하게 거절했다.

소녀는 "네."라고 대답했지만, 전혀 움직일 생각을 하지 않았다.

아저씨는 일에 몰두하느라 그 소녀가 가지 않았다는 사실을 눈치 채지 못했다. 그러나 고개를 들어 여전히 소녀가 서 있는 모습을 보고는 "빨리 집에 돌아가라고 했잖아! 자, 빨리 가! 말 안 들으면 회초리로 때릴 테다."라고 야단쳤다.

그러나 소녀는 "네, 주인님."이라고 대답하고는 조금도 움직이지 않았다.

아저씨는 몽둥이를 집어 들고 화가 난 표정으로 그 소녀를 쳐다봤다. 그 장면에 다비는 숨을 죽였다.

아저씨가 소녀 앞에 다가서자, 그 소녀는 주인의 두 눈을 뚫어지게 쳐다보며 재빨리 한 걸음 앞으로 나섰다. 그러고는 날카로운 목소리로 "우리 엄마는 50센트를 받아야만 해요!"라고 소리쳤다.

아저씨는 그 소녀를 잠시 바라보며 우뚝 멈춰 섰다. 그리고 바닥에 몽둥이를 내려놓더니 주머니에서 50센트를 꺼내 소녀에게 주었다.

그러자 돈을 받은 소녀는 천천히 문을 향해 돌아서면서도 아저씨에게서 눈을 떼지 않았다.

흑인 소녀가 나간 후, 아저씨는 상자 위에 걸터앉아 10분 이상 창밖을 바라보고 있었다. 그는 방금 전에 받은 패배에 대한 충격을 곰곰이 생각하는 듯했다.

다비 또한 생각에 잠겼다. 그것은 흑인 소녀가 백인 어른을 여유롭게 지배한 모습을 본 첫 번째 경험이었다.

그 소녀는 어떻게 그런 일을 했을까? 아저씨가 화를 가라앉히고 양처럼 온순해진 것은 어떤 힘 때문이었을까? 그 소녀에게 어떤 힘이 숨어 있었던 것일까? 이러한 많은 의문이 다비의 마음속에서 샘솟듯 떠올랐지만, 나에게 그 얘기를 들려줄 때까지도 그는 해답을 찾지 못했다.

우연이었을까, 나는 이 유별난 경험에 대한 이야기를 그의 아저씨가 몽둥이를 잡았던 그 방앗간에서 듣게 되었다.

곰팡이 냄새가 나는 문제의 방앗간에서 다비는 그때의 이야기를 되풀이했고, 나에게 그 사실에 대해 어떻게 생각하느냐고 물었다. 그 소녀의 어떤 힘이 몽둥이를 든 아저씨의 마음을 움직였을까?

그 의문에 대한 해답은 이 책에서 찾을 수 있을 것이다. 그리고 그 해답은 당신의 이익을 위한 아주 유익한 힘이 될 것이다.

당신은 첫 단계에서 그 힘을 인식하고, 다음 단계에서 머릿속에 떠올릴 수 있다. 그것은 단순한 생각의 형태로 나타날 수 있으며, 계획이나 목적 속에 자연스럽게 드러날 수도 있다.

반대로, 그것은 지난날의 실패나 절망으로 잃은 모든 것을 다시 되찾을 수 있는 어떤 교훈으로 나타날 수도 있다.

그렇다면 어떻게 절망 속에서 성공의 기회를 잡을 수 있을까? 이 의문에 대한 해답이 이 책에 실려 있다.

▶ 성공으로 가는 길

당신을 성공으로 이끄는 원동력은 바로 당신 마음 속에 잠재해 있는 힘이다. 당신이 지금은 힘이 없고 초라한 모습의 사람일지라도 불같은 욕망을 간직하고 있는 한 기회는 반드시 찾아 올 것이다.

대다수의 사람들은 성공이 자신의 손아귀에 쥐어지기 바로 직전에 포기해 버린다. 이는 목적이 크든 작든 성공에 대한 시금석이다. 자기 일의 중요성에 대해서 생각하는 습관을 길러라. 그러면 불가능하게 보이는 일도 성취할 수 있다.

성공을 자신하는 사람이 성공한다

희망은 살아 숨쉬는 꿈이다.
_아리스토텔레스

'어떻게 절망 속에서 성공의 기회를 잡을 수 있을까?'라는 의문에 대한 해답은 이 책의 각 장에서 찾을 수 있다. 그러나 그 해답은 실제로 예측하기 어려운 인생 문제로 나타나기 때문에 우리는 여러 가지 곤란과 고통에 봉착하게 될 것이다.

모든 성공에서 무엇보다 중요한 것은 '건전한 사고방식'이다. 그래서 이 책에서는 '건전한 사고방식'을 창조하는 방법에 대해 강조하고자 한다.

부가 빨리 축적될 때 놀라운 사실 하나는 부가 모든 불황 속에서도 변함없이 감추어져 있다는 점이다. 즉, 부는 인간의 마음 상태에 따라 확고한 목적과 함께 찾아온다.

모든 사람들이 가지고 있는 가장 큰 약점은 '불가능'이라는 말과 너무 친숙하다는 점이다. 이런 사람들은 아무 소용없는 원칙에 얽매어 있다.

자고로, 성공은 자신이 성공할 수 있다고 생각하는 사람에게만, 실패는 자신이 실패할 것이라고 생각하는 사람에게만 오는 법이다. 이 책의 목적은 실패에서 마음을 돌려 성공을 이루려는 사람들을 돕는 데 있다.

모든 사람들의 또다른 약점은 자기 나름대로의 생각으로 모든 것을 판단하는 습관이다. 이 책을 읽는 사람들은 결핍, 가난, 불행에 뿌리박고 있는 자신의 생각 때문에 부자가 될 수 없었음을 깨닫게 될 것이다.

성공으로 가는 길

돈을 지나치게 많이 갖고 있는 것은
돈을 지나치게 못 가진 것보다 훨씬 괴롭다.
_하이네

성공을 위해서는 다음과 같은 점에 유의해야 한다.

첫째, 꿈을 가져야 한다. 꿈이 없으면 희망도 없고 성공도 없다. 따라서 꿈과 목표를 먼저 결정해야 한다.

둘째, 목표가 설정된 후에는 구체적인 실천계획을 세워야 한다.

셋째, 성공에는 반드시 장애가 따르기 마련이다. 목표에 방해가 되는 요인들을 극복할 수 있는 방법을 찾아내야 한다.

넷째, 신념과 열정을 가져야 한다. '꿈은 반드시 이루어질 것이다.'라는 신념을 갖고 열정을 불태우며 전진해야 한다.

다섯째, 실패를 두려워해서는 안 된다. 모든 성공의 이면에는 실패와 좌절이라는 과정이 있게 마련이다. 따라서 어려운 상황에 놓이더라도 자포자기하지 말고 적극적이며 끈기있게 밀고나가는 용기와 지혜가 필요하다.

여섯째, 자기최면과 잠재의식을 활용한다. 명상을 통한 자기최면과 '나는 반드시 해 내고야 말 것이다.'라는 확신을 잠재의식에 불어넣어 주어라.

일곱째, 최선의 노력을 다한다. 성공을 위해서는 최선의 노력이 필요하다. 감나무 밑에 가서 흔들어야 감이 떨어지는 법이다.

성공형 인간의 일곱가지 조건

성공을 자랑하는 것은 위험하다.
그러나 실패에 함구하는 것은 더 위험하다.
_케네

인간의 삶을 양지와 음지, 두 가지 측면으로 볼 수 있는데, 어떤 사람은 양지 쪽을, 또 어떤 사람은 음지 쪽을 보고 있어서 인생의 종착역이 크게 달라지는 경우를 본다. 성공한 인간이 보는 양지 쪽 측면이란 다음과 같다.

1. 꿈, 이상, 목표–달성하려고 하는 종착역이 없으면 노력의 의미가 없고, 열의가 나지 않는다.
2. 건강–건강은 활동의 원동력이자 행동력의 원천이다. 건강관리란, 그냥 장수하겠다는 막연한 차원을 넘어 활력적이 되기 위함이다.
3. 일에 대한 열의와 사랑–일에 대한 열의와 사랑이 없으면 성과가 오르지 않으며 보람을 느낄 수 없다.
4. 학구열–배워서 발전하겠다는 자세를 갖지 않으면 제자리 걸음으로 끝날 가능성이 많다.
5. 인맥–많은 사람을, 그것도 이질적인 사람을 많이 만나고 경청하는 태도를 기른다.
6. 적극성–불가능을 생각지 말고, 어떻게 하면 가능하게 되는 가를 찾아낸다.
7. 자립성–자기의 실력으로도 전한다. 결과가 좋지 않을 때는 자기의 노력이나 실력이 부족하다고 생각한다.

the law of
SUCCESS

불타는 욕망을 가져야 한다

▶ **당신의 성공을 위한 조언**

1. 원대한 꿈을 가져라. 원하는 것은 실현된다. 하지만 꿈을 갖는 것만으로는 부족하다. 타오르는 욕망이 필요하다.

2. 욕망은 일시적 패배를 물리치고 새로운 승리를 가져 온다. 잿더미 위에 세계에서 제일 큰 백화점을 세운 것도 바로 욕망이었다.

3. 욕망이 부를 향한 힘에 집중된다면 후퇴를 위한 그 어떤 길도 필요 없다. 즉, 부는 확실히 당신의 것이 된다.

4. 이 책에 실린 욕망을 달성하기 위한 6단계는 당신의 욕망을 황금으로 전환시킬 것이다.

후퇴는 전진의 시작이다.

반즈가 화물 열차를 타고 뉴저지 주로 내려가면서 생각한 것은 오직 과거의 일뿐이었다. 그리고 에디슨의 사무실에 도착할 때까지도 그의 마음에는 오직 새로운 일에 대한 기대감에 부풀어 있었다. 그는 어느 순간 자신이 에디슨의 사무실 앞에 도착해 있음을 깨달았다.

반즈는 에디슨이 엄청난 망상에 사로잡혀 있다는 말을 그를 비난하는 사람들로부터 들었지만, 그 불타는 욕망이 그를 위대한 발명왕으로 만들었다는 사실을 잘 알고 있었다.

반즈의 욕망에는 희망이 보이지 않았지만, 모든 것을 초월한 절대적인 힘이 실려 있었다.

몇 년 뒤 반즈는 발명왕을 처음 만났던 그 사무실 앞에 다시 섰다. 그때 그의 욕망은 실현성이 있는 것으로 변해 있었고, 그는 사업상 에디슨의 동업자가 되었다. 비로소 그의 꿈이 실현된 것이었다.

반즈는 한 가지 목표를 세운 뒤 그것에 힘과 노력 등 자신의 전부를 바쳤기 때문에 성공할 수 있었다.

후퇴를 생각하지 말라

고난의 긴 여행을 끝내기 위해서
우리에게 필요한 것은 한 걸음씩 옮기는 행동이다.
그러나 절대로 발걸음을 멈추어서는 안 된다.
_지그 지글러

반즈는 에디슨의 사무실에서 하는 일없이 5년이란 세월을 보냈다. 그는 에디슨 사무실이라는 큰 바퀴에서 하나의 톱니에 불과했지만, 처음부터 자신이 에디슨의 동업자라고 생각했다.

즉, 반즈는 무엇보다 에디슨과 관련된 일을 하길 원했기 때문에 성공할 수 있었던 것이다.

그는 제일 먼저 자신의 목적을 달성하기 위한 계획부터 세웠다. 그리고 모든 수고를 아끼지 않았다. 반즈는 자신의 일생을 모조리 사로잡고 있는 희망이 현실로 이루어질 때까지 결코 욕망을 포기하지 않았다.

반즈는 에디슨을 만나러 갈 때도 '에디슨에게 어떤 일을 달라고 해야지.'라는 생각 대신 '에디슨에게 함께 일하고 싶다고 말해야지.'라는 희망을 생각했다. 그리고 '에디슨이 나를 써 주지 않으면 다른 일을 구하겠다.'는 말은 하지 않았다.

오히려 그는 '이 세상에서 토머스 에디슨과 관련된 것 이외에는 내가 할 일이 없다'고 믿었다. 즉, '미래에 내가 원하는 것을 얻을 수 있을 때까지 피나는 노력을 다하겠다.'고 다짐했던 것이다.

또 반즈는 자신의 후퇴에 대해서는 한 번도 생각하지 않았다. 목표를 완수하든지, 아니면 죽든지 하겠다는 각오가 반즈의 성공 비결인 것이다.

배수진을 쳐라

나의 깊은 관심은 미래에 있다.
그것은 내 삶의 나머지 부분을 미래에서 보내야 하기 때문이다.
_F. 케더링

옛날 어느 위대한 장군이 싸움터에서 결단을 내리지 않으면 안 될 상황에 처했다. 장군은 자기 편 병력보다 훨씬 많은 적과 대적해야 할 상황에 놓이자, 자기 편 병력과 장비를 배에서 내려놓은 뒤 곧바로 배를 불태워 버렸다.

그리고 공격에 앞서 장병들에게 결의를 외쳤다.

"용사들이여! 지금 제군들이 타고 온 배가 불타고 있다. 이제 우리는 이 싸움에서 이기지 않으면 살아서 고국에 돌아갈 수 없다. 우리에게 선택의 여지는 없다. 승리냐 죽음이냐만 있을 뿐이다!"

그 결과 장군은 전쟁에서 승리했다.

어떠한 일을 하던지 그 일에 성공하겠다는 결의를 다졌다면 먼저 후퇴의 뒷길을 끊어버려야 한다. 즉, 배수의 진을 치라는 말이다. 그렇게 해야만 성공을 위해 반드시 필요한 불타는 욕망을 마음속에 간직할 수 있다.

시카고에서 큰 화재가 일어난 날, 아침이었다. 잿더미로 변해 가는 불타는 건물을 바라보던 상인들은 이 고장에 다시 상가를 재건할 것인지, 아니면 좀 더 장래성 있는 다른 고장에 삶의 터전을 옮길 것인지를 놓고 의논했다. 그런데 그들의 의견은 오직 한 사람만 빼고 모두 시카고를 떠나는 것으로 모아졌다.

시카고에 남아 재건을 하자던 그 한 사람은 자신의 상점을 가리키며 "여러분! 나는 앞으로 수십 번의 화재가 더 발생한다고 해도 바로 이 자리에 세계 제일의 상점을 세우고야 말겠습니다!"라고 말했다.

이것이 바로 지금으로부터 1세기 전의 일이다. 그 후 상가는 재건되었고, 오늘날에도 그의 불타오르는 의욕을 상징하는 듯 상점 건물이 기념비처럼 우뚝 서 있다.

이 상인이 다름 아닌 마샬필드다.

마샬필드에게도 다른 고장으로 이전하는 일은 어렵지 않았다. 한편 다른 상인들은 암담하고 장래성이 보이지 않는 시카고를 떠나 좀 더 쉽게 장사가 될 것 같은 고장으로 뿔뿔이 흩어져 갔다.

여기서 우리는 마샬필드와 다른 상인들의 차이점을 파악해야 한다. 왜냐하면 그 차이점이야말로 성공과 실패를 결정하는 분기점이기 때문이다.

돈의 가치를 알만한 나이에 많은 돈을 갖고 싶은 것은 당연하다. 그러나 갖고 싶다는 마음만으로 부자가 될 수는 없다.

부를 획득하기 위해서는 욕망이 신념화되어야 하고, 그것을 획득할 수단을 만든 뒤 집요할 만큼 그 계획에 집착해야 한다. 그리고 '집착하면 실패란 있을 수 없다.'라는 결의를 가지고 전진한다면 반드시 부를 손에 넣을 수 있다.

욕망을 달성하기 위한 6단계

이 세상에서 가장 불행한 사람은
꿈이 없는 사람이다.
_노먼 빈센트 필

부에 대한 욕망을 달성하려면 다음 6단계를 거쳐야 한다.

1. 당신이 원하는 돈 액수를 마음속에 정확히 정해 둔다. 그저 막연하게
   '거금이 생겼으면' 하는 정도의 생각으로는 충분하지 않다(다음에 설
   명하겠지만 명확하게 액수를 정해 두는 일은 심리적으로 큰 의미를
   지닌다).
2. 당신이 원하는 만큼의 돈을 벌기 위해 어떤 일을 할 것인지를 확실히
   결정한다(감나무 밑에서 입을 벌리고 누워 있는 따위의 일은 현실적
   으로 소득이 없다).
3. 당신이 바라는 금액을 언제까지 손에 넣어야 할지를 확정한다.
4. 욕망을 실현할 수 있는 명확한 계획을 작성한 뒤 즉시 실행에 옮긴
   다. 준비가 되었든 되지 않았든 계획에 따라 실천에 옮기는 것이 중
   요하다.
5. 위의 4단계(원하는 돈의 액수, 해야 할 일, 기한, 치밀한 계획)를 상세
   히 기록해 둔다.
6. 자신이 쓴 계획서를 적어도 하루에 두 번은 소리 내어 읽는다. 즉 잠
   자리에 들기 전, 그리고 아침에 일어나자마자 소리 내어 읽도록 한

다. 소리 높여 읽다보면 원하던 돈이 차츰 자신의 것이 된 듯한 기분이 들고 자신감도 생긴다.

이상의 6단계, 특히 하나하나의 단계를 확인하고 그 지시에 따르는 일은 무척 중요하면서도 반드시 필요한 실행 조건이다.

실제로 돈을 소유하기도 전에 돈을 가졌다고 상상하는 일이 불가능하다고 말하는 사람도 있겠지만, 그런 상상은 '불타는 듯한 욕망'에 있어서 반드시 필요한 단계다.

만일, 돈을 갖고 싶다는 욕망이 골수에 사무칠 정도라면 당신이 그 돈을 가질 수 있으리라는 신념을 품는 일도 그리 어렵지는 않을 것이다.

그리고 돈이 당신의 목적이고, 그것을 획득하기 위해 무엇이든지 하겠다고 결심한다면 정말 그 돈을 얻은 듯한 기분이 들 것이다.

▶ 우리는 성공으로 가는 여행자이다.

자기 자신을 가장 먼저 생각한다.
자신의 장점만을 의식한다.
하고 싶지 않은 일은 하지 않는다.
싫은 소리를 하는 사람과는 상대하지 않는다.
자신의 일을 즐긴다.
성공을 이루기 위해 구체적으로 행동한다.
자기 자신의 가치를 믿는다.
스스로 생각하고 스스로 결정한다.
자기 자신은 반드시 행복해진다고 믿는다.

부자가 되는 원칙을 잊어서는 안 된다

만족은 가난한 자를 풍부하게 하고
풍부한 자를 가난하게 한다.
_프랭클린

그래도 여전히 욕망을 달성하기 위한 6단계를 이해하지 못하는 사람에게는 앤드류 카네기의 이야기를 들려주는 것이 이해에 도움이 될 듯하다.

카네기는 철강소 노동자 출신으로 처음에는 가난했지만, 욕망을 달성하기 위한 6단계를 몸소 체험함으로써 마침내 세계적인 대부호가 되었다. 또 에디슨은 자신의 경험을 통해 이 6단계가 돈을 축적하기 위한 수단으로 뿐 아니라, 다른 어떤 목표를 달성하는 데도 매우 유용한 방법임을 확신했다.

욕망을 달성하기 위한 6단계를 실행하는 데 어떤 육체적 고통이 따르는 것은 결코 아니다. 또 희생이 필요하거나 다른 사람 앞에서 바보짓을 해야 하는 것도 아니며, 전문적인 교육이 필요하지도 않다. 단, 이 6단계를 잘 실행해 돈을 축적해 나가는 동안 기회나 행운이 충분히 뒤따르리라는 사실을 깨닫는 동시에 납득할 만한 상상력을 반드시 가져야 한다.

즉, 우리는 지금까지 부를 축적한 사람들은 먼저 많은 꿈을 꾸었으며, 그 꿈에 걸맞은 욕망을 불태우고 돈을 얻기 위한 계획을 명확히 세웠음을 명심해야 한다.

또한 자신의 불타는 욕망을 반드시 이룰 수 있다는 신념이 없다면 결코 부자가 될 수 없다는 사실도 잊지 말아야 한다.

꿈꾸는 자가 세상을 바꾼다

생각하는 것이 인생의 소금이라면
희망과 꿈은 인생의 사랑이다. 꿈이 없으면 인생은 쓰다.
_캐런 리튼

　부자를 꿈꾸는 사람이라면 세계가 빠르게 변하고 있다는 사실을 이해하기 위해 노력해야 한다.

　즉 세계가 발전할수록 새로운 아이디어와 생산수단을 요구하고, 나아가서는 새로운 지도자, 새로운 발명, 참신한 교육법, 마케팅 혁신, 새로운 서적과 문화, 지금까지 없었던 텔레비전 프로그램, 새로운 영화 소재가 필요하다는 사실을 알아야 하고 그에 대처해야 한다.

　이러한 새롭고, 좀 더 좋은 것에 대한 요구가 뒷받침되어야 비로소 승리를 쟁취할 수 있는 바탕이 마련되는 것이다. 그리고 이 세상 사람들이 무엇을 기다리는지를 알아야 목표를 명확히 세울 수 있다. 이러한 것들이 모여야 비로소 '불타는 욕망'도 가질 수 있는 것이다.

　부자가 되려는 사람이나, 이 시대의 진실한 지도자가 될 사람들은 일정한 일을 하면서도 끊임없이 꿈을 실현하고자 노력한다. 그럼으로써 앞으로의 기회를 예견할 뿐 아니라 자신의 생각을 구체화해 마천루를 짓고 공장, 항공기, 자동차, 컴퓨터 등 인간의 생활을 쾌적하게 해주는 기기들을 만들어 낸다.

　만일 하고자 하는 바가 정당하고, 또 그것을 절대적이라고 믿는다면 돌진하라. 자신의 꿈을 종횡무진 펼쳐 보여라. 그리고 '지금 하는 일이 실패하면 남들이 뭐라 할까' 따위에는 조금도 신경을 쓰지 마라. 이러한 것을 걱정하는 사람은 실패가 성공의 씨앗임을 모르는 것이 분명한 인생의 실격자다.

에디슨은 전등을 발견하는 꿈을 꾸었다. 그러나 그 꿈을 실현하기까지 얼마나 많은 실패를 거듭했던가! 그럼에도 에디슨은 결코 자신의 꿈을 포기하지 않았다. 현실에 기반을 둔 꿈을 꾸는 사람은 결코 단념하지 않는다.

라이트 형제는 하늘을 나는 기계를 만드는 꿈을 꾸었다. 그 꿈이 지금 신나는 비행기 여행을 실현했다. 라이트 형제의 꿈은 그야말로 건전하고 힘찬 것이었다.

마르코니는 눈에 보이지 않는 전파를 꿈꾸었다. 지금 세계에 보급되어 있는 라디오나 텔레비전을 보면 그의 꿈은 헛된 것이 아니었음을 알 수 있다.

마르코니가 전선이나 기타 다른 물질의 도움 없이 오직 전파만을 이용해 통신할 수 있는 원리를 발견했다고 발표했을 때 마르코니의 발명을 지원한 친구가 그를 정신병원에 데려가 진찰을 받게 했다는 일화는 지금 생각하면 하나의 우스운 에피소드다.

이런 점을 감안한다면 현재의 꿈 많은 사람들은 훨씬 다복한 편이다. 현대는 과거에는 생각조차 못했던 많은 기회들로 가득 차 있기 때문이다.

그렇다면 어떻게 해야 그 욕망의 힘을 몸에 익히고 그것을 구사할 수 있을까?

그 답을 다음 단계에서 자세히 설명하기로 하겠다.

번영과 부를 얻을 수 있는 방법은 노력밖에 없다

자만심은 인간이 자기 자신을
너무 높게 생각하는 데에서 생기는 쾌락이다.
_스피노자

꿈은 무관심과 게으름, 또는 부족한 야망에서는 결코 이루어질 수 없다. 인생에서 성공한 모든 사람은 불행한 출발을 했고, 성공하기 전에 수많은 고통을 겪었다는 점을 명심하라! 그들이 인생의 전환점에 접어든 것은 대부분 최악의 상황에서였다.

O. 헨리는 감옥에 갇힌 뒤 그곳에서 훌륭한 소재를 발견했다. 감옥에 갇히는 큰 불행에도 헨리는 다른 사람들과 친해졌으며, 그의 상상력을 충분히 활용해 위대한 작가가 됐다.

찰스 디킨스는 자신의 첫 사랑에 실패했고, 그 비극은 영혼 깊이 파고들어 그를 세계적인 작가로 만들었다.

헬렌 켈러는 태어난 지 얼마 되지 않아 눈과 귀가 멀고 벙어리가 되었다. 이 같은 큰 불행에도 그녀는 위대한 역사의 한 페이지에 자신의 이름을 장식했다. 헬렌 켈러의 성공은 절망이 현실로 받아들여지기 전까지는 그 누구도 절망해서는 안 된다는 증거이자 본보기다.

로버트 번스는 글을 배우지 못한 소년이었다. 그는 가난을 저주했고, 자라서는 술고래가 되었다. 그러나 자신의 아름다운 생각을 시로 표현해 많은 공감을 얻어 말년에는 누구보다도 행복했다.

베토벤은 귀가 멀었고, 밀튼은 눈이 멀었다. 그러나 그들은 자신의 꿈을 체계적인 생각으로 옮겨놓은 덕에 계속 빛날 수 있었다.

일에 대한 희망과 그 희망을 자신의 것으로 받아들이는 일은 다르다. 사람들은 희망을 얻을 수 있다고 믿기 전까지는 일을 하려고 들지 않는다. 희망은 말 그대로 꿈이나 소망이 아닌 하나의 신념이어야 한다. 편협한 마음으로는 신념, 용기, 영적 믿음을 결코 얻을 수 없다.

인생에서 불행과 가난을 극복하고, 번영과 부를 얻을 수 있는 방법은 노력밖에 없다는 사실을 명심하라.

한 위대한 시인이 우주의 진리를 시로 정확히 묘사했다.

인생을 1페니로 싸게 파는 사람에게
인생은 그 이상의 것을 지불하지 않습니다.
나중에 아무리 후회한들
이제 더 이상 팔 것은 아무것도 없습니다.
인생에 채용되려는 사람에게
인생은 필요한 만큼의 급료를 지불합니다.
하지만 한 번 급료가 정해지면 한평생 그 급료로 살아야 합니다.
설령 미천한 일이라 해도 스스로 고난을 배우겠다면
자립심을 가지고 전진하는 사람에게
인생은 어떤 부라도 지불할 것입니다.

욕망과 열망은 불가능을 극복한다

자기의 운명을 짊어질 수 있는
용기를 가진 자만이 영웅이다.
_헤세

내가 아는 어떤 한 사람이 있다. 나는 그가 태어난 지 얼마 안 되었을 때 그를 처음 보았다. 그는 귀가 없는 기형아였고, 의사는 그가 귀머거리가 되거나 벙어리가 될 것이라고 말했다. 나는 의사의 그 말에 이의를 제기했다. 그 아이의 아버지였으니 그럴 수밖에 없지 않은가.

나는 의사에게 나의 의견을 피력했다. 그리고 마음속으로 내 자식이 들을 수 있고 말할 수 있으리라고 굳게 믿었다. 그리고 아이를 구원할 어떤 방법이 있을 것이라 확신하는 동시에 그 방법을 발견할 수 있으리라 믿었다.

그 순간 "우주를 관장하는 자연법칙은 우리에게 신념을 가르친다. 우리는 단지 순종하기만 하면 된다. 그 신념의 정확한 말을 들을 수 있는 우리 모두를 위한 지도인 것이다."라는 에머슨의 말이 떠올랐다.

여기에서 '정확한 말'이란 바로 욕망이다.

무엇보다도 나는 내 아들이 벙어리가 되지 않기를 열망했다. 그 열망과 욕망을 위해 내가 무엇을 할 수 있었을까?

나는 어느 정도 내 마음속의 열망을 아이에게 전달할 수 있었고, 귀의 도움 없이 그 열망을 아이의 머릿속에 전달하는 방법을 발견했다. 아이가 타인과 협력할 수 있을 만큼 충분히 성장했을 때, 나는 아이가 소리를 들으려는 열망으로 가득 차게 할 수 있었으며, 그것은 곧 현실화되었다.

이 모든 일은 내 마음속에서 일어났으며, 아무에게도 말하지 않았다. 나는 내 아들이 벙어리가 되도록 놔두어서는 안 된다고 결심했던 것이다.

나는 아이가 점점 자랄수록 어느 정도 들을 수 있는 능력을 갖고 있다는 사실을 발견했다. 말을 해야 할 나이가 되었음에도 아이는 말을 하려고 하지 않았다. 하지만 아이가 어느 정도 소리를 들을 수 있다는 사실을 알게 된 나는 아이가 곧 말도 할 수 있으리라는 확신을 가졌다. 나는 오직 그 확신을 확인하고 싶은 마음뿐이었다.

그러던 어느 날, 희망을 가질 만한 일이 생겼다. 그것은 전혀 기대하지 못했던 일이었다.

우리는 축음기를 사 왔다. 난생 처음 축음기 소리를 들은 아이는 황홀경에 빠져 거의 두 시간이나 서서 음악을 들었다. 이 습관은 수 년 뒤까지 계속되었다.

아이가 축음기를 좋아하자, 나는 아이의 두개골 유양돌기뼈를 만지작거리며 말을 했고, 아이가 내 말을 완전히 알아듣고 있다는 사실을 발견했다. 그 즉시 나는 아이의 마음속에 말을 하고 싶다는 욕망을 불어넣어 주었다.

그 이후 나는 아이가 잠자리에서 이야기를 듣길 원한다는 사실을 알았다. 그래서 욕망, 독립심, 상상력을 개발할 만한 이야기들을 아이에게 들려주었다. 그 이야기들은 새로운 데다 드라마적 요소들이 가미된 특별한 것들로, 마음속의 고통이 결코 부담스러운 것만은 아니라는 사실을 아이에게 심어주기에 충분했다.

'모든 역경은 그만한 이익을 가져온다.'는 격언이 있음에도, 나는 '이런 고난이 어떻게 성공적인 이익이 되겠는가?'라는 마음 약한 생각을 하곤 했다.

돌이켜보건대, 경험을 분석한 나는 아들에 대한 나의 신념이 얼마나 놀라운 결과를 가져왔는지를 분명히 깨달을 수 있었다. 나는 아들에게 형보다 뛰어난 장점을 갖고 있어서 여러 면에서 이익을 보게 될 것이라고 말해주었다.

예를 들어 학교에 가면 선생님들이 특별히 관심을 가져주고 친절하게 대해줄 것이라고 확인했다. 그리고 만일 신문을 판다면, 사람들이 청각 장애인임에도 총명하고 근면한 소년이라며 거스름돈을 받지 않을 테니 그것도 이익이라고 말했다.

아들은 일곱 살이 되자 계획을 세우는 방법을 몸소 실천해 보였다. 즉, 몇 달 동안 신문을 팔게 해 달라고 졸랐던 것이다. 그러나 아내는 허락하지 않았다. 마침내 아들은 문제를 스스로 해결하기 위해 탈출하듯 거리로 나섰다.

어느 날 오후 아들은 집안 식구들 몰래 부엌 창문을 통해 집을 빠져나가 일에 착수했다. 즉, 이웃 신발가게에서 6센트를 빌려 신문에 투자해 팔고, 그 수익을 다시 투자하면서 저녁 늦게까지 그 일을 계속한 것이다. 아들은 그날 6센트를 가게에 돌려주고도 42센트의 이익을 남겼다.

아내와 나는 손에 돈을 꼭 쥔 채 잠들어 있는 아들을 바라보았다. 아내는 아들의 손을 펴서 돈을 치워 버리고는 소리를 질렀다. 그러나 나는 정반대로 미소를 띠었다. 아들의 마음속에 신념을 심어주려던 나의 노력이 성공했다는 사실을 알았기 때문이다.

나는 아들이 스스로 일해 100%의 순이익을 올리고 성공을 거둔 독립심 강한 사업가라는 생각이 들었다. 그리고 이제는 보통 사람들과 똑같이 인생을 살아갈 수 있으리란 생각에 몹시 기뻤다.

귀머거리인 나의 아들은 선생님들이 가까이에서 크게 말해주는 음성만을 들으며 초등학교, 고등학교, 그리고 대학교를 졸업했다. 그는 농아 학교에 다니지 않았으며, 아내와 나는 아이가 몸짓·손짓 언어를 배우게 하지도 않았다. 아이가 정상적인 아이들과 어울릴 수 있으리라 믿었으며, 비록 많은 희생이 따르더라도 그 믿음과 결심을 밀고 나갔다.

아들은 고등학교에 진학하자 전자 보청기를 하고 다녔는데, 별 도움이되지 않았다. 그런데 대학 시절의 마지막 주에 아들의 일생을 완전히 바꾼 일생일대의 사건이 일어났다. 시험용으로 아들에게 배달된 새로운 전자보청기를 갖게 된 것이다.

아들은 보청기의 성능에 대한 큰 기대 없이 단순히 테스트를 위해 귀에꽂았는데, 뜻밖에도 무척이나 잘 들렸다. 그래서 세상이 뒤바뀐 것 같은기쁨으로 엄마에게 전화를 걸었고, 엄마의 목소리를 난생 처음 똑똑히 들을 수 있었다. 그리고 다음날, 강의실에서 교수님의 목소리를 정확히 들을수 있었다. 아들은 이제 새로운 세상에서 살게 된 것이다.

그러나 승리는 아직 완전하지 않았다. 아들은 여전히 자신의 핸디캡을완벽하게 보완할 절대적이면서도 실제적인 도구가 필요했다. 그래서 아들은 새로운 세계를 발견한 기쁨을 그 보청기를 만든 회사의 책임자에게편지로 써서 보냈다.

그리고 얼마 뒤 아들은 회사의 기술자들과 만나게 되었으며, 그들과 대화를 나누는 동안 하나의 아이디어를 떠올렸다. 그 아이디어는 아들의 고난을 행복으로 바꾸어놓는 운명적인 기회가 되었다.

아들의 아이디어는 자신의 변화된 세계에 대한 이야기를 다른 청각장애인들에게 들려주고 싶다는 마음에서 비롯되었다. 즉, 보청기 없이 살아가는 수백만 명의 청각 장애인들에게 새 삶을 선사할 수 있으리란 생각에서 그 아이디어가 나온 것이다.

그 후 아들은 보청기 회사의 '판매 조직'을 분석하고 거의 한 달 동안 철저히 조사를 해나갔다. 그리고 전 세계 청각 장애인들과 공유하기 위해 의사전달 수단을 고안해 냈다.

이런 준비를 마친 뒤 아들은 본격적으로 2년간의 계획서를 작성했으며, 자신의 야망을 펼칠 수 있는 지위에 올랐다. 이때까지도 아들은 자신이 수천만 명의 청각 장애인들에게 큰 위안과 희망을 가져다주게 되리란 사실을 꿈에도 몰랐을 것이다.

만일 아내와 내가 결심을 단단히 하지 않았다면 아들은 평생 청각 장애인으로 살았을 것임에 틀림없다. 내가 아들의 마음속에 정상인처럼 듣고 말하고 싶은 욕망을 심어놓았기 때문에 아들은 자신의 두뇌와 외부세계 사이에 있는 정적의 심연에서 탈출할 수 있었던 것이다.

나의 아들 블레어의 사례에서도 알 수 있듯이, 진정 뜨겁게 불타는 욕망에는 불가능을 가능으로 바꾸는 위대한 힘이 담겨 있다는 사실이다.

욕망은 고난을 행운으로 바꾸어 놓는 힘

큰 성과는 작은 가치있는 것들이 모여 이룩된 것이다.
확실한 결과를 얻으려면 한 걸음 한 걸음을 충실하고
힘차게 밟아야 한다.

_단테

수년 전, 사업적으로 잘 알고 있는 어떤 한 사람이 병이 났다. 그는 나날이 악화되었고, 마침내 수술을 받기 위해 병원에 입원했다.

그가 수술실로 들어가자 담당의사는 나에게 "어쩌면 그를 다시 볼 수 없을지도 모릅니다.'라고 말했다.

그러나 그것은 환자의 생각이 아니었다. 그는 수술실에 들어가기 전에 나에게 "걱정하지 마세요. 수술 잘 받고 며칠 뒤에 퇴원할 거예요.'라고 말했다.

이 말을 듣던 간호사가 그를 가여운 듯 바라보았다. 그런데 그는 정말 며칠 뒤에 퇴원할 수 있었다.

담당의사는 "그는 오직 살겠다는 욕망의 힘에 의해 살 수 있었습니다. 자신의 상태를 그대로 받아들였다면, 그는 결코 살아날 수 없었을 겁니다.'라고 말했다.

나는 욕망의 힘을 믿는다. 왜냐하면 출발은 불우했으나 결국 부를 이룩한 사람들을 봤기 때문이다. 욕망의 힘에 의해 죽음에서 벗어난 사람들을 목격했기 때문이다.

그리고 청각 장애인으로 태어난 내 아들이 자기 인생에서 성공해 행복하게 살고 있는 모습을 내 두 눈으로 똑똑히 보고 확인했기 때문이다.

욕망의 힘은 위대하다. 따라서 부자가 되고 싶다면, 먼저 부자가 되겠다는 강한 욕망을 가져야 한다. 정신적인 욕망이 있어야 물질적인 부도 쟁취할 수 있는 것이다.

▶ 당신은 누구인가

당신은 지식인이나 대단한 학자는 아닐지 모르지만, 그들 못지 않게 세상일에 밝다. 숲 속의 동물처럼 당신은 기민하고 민첩하며 적응력이 강하다. 당신은 세상 돌아가는 이치를 알고 있고, 올바른 상식이라는 것을 가지고 있다. 당신은 가슴 속 깊이 만족감을 느끼고 싶어할 뿐만 아니라 물질적인 축복도 받고 싶어한다.

당신은 인생이 빈약하고 무미건조하기보다는 풍요롭기를 바라지만, 이러한 소망은 당신을 몽상가나 이상주의자와 구별해 준다. 당신이 원하는 것이 별로 댓가가 크지 않다는 빈곤한 생각이나 하면서 헛된 시간을 보내지 않는다. 당신은 자신이 원하는 인생을 위해 치러야 할 댓가가 다름 아닌 일이라는 것을 알고 있다. 열심히 일하라. 열심히 일을 하지 않고는 좀 더 나은 인생을 바랄 수 없다는 것을 잘 알고 있다.

당신은 그러한 인생을 살기 위해서는 스스로 열심히 일을 해야 한다는 목적을 인식하고 있다.

공포의 그림자를 추방한다

욕망은 태양과 같다.
그것은 이 땅 위의 모든 문제를 자기 안으로 흡수해 버린다.
_플로베르

　　당신의 의식 속에 들어온 강렬한 공포의 감정은 씨앗과 같아서 싹이 트면 깊은 뿌리를 내린다.

　　나쁜 감정의 반응에 공포감이 확산되는 것을 막기 위해서는 제어하는 능력을 지니지 않으면 안 된다.

　　다음에 열거한 말을 자주 입밖에 낸다면 마음 속에 두려움이나 공포의 어두운 그림을 품고 있다는 증거이다.

　　"언제나 두려운 생각에 빠져 있어 솔직하게 나의 의견을 말할 수 없다."

　　"나는 무엇을 해 본다는 것에 두려움을 느낀다."

　　"내가 하려는 것은 무엇이든지 잘 되지 않을 것이라는 기분이 든다."

　　"나는 매사에 자신감이 없다."

　　"나에게 일어난 일을 극복할 수가 없다."

　　"나는 증오심이나 공포심이 생겨날 때면 내 스스로 억제할 수 있는 힘을 발휘하지 못한다."

　　"이제 나는 사는 것에 흥미를 잃었다. 두렵지만 않다면 죽고 싶다."

　　이런 말들이 당신 입에서 자신도 모르게 자주 튀어나오지 않는가? 만약 그렇다면 지금이야말로 그런 패배적인 태도를 버려야 한다.

　　언제나 공포는 나쁜 상태만을 끌어당기지만 용기는 그런 상태를 추방시키는 힘이 있다.

당신이 두려움의 그림자를 지우기 위해서는 제일 먼저 그런 문제와 대결하는 것이 최선이다.

한 번에 한 가지 문제씩만 대결하도록 하라. 두려움의 실체가 무엇인가를 파악하라. 자세히 관찰하면 당신이 부질없이 두려워했다는 것을 알 수 있다. 두려움이 당신의 마음을 지배하고 있을 때는 그런 감정이 올바른 것처럼 느꼈을 것이다.

그러나 지난날 가장 두려웠던 때를 회상해 보면, 그 당시 그토록 두려웠던 감정이 한낱 부질 없는 생각이었음을 느끼게 될 것이다. 만약 두려움이나 공포의 감정을 갖지 않았더라면 어떻게 대처했을 것이라는 생각도 떠오를 것이다.

그리고 나서 올바르게 대처했을 때 당신이 해야 될 말이나 행동을 기억하고 두려움을 극복하는 자신의 모습을 그려 보면 새로운 용기가 솟아오를 것이다.

두려움이 느껴질 때는 마음의 그림을 지워버리고 자신에게 의식적으로 명령을 내려본다. 두려움 따위는 관심도 두지 않는다는 명령을 내린다. 그 다음에는 조금도 두려움 없이 그 상황에 대처하고 있는 그림을 마음 속에 생생하게 떠올림으로써 공포의 어둠을 즉시 지워버린다.

비행기 조종사들은 이런 법칙을 응용하고 있다. 그들은 비행기가 추락한다든가, 사고가 나는 상상을 떠올리면 실제로 그와 같은 비참한 결과가 일어난다는 것을 알고 비행연습 도중에 작은 불상사라도 발생하면 곧 다른 비행기로 바꾸어 타고 항로를 계속하면서 사고 당시의 일을 잊는다.

the law of
SUCCESS

지식을 갖추어야 한다

▶ 당신의 성공을 위한 조언

1. 당신이 가지고 있는 지식은 잠재적인 힘이 되며, 당신은 어떤 목적을 이루기 위한 행동 계획을 알려주는 지식을 조직화할 수 있다.

2. 자신의 경험과 다른 사람들과의 접촉에서 얻은 교훈을 마음속에 새겨 두어야 한다.

3. 지식을 갖추기는 쉽다. 즉, 당신이 팔 만한 어떤 물건도 갖고 있지 않다면 서비스나 아이디어를 훌륭한 값에 팔 수도 있다.

4. 원하는 바를 성취하기 위해서는 그에 합당한 지식을 쌓아야 한다. 지식을 활용할 수 있다면, 이미 한 단계 올라선 것이다.

아는 것이 힘이다

명예는 밖으로 나타난 양심이며
양심은 마음에 깃든 명예이다.
_쇼펜하우어

지식에는 두 종류가 있다. 일반지식과 전문지식이 바로 그것이다. 일반지식은 아무리 다양하고 심오하다고 해도 부를 축적하는 데는 거의 도움이 되지 않는다.

대학을 졸업하고 받은 학위 같은 것이 바로 '문명의 일반지식'이다.

훌륭한 대학교수가 부자인 경우는 매우 드물다. 그들은 지식을 가르치는 일에 있어서는 전문가이지만, 그 지식을 조직화해 사용하는 경우가 거의 없기 때문에 부자가 되지 못하는 것이다.

즉, 지식을 조직화해 현명하고 실제적인 행동 계획에 사용하지 못한다면 결코 부자가 될 수 없다. 많은 사람들이 이 기본적인 사실을 이해하지 못하기 때문에 '아는 것이 힘이다.'라는 말을 잘못 받아들이고, 실천하지 못하고 있는 것이다.

지식이 참다운 힘이 되는 경우는, 지식이 특수한 목적에서 사용될 수 있도록 계획이 잘 수립되었을 때뿐이다. 즉, 교과목에 실린 지식이 모두 도움이 되리라는 생각은 그릇된 사고방식이며, 이런 사고방식은 교육기관에서 학생을 가르칠 때 지식이 어떻게 활용되는지를 생각하지 않고 교육을 행하는 실수를 낳고 있다.

또 일반인도 지식이나 교육의 개념을 잘못 받아들여 '헨리 포드는 학교

교육을 받지 않았어도 억만장자가 되었다.'는 식으로 해석하고 있다.

교육이란 말은 원래 '끌어낸다'는 의미다. 다시 말해 인간이 본래 가지고 있는 것을 개발한다는 의미인 것이다.

따라서 교육받은 사람이란 본래 자기가 필요로 하는 것을 획득할 수 있는 사람, 타인의 권리를 방해하지 않으면서도 자신의 부를 축적해 나가는 재능을 개발한 사람이란 뜻이다.

▶ 인생의 목표

크건 작건 우리에게는 목표가 있다. 공동의 목표도 있고, 개인의 목표도 있다. '목표란 달성되기 위하여 있는 것이다.'하고 큰소리로 장담하는 사람이 있는가 하면 목표를 설정하지 않은 채 막연한 상태로 허송세월 하는 사람도 있다.

지금 우리 앞에 있는 해결해야 할 과제도 목표이고, 어떤 기간까지 성취해야 할 골(Goal)도 목표이다.

공동의 목표이건, 개인의 목표이건 우선 목표를 세우는 것이 인생의 출발점이다.

전문지식을 쉽게 얻을 수 있는 사람이 되라

열매를 얻으려는 자는
과일나무에 올라가야 한다.
_풀러

    제1차 세계대전 당시 시카고 어느 신문의 사설에 '헨리 포드는 무지한 평화주의자'라는 글이 실렸다. 그 사설을 읽고 화가 난 포드는 신문사를 명예훼손죄로 고소했다.

    법정에서 신문사 측의 변호사가 증언대에 앉은 포드에게 여러 가지 질문을 했다. 자동차에 관한 지식 외에는 아는 것이 거의 없는 포드로서는 무척 곤란한 상황이었다.

    그런데 포드는 신문사 측의 변호사에게 다음과 같은 반대 질문을 했다.

    "지금 당신은 나에게 바보 같은 여러 가지 질문을 했습니다. 만일 내가 그 질문에 꼭 대답해야 한다고 생각한다면, 당신은 나의 사무실 책상 앞에 붙어 있는 버튼 하나를 떠올려야 합니다. 그 버튼만 누른다면 내 전문조수들이 당장 달려와 당신의 질문들에 명쾌한 답을 내놓을 것입니다. 내 주변에는 각 분야의 많은 전문가들이 늘 상주해 있습니다. 그러니 당신은 이제 왜 내가 당신의 질문에 대답하기 위해 머리를 쥐어짜야 하는지에 대해 설명해 주십시오."

    변호사는 설명을 할 수 없었고 법정에 있던 사람들은 모두 포드가 결코 무식한 사람이 아니라는 사실을 알게 되었다.

    정말로 교육을 잘 받은 사람이란, 자신이 알고자 하는 지식에 대해 물어

볼 만한 사람들을 어떻게 조직해야 하는지를 잘 아는 사람이다.

포드는 자기 주위에 엘리트 그룹을 조직해 놓은 뒤 명령 하나로 전문지식을 쉽게 얻어 폭넓게 활용한 인물이다. 그가 전문지식을 직접 가지고 있었는지의 여부는 그리 중요한 문제가 아니다.

▶ 삶을 지배하는 힘

당신이 인생을 변화시킬 수 있는 놀라운 능력을 알지 못하는 것은 마치 뒤뜰에 다이아몬드가 묻혀 있다는 사실을 알지 못하는 것과 같다.

평범한 인생을 보내는 사람들이 대부분이고 비참한 삶을 보내는 사람도 적지 않다. 그것은 자신이 지닌 능력을 깨닫지 못하고 활용하지 않기 때문이다.

당신은 자신의 인생과 더불어 투쟁하려고 하지 말라. 당신의 삶을 다스리도록 노력하라. 우리는 이 진리를 하루라도 빨리 깨달아야 한다.

우리가 자신의 인생을 최대한으로 활용하려면 먼저 삶을 이해해야 한다.

이 놀라운 힘은 누구나 다 활용할 수가 있다. 거기에는 어떤 특별한 훈련이나 교육을 필요로 하지 않는다. 소질도 필요로 하지 않는다. 부나 명성도 필요로 하지 않는다. 그 놀라운 힘은 신분과 지위를 막론하고 태어날 때부터 소유하고 태어난다.

당신은 이 놀라운 힘을 인정하여 받아들이고 아낌없이 활용해야 한다. 그리고 하루 빨리 성공의 무대에 올라서야 한다.

성공한 사람은 지식을 얻기 위해 노력한다

절제와 노동은 인간에게 있어
진실된 의사다.

_롯소

축적된 부는 권력을 추구한다. 그리고 그 권력은 고도로 조직된 전문지식에 의해 획득된다. 그렇다고 부를 축적하려는 사람이 반드시 전문지식을 갖춰야 하는 것은 아니다.

부를 축적하기 위해서는 전문지식을 갖춘 사람들, 즉 엘리트 그룹의 도움이 있으면 된다.

에디슨은 평생 동안 3개월 정도밖에 학교에 다니지 못했다. 그러나 그는 무식하지 않았고, 가난하게 살지도 않았다. 포드는 초등학교만 나왔지만 엄청난 부자가 되었다. 그들은 여기저기 흩어져 있는 전문지식을 전문가들에게서 얻었기 때문에 부자가 될 수 있었다. 전문지식은 마음만 먹는다면 아주 쉽게 손에 넣을 수 있다.

지식을 얻기 위해서는 먼저 자신에게 어떤 전문지식이 필요한 지 그것을 어떤 목적으로 쓸 것인지를 결정해야 한다. 즉 자신의 목표가 무엇이며, 어느 정도의 수준인지에 따라 지식이 결정되는 것이다.

그 다음에는 해야 할 일에 대한 지식과 정확한 정보를 어디서, 어떻게 얻을지에 대해 알아야 한다.

구체적인 방법으로,

① 전문지식을 가진 사람의 도움을 받거나 당신이 직접 전문지식을

교육받는다.

② 엘리트 그룹의 도움을 받는다.

③ 대학이나 전문기관에서 공부한다.

④ 전문서적에서 전문지식을 얻는다.

⑤ 특별훈련 코스 등에 눈을 돌린다.

등을 들 수 있다.

지식은 어떤 목적을 위해 쓰이거나 도움이 되지 못한다면 전혀 가치가 없다. 만일 당신이 "좀 더 공부할 걸"이라는 후회를 한다면, 지금이라도 당신에게 필요한 지식이 무엇이고, 어디에 사용할 것인지를 생각해 보라.

부를 쟁취한 사람들은 자신의 비즈니스 및 직업에 관련된 전문지식을 얻기 위해 부단히 노력한다.

그에 비해 성공하지 못한 사람들은 학교를 졸업하면 더 이상 지식을 습득할 필요가 없다고 생각한다. 학교에서 얻는 지식이란 어떻게 하면 지식을 습득할 수 있는지에 대한 실제적 방법 이외에는 아무것도 아니다.

▶ 우리는 성공으로 가는 여행자이다.

자, 이제 우리의 길을 떠나자.

나는 당신을 밝은 인생의 여정으로 인도하는 안내자다. 모든 아름다운 여행은 가볍게 출발하는 것으로 시작한다. 우리의 출발도 그렇다. 우리의 행장은 가볍고 기분은 유쾌하다. 발걸음은 탄력이 넘치고 있으며 미지의 산봉우리와 계곡에 대한 기대와 예감으로 가벼운 흥분마저 느낀다. 우리의 목표는 성공이기 때문이다.

현대는 활동적인 전문가를 원한다

좋은 말 한마디는
나쁜 책 한 권보다 낫다.
_르나르

    회사는 어떤 전문 분야의 전문가를 직원으로 고용하길 원한다. 회계, 통계, 엔지니어, 저널리스트, 건축, 화학 등을 전공한 사람들이 대표적이다. 게다가 대학에서 리더였으며 활동적으로 생활한 사람이라면 어떤 회사에서든 욕심을 낸다.

    학교생활을 적극적으로 한 사람들은 대부분 어떤 누구와도 협조해 일을 해 나갈 수 있으며, 자신의 일에 가장 적합한 사람들을 잘 이끌고 융합시킬 수 있기 때문이다.

    재능이 많은 사람들은 여러 회사에서 동시에 입사 요청을 받기도 한다. 어떤 대기업에서 밝힌 바에 따르면, 대학생 중 가장 욕심나는 사람은 다음과 같다.

    '기업 경영 측면에서 뛰어난 업적이나 성과를 올릴 만한 학생에게 관심이 많다. 그러나 특별 코스를 밟은 사람보다는 인격적으로 성숙한 사람을 더욱 선호한다.'

나이가 중요한 것이 아니다

기회가 두 번 다시 문을
두드린다고는 생각지 말라.
_상포르

    미국은 세계에서 가장 좋은 공립학교 제도를 가지고 있다. 그런데 사람이 가진 이상한 편견 가운데 하나가 바로 '공짜는 값어치가 없다.'는 것이다.

    그래서 미국에서는 등록금을 내지 않는 학교와 무료로 이용할 수 있는 국립도서관이 사람들에게 아무런 감동도 주지 못한다. 이런 편견은 많은 사람들이 학교를 그만두고 직업을 갖게 된 뒤 과외 교육을 받을 수밖에 없는 중요한 원인이 되기도 한다.

    사람이라면 누구나 야심의 결핍이라는 보편적 약점을 가지고 있다. 그런 중에도 직장인들은 여가 시간에 학원을 다니는 등의 스케줄을 짜놓는다. 그리고 많은 문제점과 보완점을 제시해 상사로부터 호의를 얻음으로써 승진한다.

    인터넷이나 방송을 이용한 통신교육은 전문지식이 필요하지만 학교에 다닐 수 없는 직장인들에게 특히 효과적이다.

    한 예로, 스튜어트 와이어는 건축기사가 될 준비를 하고 있었다. 그러나 경기가 좋지 않아 건축일로는 도저히 수익을 올릴 수 없다고 판단해 법률가가 되기로 결심했다.

    그는 학교에 들어가 사법고시를 준비하기 시작했으며, 통신교육의 장점을 최대한 활용했다. 결국 그는 사법고시에 합격해 우수한 변호사로 이름을 떨치기 시작했다.

"부양해야 할 가족이 있어서 더 이상 공부를 할 수 없다.", "너무 늙어서 공부를 하기에 역부족이다."라고 말하는 사람들은 단순한 핑계로 자신의 기회를 스스로 포기해 버리는 것과 마찬가지다.

와이어가 학교에 다시 들어간 것은 40세가 지났을 때이고, 물론 결혼도 한 상태였다. 그럼에도 그는 대학에서 전공과목을 신중하게 선택해 열심히 공부했으며, 남들이 4년에 끝내는 과정을 2년 만에 다 끝마쳤다.

이렇듯 전문지식을 얻는 데는 나이가 전혀 상관없다. 단지 목표와 방법이 문제일 뿐이다.

▶ 삶의 향기를 음미하라.

조그만 침대에서 긴 여름밤을 낭비하고 나서야 인생이 얼마나 귀중한가를 깨닫고, 50대, 60대가 얼마나 빨리 다가오고 그 모든 것을 감사히 받아들이지 못한 것을 후회하게 된다는 사실을 젊은 시절에 깨닫게 하는 방법은 없는 것 같다.

젊은 시절에 주어진 행복을 놓치지 않으려면, 모든 것을 이용하고, 모든 제안을 받아들이고, 무전여행도 해 보고, 주말에 다른 사람의 집에서 보내기도 하고, 하룻밤쯤 멋을 내기 위해 모피코트를 빌려 입어도 보고, 파티에서 남은 과일을 싸들고 집으로 돌아와 보기도 해야 한다. 혹시 가지고 있다면, 멋진 은장식이나 비단 혹은 보석도 모두 사용해 보아야 한다. 어느 것도 상자 속에 처박아 두거나 보관해 두지 말고 끄집어 내어놓고 마음껏 사용하는 것이 좋다.

친구도 올바르게 이용할 줄 알아야 한다. 당신의 아파트로 친구들을 불러들여 즐기는데 사용될 수 있어야 하고, 즐거움을 얻을 수 있도록 사용되지 않은 그것은 당신이 낭비해 온 모든 것들 중에서 가장 큰 낭비가 될 것이다.

상상력도 전문지식을 바탕으로 한다

영혼, 그것은 인간을 지상의
모든 것과 구별하는 불멸의 불꽃이다.
_쿠퍼

야채가게에서 일하던 한 세일즈맨이 어느 날 명예퇴직을 했다. 그러나 그는 좌절하지 않은 채 회계 실무 경험을 바탕으로 계산과 관련된 특수과정을 배워 자기 사업을 시작했다.

먼저 그는 이전부터 알고 있던 야채가게들과 거래를 맺은 뒤 100명이 넘는 상인들의 장부를 정리해주고 매월 돈을 받기로 했다. 그의 계획은 매우 실질적이어서 그는 얼마 안 되어 트럭에 현대적인 회계 시스템을 설치한 간이 사무실을 가질 수 있었다.

현재 그는 '이동회계 사무실'과 많은 조수들을 거느린 사장이 되었다. 이 사례는 전문지식이 있으면 풍부한 상상력을 발휘해 성공적으로 사업을 할 수 있다는 사실을 보여준 예이다.

이 이야기의 주인공은 세일즈맨 생활을 중단한 뒤, 도매업자 스스로 이익계산을 동시에 할 수 있는 회계 시스템을 만들고자 했다.

그러나 그는 자신의 생각을 어떻게 구현해야 할지 전혀 알지 못했다.

"나에게는 아이디어가 있지만, 그것을 어떻게 현금으로 바꿀 수 있을지는 모르겠다."고 말할 정도였다.

즉, 자신이 가진 회계 관련 지식을 어떻게 시장에 팔 수 있을 것인가를 몰랐다.

그러나 이 문제는 한 젊은 여성의 도움으로 해결되었다. 그녀는 새로운 회계 시스템의 장점을 서술한 책을 펴냈다.

그 책은 새로우면서도 효과적인 경영 이야기를 담고 있었다. 그래서인지 그녀가 기대했던 것보다 훨씬 많은 주문이 들어와서 미처 만들어 내지 못할 정도로 베스트셀러가 되었다.

▶ 스스로 창조하는 가치

당신은 자신의 인생을 위해서 열심히 일해야 한다. 보람있는 삶이 되기 위해서는 반드시 일해야 한다. 일하지 않는 사람은 아무런 업적을 남길 수 없다.

회사에 다니는 사람들에게 공통적이면서 가장 중요한 꿈은 직장에 대한 보장이다. 안전한 보장을 원하고 있다. 일과 안전문제는 밀접한 관계가 있다. 그러나 여기서 알아야 될 것은 안전보장도 남이 주는 것이 아니라 자신이 만들어낸 가장 확실한 결과임을 잊어서는 안 된다.

국가에서 허락해주는 보장과 개인이 자력으로 이룬 안전한 보장과는 엄청난 차이가 있다. 당신이 일하면서 추구하는 것과 다른 사람이 당신의 안전을 보장하는 것과는 다르다는 사실을 명심해야 한다.

진정한 보장은 일하는 사람만이 가질 수 있는 것이다. 그것은 남이 주는 것이 아니라 스스로 창조하는 결과물이다. 따라서 꾸준히 일하는 사람만이 안전한 보장을 받을 수 있다.

계획을 제대로 짜면 일을 끌어낼 수 있다

눈물로 씻어지지 않는 슬픔은 없다. 또한 땀으로 낫지 않는 번민은 없다.
눈물은 인생을 위로하고 땀은 인생에 보수를 준다.

_쇼펜하우어

예리한 상상력을 지닌 그녀는 물건 판매 측면에서 실제적 지도가 필요한 수천 명의 시장 상인들을 위해 새로운 직업을 떠올렸다. 그녀의 첫 번째 성공은 '시장에서 물건 파는 일을 계획하라.'는 것에서 시작되었다.

이 정열적인 여성은 대학을 갓 졸업한 아들의 문제점을 해결하기 위해 애썼다. 그녀가 아들을 위해 고안해 낸 계획은, 내가 지금까지 보아온 '물건 파는 일'에 관련된 계획 가운데 제일 훌륭한 내용이었다.

그녀는 곧 계획서를 완성했는데, 50장이 넘는 그 계획서는 적당히 체계화된 지식과 아들의 선천적 능력, 학교, 개인적 경험, 그 외에 광범위하고 다양한 내용들을 담고 있었다. 또한 그 계획서에는 그녀의 아들이 갈망하던 지위에 대해서도 면밀히 묘사되어 있었다.

그녀는 그 계획서를 준비하는 동안 가장 큰 이익을 얻을 수 있는 상품을 통계로 산출하기 위해 수주일 동안 매일매일 도서관에 드나 들었다. 또 모든 경쟁자의 현황을 기입하고, 그들의 경영방법에 관한 중요한 정보를 수집했다.

이렇게 해서 끝낸 계획서에는 상인의 이익을 위한 6가지 이상의 좋은 암시가 포함되어 있었다.

말단에서 시작하면 성공할 수 없다

비난은 사람이 유명하게 되었을 때
대중에게 바치는 세금이다.
_스위프트

그녀가 아들을 위해 고안한 이 계획은 아들이 일자리를 구하는데 도움을 주었다. 게다가 아들은 말단에서부터 시작할 필요가 없었다(이 점은 매우 중요한 사실이다).

그는 고위 관리자로 시작했다. 즉, 한 젊은이의 지위를 위한 계획은 밑에서부터 보내야 하는 10년이라는 세월을 단축해준 것이다.

말단에서부터 어려움을 극복하며 일을 해 나가겠다는 생각은 유능한 인재에게는 힘겨운 일이 될 수밖에 없다. 그래서 유능한 인재들이 여전히 말단에 머물러 있는 것이 현실이다.

또한 말단에서부터 모든 것을 관망하는 일이 결코 용기에 도움이 되거나 유능함을 키우는 것이 아님을 기억하라. 오히려 이런 상태가 지속되면 야심이 줄어들게 된다.

즉, 매일 틀에 박힌 생활을 하는 만큼 그런 생활을 자신의 운명으로 받아들이게 되고, 마침내 이러한 습관은 야심을 던져버리도록 만든다.

이것이 바로 왜 말단에서부터 시작하기보다 한두 계단을 뛰어넘어 시작하는 것이 좋은 지에 대한 명확한 이유다. 따라서 우리는 다른 사람들이 어떻게 그 기회를 추구하고, 어떻게 주저 없이 기회를 포착해 앞으로 나아가는지를 관찰하는 습관을 키워야만 한다.

이 세상은 승자만을 사랑한다

행복이란 몇 방울 자기 자신에게 뿌리지 않고서는
남에게 줄 수 없는 향수와 같은 것이다.
_에머슨

댄 할핀(Dan Halpin)은 대학에 다니던 시절 노트르담 축구팀의 매니
저로 활동했다. 하지만 그가 대학을 졸업했을 때는 경기가 좋지 않아 취직
이 어려웠다.

그는 은행에서부터 영화사까지 직장을 찾아 다녔지만 결코 쉽지 않았
다. 그러다가 보청기 위탁판매를 시작했고, 어느 누구도 그 일을 하지 않
으려 한다는 사실을 알았다. 그만큼 성공 기회가 충분했던 것이다.

할핀은 먼저, 회사 판매 관리자의 도움을 받아 일을 해 가면서 거의 2년
동안 기회를 찾았다. 그리고 얼마 뒤 자신의 회사와 경쟁 관계에 있던 확성
송화기 회사의 사장 앤드루스가 보청기를 생산, 판매하고 있다는 사실을
알게 되었다.

앤드루스 역시 오랜 전통을 가진 회사에서 판매를 담당하고 있는 할핀
에 대해 궁금해 했고, 사람을 보내 할핀을 만나자고 했다. 면담이 끝났을
때 할핀은 보청기과의 판매 관리자가 되었다.

그 후 앤드루스는 할핀의 패기를 시험해 보기 위해 세 달 동안 자리를
비우고 플로리다로 떠났다.

할핀은 결코 실패하지 않았다.

"이 세상은 승리자를 사랑하고, 패배자에게는 매정한 것이다."라는 말

이 그에게 큰 영향을 미쳤다. 그 결과 할핀은 보통사람들이 10년 동안 노력해야 겨우 얻을 수 있는 회사의 부사장 자리까지 오를 수 있었다.

이 사례로 내가 강조하고자 하는 바는, 자신을 통제할 수 있는 욕망에 따라 그냥 말단 자리에 남아 있거나, 아니면 높은 자리로 승진할 수 있다는 것이다.

▶ 잠재의식의 능력이 미래를 만든다

사람들이 자신의 숨겨진 잠재능력을 깨닫지 못하고 활용하려 하지 않는다면, 그 인생은 패배자라는 각인을 짊어지고 살아야 한다.

인생에서 가장 소중한 것은 이 잠재된 능력을 끌어내기 위해 얼마나 잠재의식을 다듬고 자각하고 활용하는가이다.

그것이 바로 인생의 목적이다.

"당신이 절망과 낙담, 그리고 우울증이라는 늪에 빠진 근본적인 원인은 당신의 생각과 감정, 즉 당신의 마음가짐에 있으며, 조건이나 환경은 참고사항에 지나지 않는다."

이와 같이 모든 문제의 근본적 원인이 자기 내부에 있다는 것을 인정하지 않는 한 인간은 자신이 만든 움막에서 영원히 나올 수 없으며 영광으로 빛나는 미래를 만날 수 없다.

영광된 미래에 도달하려면 '지금', '여기', '나'라는 세 가지의 핵심어를 가지고 모든 것을 믿고 생각해야 한다.

그래서 그것을 깨닫고 실천했을 때 비로소 결실있는 내일을 손에 넣을 수 있다.

밑바닥 인생으로 끝나고 싶은가

내일을 향한 최선의 준비는 오늘의 일을
가장 훌륭하게 하는 데 있다.
_워리암 오슬러

내가 강조하고 싶은 점은 바로 '성공과 실패는 둘 다 습관의 결과'라는
것이다. 그리고 영웅숭배 사상은 성공에 도움이 된다는 사실이다.

나의 아들 블레어가 할핀과 어떤 지위를 놓고 협상했을 때, 할핀은 블레
어에게 경쟁회사에서 받았던 수입의 1.5배를 주겠다고 제안했다.

나는 아들에게 할핀의 제안을 수락하라고 했다. 왜냐하면 자신이 싫어
하는 환경과 타협하길 거부한 사람은 돈으로 환산할 수 없는 자산을 가졌
다고 믿기 때문이다.

말단의 생활은 단조롭고 지루해 어느 누구도 좋아하지 않는다. 이것이
바로 내가 '적당한 계획을 세운 뒤 처음부터 시작해 어떻게 시간을 벌 수
있나'에 대해 설명한 이유다.

전문지식이 곧 능력이다

노력하라. 노력하지 않고서는
아무도 높은 곳에 오를 수 없다.
_알랭

자기 아들을 위해 계획서를 만들었던 그 여성은, 개인 서비스를 팔아 많은 돈을 벌고 싶어하는 사람들에게서 계획서를 만들어 달라는 요청을 받았다.

그녀의 계획서는 물건을 제대로 팔지도 못하면서 더 많은 돈을 벌려고 하는 사람들을 위한 약삭빠른 판매 정책이 결코 아니었다.

그녀는 판매자뿐만 아니라 구매자까지 모두 고려해 살핀 뒤 판매자가 지불한 것보다 더 많은 돈을 벌 수 있는 계획을 생각해 낸 것이다.

즉, 판매자 스스로가 마련한 판로까지 생각한다면 그녀의 계획서는 더 큰 이득을 남길 수 있었다. 의사, 변호사, 엔지니어 등은 자신의 평균 수입보다 더 많은 수입을 올릴 수 있는 기본 요소를 갖고 있다.

모든 생각은 전문지식을 바탕으로 해야 한다. 돈을 벌지 못한 대부분의 사람들은 전문지식을 등한시하는 경향이 있다. 바로 이런 점 때문에 개인 서비스를 팔아야 하는 남성과 여성들은 자신을 도와줄 능력 있는 사람이 필요한 것이다.

여기에서 능력은 상상력을 뜻한다. 즉, 하나의 능력은 부를 추구하는 종합화된 계획의 형태로 생각과 더불어 전문지식이 뒷받침되어야 한다.

창조적인 일에 몰두하는 용기

아무리 많은 반대가 있어도 양심에 옳다고 느껴지거든 그렇게 하라.
남이 반대한다고 자신의 신념을 꺾지 마라.
_채근담

천부적인 유전적 재능, 연구, 훈련, 행운까지도 창의력의 중요한 일부
이다. 그러나 꼭 필요한 것은 자신의 세계에 몰두하는 일이다. 우리는 그
것을 두 가지 과정으로 생각해본다.

첫째, 창의적인 행동에 자신을 몰두시키고, 그런 다음 기꺼이 그 일에 임
한다.
둘째, 비판적인 검토이다. 정신적인 여유를 갖고 거리를 두어 그 결과를
주시해보라. 그 일이 내가 원하고 있는 방향으로 가까이 가고 있는가를.
그것은 마치 캔버스 앞에선 화가가 무아의 경지에서 그림을 그리고난
다음 새로운 조화를 얻기 위해 약간 뒤로 물러서서 작품을 응시해보는
행동과 같다. 이 두 가지는 마음의 분리 상태, 즉 창의적인 행동과 비판
적인 검토를 의미한다.

창조적인 삶은 성공을 지나치게 의식하지 않고 그것에 깊이 몰두함으로
써 얻을 수 있다.
그러한 자세로써 우리는 무리없이 창의의 틀 안에 들어가게 되어 훌륭
한 결과는 거기에서 주어지는 여분의 이득에 불과하다.

더 중요한 것은 스스로 자신을 자유자재로 컨트롤 하는 일이다.

어떤 농부가 15년 동안 자신과 가족의 바람직한 삶을 위해 열심히 노력했다. 그는 결코 어떤 동정이나 특별한 대접을 바라지 않았다. 그의 생활철학은 독립심과 근면이요, '심은 대로 거두리라'는 신조였다.

그의 최선의 노력에도 불구하고 어느날 갑작스럽게 태풍이 불어와 농작물을 모두 휩쓸어갔다. 그는 마지못해 재난대책위원회에 가서 도움을 받았다. 그때 그는 자신이 실패자라고 느꼈다.

과연 당신도 그렇게 생각하는가?

그렇게 생각하지 않기를 바란다. 실패의 공포는 당신을 무력하게 만든다. 만약 당신이 자신을 사랑하고자 한다면 모든 것을 사랑해야 한다.

대담함을 가져라. 가능한 한 많은 용기를 갖도록 하라. 물론 용기만이 전부는 아니다. 거기에는 실천이 따라야 한다. 문제를 해결하는데 그럴듯한 요령을 기대하지 말라. 확고한 삶을 영위하려는 용기를 가져야 한다. 사랑과 정력으로 가득 채워야 한다.

성공이란 용기있게 사는 삶이다. 성공이란 투쟁이요, 변화요, 계속 성장하려는 용기를 의미한다. 그리고 다른 모든 고통과 시험에 속박되지 않는 용기를 말한다. 성공이란 바로 당신 자신의 것이다.

the law of
SUCCESS

제3원칙

창의력이 있어야 한다

▶ 당신의 성공을 위한 조언

1. 어려움을 헤쳐 나가는 데 필요한 모든 돌파구는 상상을 통해 스스로 찾아 내야 한다.

2. 창의력은 정신 에너지를 성공으로 바꾸어 놓는 정신 작업이다.

3. 당신은 종합적 창의력과 창조적 창의력을, 그것도 한꺼번에 사용할 수 있다.

4. 창의력은 수많은 실패 요인이 되기도 하지만, 성공을 위한 촉매제 구실도 한다.

창의력은 성공의 작업장이다.

사랑이 없는 청춘, 지혜가 없는 노년
이 모두는 실패의 일상이다.
_스웨덴 속담

창의력은 말 그대로 인간이 만들어 내는 모든 계획을 형성해 가는 작업장이다. 인간의 충동과 욕망은 마음속의 창조적 재능을 바탕으로 체계가 잡히고 행동으로 나타난다.

인간은 자신이 상상하는 것은 무엇이든 다 만들어 낼 수 있다고 믿어 왔다. 그리고 실제로 과거 50년 동안 인류는 창조력을 이용해 인류 역사가 개척해 온 것 이상을 발견했을 뿐 아니라 대자연의 힘을 유용하게 활용했다.

즉, 비행기를 만들어 새들도 도저히 따를 수 없는 속도로 하늘을 정복했고, 태양을 분석해 그 무게를 재고 구성 물질을 파악했다. 이것들이 모두 상상력과 창의력에 의해 이루어진 결실이다.

인간의 한계는 창의력을 어디까지 발전시켜 그것을 실행할 수 있느냐에 따라 결정된다. 인간의 창조 능력은 아직도 완전히 사용되고 있지 못하다.

즉, 인간은 무한한 상상력과 창의력을 갖고 있으며, 극히 초보적인 단계만을 이용하고 있을 뿐이다.

창의력은 쓰면 쓸수록 발달한다

행복은 손에 잡고 있는 동안 작게 보이지만 놓치면
그것이 얼마나 크고 귀중한 것인지를 알 것이다.

_막심 고리키

창의력은 두 가지로 나눌 수 있다. 하나는 대체적 창의력이고, 다른 하나는 창의적 상상력이다.

대체적 창의력이란 상상력을 이용해 기존의 개념, 아이디어, 계획 등을 대체할 수 있는 것을 만들어 내는 재능이다. 단, 이것은 전혀 새로운 것을 만들어 내는 창의력은 아니다. 지금까지 자신에게 주어진 체험, 교육, 관찰 등을 바탕으로 물질을 변화시킬 뿐이다.

많은 발명가들이 발휘하는 재능도 대부분 대체적 창의력이다.

인간은 대체적 창의력에 의해 문제를 풀지 못할 때 창의적 상상력을 이용해 새로운 것을 만들어 낸다. 창의적 상상력이란 인간이 가진 창의력에 의해 원래 한계가 있는 인간의 마음이 무한한 지성과 조화를 이루는 것이다.

창의적 상상력은 직감을 통해 나타나는데, 기본적 또는 새로운 아이디어가 인간에게 전달되는 것은 이 능력을 통해서다. 어떤 사람이 잠재의식과 커뮤니티를 형성하거나 잠재의식을 이용하는 것도 이 창의적 상상력의 덕분이다

창의적 상상력은 쓰면 쓸수록 더욱 활발히 작용한다. 비즈니스, 공업, 금융, 예술 등의 분야에서 일류급 인사가 된 사람들은 모두 창의적 상상력

의 재능을 개발했기 때문에 성공할 수 있었다.

인간의 근육이나 여러 기관은 쓰면 쓸수록 더욱 발달하는데, 대체적 창의력과 창의적 상상력도 사용하면 할수록 한층 더 광채가 난다.

욕망은 인간의 충동적인 생각에 불과한 것으로 뜬 구름처럼 잡을 수가 없다. 따라서 구체적인 형태로 나타나지 않을 때는 무척 추상적이고 가치 없는 것이 되어 버린다.

욕망을 돈으로 구체화하는 과정에는 대체적 창의력이 필요하지만, 창의적 상상력 역시 필요하다.

▶ 성공에 대한 훈계

1. 새는 말이 아니다. 한 번 날아가면 잡을 수 없다.
2. 이빨 빠진 다람쥐에게 도토리를 주어도 소용이 없다.
3. 바보스런 질문에는 대답하지 않아도 좋지만, 예의를 잃지 않아야 한다.
4. 두 마리의 말을 타게 되면 진흙 속으로 떨어지게 된다.
5. 멋쟁이가 되려고 초조하게 굴지 말고 좋은 인상을 갖도록 힘쓰라. 인생을 서두르는 사람은 요절한다.
6. 친한 벗과 함께 동행하면, 지루한 여행길도 반으로 줄어든다.
7. 백 사람의 친구도 많은 것은 아니지만, 한 사람의 적은 너무 많다.
8. 남의 차를 타게 되면, 그 사람을 위한 노래를 준비해 두어라.

창의력은 부자에 대한 욕망을 구체화시킨다

세상 사람들은 모두 자기의 기억력을 탄식한다.
하지만 아무도 자기의 비판력을 탄식하지는 않는다.
_프랑수와 로슈푸코

창의력은 오래 사용하지 않으면 약화된다. 그러나 사용하면 곧 재생되고 활발해진다. 즉, 창의력은 사용 부족으로 정지 상태에 머물 수 있어도, 완전히 사라지는 것은 아니다.

부자가 되고자 하는 욕망을 돈으로 변화시키고 증가시킬 수 있는 능력도 바로 창의력이다. 불확실한 충동이나 욕망의 변화는 계획을 수행하는 데 꼭 필요하며, 이러한 능력은 창의력, 특히 종합적 창의력에 의해 이루어진다.

이 책을 끝까지 다 읽은 뒤 다시 이번 장으로 돌아와, 욕망을 돈으로 바꿀 수 있는 계획을 세울 때 자신의 창의력을 사용해 보자. 계획 설계를 위한 상세한 사항은 거의 각 장마다 언급되어 있다.

그런데 만일 이 책을 다 읽은 뒤에도 아직 실천하지 못하고 있다면, 계획 수립에 필요한 알맞은 사항을 수집하고 계획을 줄여야 한다. 그래야만 불완전한 욕망을 완전한 형태로 바꿀 수 있다.

아이디어가 행운을 가져온다

아이디어는 모든 행운의 시작이자 창의력의 산물이다. 부를 축적하는 데 창의력이 어떻게 사용되는지, 또 거대한 행운을 이룬 유명한 아이디어에는 어떤 것들이 있는지 살펴보자.

50여 년 전, 시골의 어느 의사가 도시의 한 약국에서 젊은 약사와 흥정을 하기 시작했다. 1시간이 넘도록 의사와 약사는 낮은 목소리로 조용히 속삭였다.

잠시 뒤 밖으로 나간 의사는 커다란 냄비와 주걱 같은 것을 갖고 돌아왔다. 그 냄비를 관찰한 약사는 주머니에서 돈을 꺼내 의사에게 건네주었다. 그 돈은 500달러였으며, 약사의 전 재산이었다.

의사는 약속한 대로 조그만 종이를 약사에게 주었다. 그 종이에는 매우 중요한 비밀이 적혀 있었다. 그것은 냄비 속의 물질을 끓이는 데 반드시 필요한 내용이었다.

의사는 구식 냄비를 500달러에 팔았다는 사실에 몹시 기뻤다. 약사는 단지 한 장의 조그만 쪽지에 그의 전 재산을 투자했지만, 그 구식냄비를 선택함으로써 큰 행운을 얻었다. 약사는 한 번도 알라딘의 마술 램프처럼 금이 나오는 냄비를 꿈꾼 적이 없었다. 하지만 약사는 냄비에서 중요한 아이디어를 하나 얻었다.

구식냄비와 나무주걱, 그리고 종이에 적힌 비결은 그 냄비 속에 담긴 가치를 깨달은 새 주인에게 행운으로 나타나기 시작했다. 그 냄비의 행운은 전 세계의 많은 사람들에게 계속되었으며, 지금도 이어지고 있다.

현재 그 구식냄비는 수천 명의 세계 남성과 여성들에게 설탕통을 만들어 시장에 내다 파는 일거리를 제공하고 있을 뿐만 아니라, 해마다 많은 사람들에게 유리 닦는 일을 제공하고 있다. 또한 상품을 표시하는 그림을 그린 예술가에게 부와 명예를 안겨주었다.

그 구식냄비는 작지만 중요한 기업에 들어간 뒤, 직·간접적으로 도시에서 유용하게 사용되고 있다. 그리고 전 세계적으로 그 구식냄비에서 나오는 아이디어가 넘쳐나고 있으며, 그 아이디어를 낸 사람들은 모두 큰 돈을 벌었다.

구식냄비에서 나온 황금은 현재 성공하기 위해 기본교육을 받고 있는 수천 명의 젊은이들이 모인 남부의 한 회사에서 관리 및 유지되고 있다.

만일 구식냄비에서 파생되는 많은 아이디어에 대해 말한다면, 그것은 놀라운 상상에 대한 이야기가 될 것이다. 사랑과 사업에 대한 상상, 그리고 그것에 의해 매일 자극받는 남녀 직장인들의 상상 말이다.

나 또한 그런 상상을 가지고 있으며, 이 상상은 약사가 낡은 냄비를 산 순간부터 시작되었다.

우리는 누구든, 어디에 살든 직업이 무엇이든, '코카콜라'라는 글자를 볼 때마다 그것의 거대한 힘이 단순한 아이디어에서 비롯되었음을 기억해야 한다.

뜻이 있으면 길이 열린다

분수에 넘치는 야심 때문에 마음을 괴롭히지만
않는다면, 대개의 인간은 작은 일로도 성공한다.
_롱 펠로

존경 받는 교육자이자 목사인 프랭크는 '뜻이 있으면 길이 열린다.'라는 말이 진리라는 사실을 나에게 들려주었다.

프랭크는 대학에 다니던 시절 교육제도에 문제가 있음을 알았다. 그래서 그는 자신의 새로운 생각을 실천하기 위해 대학교를 설립해야겠다고 결심했다. 대학교를 설립하기 위해서는 백만 달러가 필요했다. 과연 그는 어디에서 그 많은 돈을 구할 수 있었을까?

야심으로 가득 찬 그는 어떻게 하면 그 돈을 마련할 수 있을지를 매일 고민했지만, 별 진전이 없었다. 그는 돈 문제에 열중하느라 밤을 새기 일쑤였다.

그는 마침내 목적을 이루는 일은 시작에서 비롯된다는 사실을 깨달았다. 또한 그 목적을 물질 자산으로 바꿀 수 있는 욕망이 힘과 용기로 작용할 때만 꿈이 이루어진다는 사실도 깨달았다.

이런 위대한 진리를 깨달았음에도 그는 여전히 어디에서 어떻게 백만 달러를 마련해야 할지 몰랐다. 바로 이런 상황에서 대부분의 사람들은 "내 아이디어는 매우 좋다. 그러나 나는 아무것도 할 수 없다. 필요한 백만 달러를 얻을 수 없기 때문이다."라며 포기해 버린다. 그러나 그는 그렇게 말하지 않았다.

그가 들려준 이야기를 그대로 전하겠다.

어느 토요일 오후, 나는 내 계획을 실천하기 위한 돈을 모을 수 있는 방법에 대해 골똘히 생각하고 있었다. 거의 2년 동안 그 생각을 해 왔지만, 생각 외에는 아무것도 할 수가 없었다.

나는 일주일 안으로 필요한 돈을 얻어야겠다고 결심했다. 그럼 어떻게? 나는 그 점에 대해서는 크게 걱정하지 않았다. 어떻게 해서든 정해진 시간 안에 돈을 모을 생각이었고, 그렇게 할 수 있으리란 확신이 들었다. 내 머릿속에는 오직 '그 돈은 당신을 기다리고 있어요.'라는 생각만 가득했다.

일은 빨리 진행되었다. 나는 신문사에 요청해 다음 날 아침 교회에서 '나에게 백만 달러가 있다면 무엇을 할 것인가?'란 제목으로 설교를 하기로 했다.

나는 설교를 위해 뛰어 다녔지만, 솔직히 그리 어려운 일은 아니었다. 왜냐하면 거의 2년 동안 설교 준비를 해 왔기 때문이다. 한밤 중에 나는 설교 원고 작업을 끝마쳤다. 그리고 자신감이 가득찬 상태로 침대에 누웠으며, 백만 달러가 수중에 들어온 듯한 기분이 들었다.

다음 날 일찍 일어난 나는 내 설교가 백만 달러를 모으는 데 도움이 되게 해 달라고 기도했다. 기도를 하는 동안 또다시 백만 달러가 수중에 들어온 듯한 느낌이 들었다.

나는 설교를 하는 동안 눈을 감은 채 나의 모든 마음과 영혼을 다 바쳐 이야기를 했다. 청중에게 말했을 뿐 아니라 하느님에게도 말했던 것이다.

나는 내가 백만 달러를 얻을 수 있다면, 그 돈으로 무엇을 할지에 대해 말했다. 즉, 실용적인 교육을 시행하는 동시에 젊은이들의 정신을 개발할 수 있는 훌륭한 교육기관을 설립할 계획에 대해서 말한 것이다.

내가 설교를 마치고 자리에 앉자, 세 번째 줄에 앉아 있던 한 사람이 천천히 자리에서 일어났다. 설교대 앞으로 나온 그는 말했다.

"목사님, 당신의 설교는 무척 감동적이었습니다. 당신은 백만 달러만 있다면, 정말 그 일을 해 낼 듯한 믿음을 주었습니다. 내가 목사님과 설교를 믿는다는 사실을 증명해 보이기 위해, 내일 아침 제 사무실에 오신다면 기꺼이 백만 달러를 드리겠습니다. 제 이름은 필립 아모르입니다."

나는 다음 날 아침에 아모르의 사무실로 찾아갔고, 정말 백만 달러를 받았다.

그 돈으로 프랭크는 현재 일리노이즈의 공예학 협회로 잘 알려진 '아모르 공예학 전문학교'를 설립했다.

그가 백만 달러를 얻게 된 것은 아이디어의 결과였다. 그 아이디어의 이면에는 프랭크가 거의 2년간 꿈꾸어 온 불타는 욕망이 있었던 것이다. 우리는 그 중요한 사실에 주목해야 한다.

프랭크가 돈을 얻는 데는 36시간이 걸렸다. 그러나 프랭크에게는 백만 달러에 대한 막연한 생각과 그 돈이 필요하다는 희망 외에는 별다른 묘수가 없었다.

다른 많은 사람들도 그와 비슷한 생각과 꿈을 가지고 있을 것이다. 그러나 프랭크가 '벌어야겠다'는 결정을 내렸을 때, 거기에는 이미 독특한 그 무언가가 있었다. 결과적으로 프랭크는 백만 달러를 얻지 않았는가.

이 보편화된 원칙은 젊은 목사가 성공적으로 사용했을 그 당시처럼, 오늘날에도 유용하게 사용되고 있다.

사소한 것에 눈을 돌려야 부자가 된다

일생에 가장 중요한 것은 직업의 선택이다.
하지만, 그것을 좌우하는 것은 우연이다.
_파스칼

　우리는 프랭크가 평범한 성격의 소유자라는 사실에 주목해야 한다. 그러나 그는 확고한 목적이 확고한 계획에 도움을 주며, 아이디어가 돈으로 바뀔 수 있다는 엄청난 진리를 알고 있었다.

　만일 열심히 정직하게 일한 사람만이 돈을 모을 수 있다고 믿는다면, 지금 당장 그 생각을 버려라! 그것은 진리가 아니다. 돈은 결코 열심히 일한 결과만은 아니다! 즉, 돈은 우연한 기회나 행운에 의한 것이 아니라 절대적인 원칙의 작용에 근거를 둔 것이다.

　일반적으로 사람들은 '아이디어란 창의력에 의한 행동의 강한 충동'이라고 말한다.

　유능한 판매원은 상품을 팔 수 없는 곳에서 그것을 팔 수 있는 방법을 알고 있다. 그러나 평범한 판매원은 이 사실을 모른다. 바로 이 점이 프로와 아마추어의 차이다

　어떤 출판사의 발행인이 저렴한 가격의 책이 독자들에게 좋은 반응을 얻는다는 사실을 깨달았다. 또한 많은 사람들이 내용보다는 제목을 보고 책을 산다는 것도 알았다. 그래서 그는 아무런 감동도 없는 책을 제목만 흥행코드에 맞게 바꾸어 출간했으며, 백만 부 이상을 팔았다.

　매우 간단하게 돈을 번 듯 하지만, 이것이 바로 아이디어이자 창의력이다.

아이디어에는 표준가격이란 것이 있을 수 없다. 아이디어의 창조자가 그 아이디어에 값을 매기고, 만일 그것이 괜찮다면 그에 합당한 값이 붙는 것이다.

실제로 큰 행운은 아이디어 창조자와 아이디어 판매자가 협력해서 일할 때 시작된다. 카네기의 엄청난 재산은 그가 할 수 없는 일을 한 사람들과 아이디어를 창조해 낸 사람들, 그리고 아이디어를 응용한 사람들이 그의 주변에 있었기 때문에 주어진 것이다.

많은 사람들은 일생을 평탄하게 보낸다. 물론 평탄하게 살면서도 기회를 잡을 수 있지만, 안전한 계획은 결코 행운을 가져다주지 않는다.

나에게 커다란 행운이 찾아왔다. 그러나 그것은 지난 25년간의 노력의 결과였다. 그 당시 카네기는 조직적인 아이디어가 성공으로 이어질 수 있다는 사실을 내 마음속에 심어주었다. 시작은 매우 순조로웠으며, 그런 아이디어는 누구라도 가질 수 있고, 또 키워 갈 수 있다.

순조로운 기회는 물론 카네기에게도 찾아왔다. 그러나 그 기회는 확고한 목적, 그리고 목표를 향한 욕망과 25년간의 노력의 결과였다. 또 실망, 좌절, 비난, 끊임없는 시간 낭비 끝에 남은 것은 그저 평범한 욕망만이 아니었다. 바로 불타는 욕망이 남았던 것이다.

카네기가 그 아이디어를 나에게 심어주었을 때 나는 무척 어려울 것이란 생각을 했다. 그러나 그 아이디어는 내 마음속에서 점차 크게 자라났고 끊임없이 나를 달래고 움직였다. 아이디어란 그런 것이다. 먼저 당신의 인생에서 아이디어를 얻어라. 그리고 그 힘을 사용해 모든 장애를 물리쳐라.

아이디어는 보이지 않는 힘이다. 그러나 그것은 선천적으로 나타난 지능보다 더 큰 힘을 가진다. 즉, 아이디어를 낸 최초의 사람이 죽은 다음에도 그 아이디어는 힘을 유지한 채 계속해서 살아남는다.

the law of
SUCCESS

계획을 잘 세워야 한다

▶ **당신의 성공을 위한 조언**

1. 당신은 어떤 분야에서든 리더가 될 수 있고, 짧은 시간에 부자가 될 수 있다. 단, 그러기 위해서는 먼저 계획을 잘 세워야 한다.

2. 여기에 제시한 동적 원칙들이 돈 버는 힘을 넓혀주는 엘리트 집단을 형성하는 데 도움이 될 것이다.

3. 성공적인 리더십의 7가지 비결과 자신이 리더라고 말하는 사람들이 실패하는 이유 10가지를 살펴보기로 하자.

4. 새로운 리더십과 자신이 원하는 분야에서 좋은 결과를 얻기 위해서는 그 어떤 악영향이라도 모두 배격해야 한다.

어떻게 계획을 세울 것인가?

모든 지혜는 두 단어로 함축될 수 있다.
바로 기다림과 희망이다.

_뒤마

　　앞에서 우리는, 인간의 창조적인 힘이 불타는 욕망에서 비롯된다는 사
실을 알았다. 그리고 추상적인 것에서 구체적인 것으로 나아가는 첫 걸음
은, 욕망이 창의적 상상력의 세계에 들어간 뒤 욕망을 구체화하려는 계획
을 낳고, 그 계획을 조직하는 일이라는 사실을 배웠다.

　　특히 제1원칙에서는 욕망을 돈이나 물질적 자산으로 전환하는 데 필요
한 6단계에 대해서도 알아봤으며, 그 과정에서 계획이 무척 중요하다는
점을 깨달았다.

　　그렇다면 계획을 어떻게 세워야 실제적인 것이 될까? 지금부터는 그것
에 대해 알아보도록 하겠다.

　　계획을 세울 때는 먼저 다음과 같은 사항에 주의해야 한다.

1. 돈을 모으겠다는 계획을 실행하는 데 필요한 사람들을 하나의 그룹
   으로 묶는다. 즉, 엘리트 그룹에 속할 만한 사람들을 활용하는 계획
   이다. 단, 이 사람들을 자신에게 완전히 복종하게끔 만드는 것이 절
   대 조건이다. 이 점을 간과해서는 안 된다.

2. 엘리트 그룹의 도움을 받을 때는 먼저 그들에게 자신이 어떤 이익을
   줄 것인지를 결정해야 한다. 돈이 아니더라도 적당한 보상이 없는 일

에 협조할 사람은 없기 때문이다.

3. 엘리트 그룹에 속한 사람들을 적어도 1주일에 2회 정도는 회합시킴으로써 계획 작성의 흐름을 익히도록 해야 한다. 특히 돈을 벌기 위한 계획에는 이 단계가 절대적으로 필요하다.

4. 자신과 그룹 간, 또 그룹 상호간의 완전한 조화를 꾀해야 한다. 이를 실행할 수 없다면 실패할 뿐이다 .

결론적으로 다음의 사실을 명심해 두지 않으면 안 된다.

첫째, 자신이 제일 중요한 일을 하고 있다고 생각해야 한다.

둘째, 돈을 벌기 위해서는 실패하지 않을 계획을 세워야 한다.

셋째, 다른 사람의 경험, 학식, 재능, 뛰어난 창조력 등을 이용해야 한다.

큰 재산을 모은 사람들은 모두 이 방법을 이용하고 있다. 아무리 훌륭한 사람이라도 자기 혼자만의 경험이나 재능, 지식만으로 큰 재산을 모을 수는 없다. 다른 사람의 협력이 필요한 것이다.

따라서 돈을 모으기 위해 어떤 계획을 세우든 자신과 엘리트 그룹의 창의력을 집약하지 않으면 안 된다. 물론 그 계획의 전부 또는 일부를 자신이 만들 때도 있겠지만, 그 계획에 엘리트 그룹이 협력해야 성공할 수 있다.

실패가 두려워 계획을 못 세운다면 어리석다

삶을 두려워하지 마라.
삶을 살만한 가치가 있는 것이라고 믿어라.
그 믿음이 가치 있는 삶을 만든다.
_로버트 슐러

처음 세운 계획이 실패했다면 곧바로 새로운 계획을 세워서 실행해야한다. 그리고 그 계획도 잘 추진되지 않는다면 또 다른 계획으로 바꾸는 식으로 목표에 도달할 때까지 몇 번이고 참을성 있게 도전해야 한다. 바로 여기에 성공 포인트가 있다.

대부분의 사람들은 한 가지 계획을 세워 실패하면 그것을 대체할 만한 다른 계획을 구성할 끈기가 없어서 결국 성공하지 못한다. 지식인들이 돈을 모으지 못하는 이유도 그들의 계획이 실제적이지 않기 때문이다. 이 점을 명심해서 한순간의 실패가 영원한 실패가 아니라는 점을 잊지 말아야하겠다.

에디슨은 백열전구를 완성하기까지 1만 번이나 실패했다. 즉, 그의 노력이 열매를 맺어 영광을 얻기까지 1만 번이나 실패를 거듭한 것이다.

한순간의 실패는 어떤 한 부분이 나빠서 생긴 문제일 수 있으므로, 그속에서 교훈과 지식을 얻어야 한다. 그러나 사람들은 부를 거머쥐기에 적합한 계획을 세우지 못해 결국 평생을 가난하게 살다가 죽는다.

포드가 억만장자가 된 이유는 머리가 비상하기 때문이 아니라 건전한 계획을 세우고 그것을 실행해 나갔기 때문이다. 포드보다도 더 많은 교육을 받은 몇 천 몇 만 명의 사람들이 가난한 이유는 돈을 모으는 방법이 정확하지 못했기 때문이다. 계획이 아무리 훌륭하다 해도 계획 이상의 성과를 거둘 수는 없다.

세계 최대 전기 회사의 사장인 사무엘 인슐은 1억 달러 이상의 재산을 잃었다. 그는 건전한 계획을 세워 재산을 모았지만, 불경기로 인해 그 계획을 수정하지 않을 수 없었다. 그러나 수정한 계획이 좋지 않아 한순간의 실패를 겪게 되었다. 이미 노인이 된 인슐은 한순간의 실패에서 일어나지 못한 채 재산을 모두 잃었다. 그가 경험을 살리지 못한 채 그대로 주저앉은 이유는 또 다른 계획을 세울 끈기가 없었기 때문이다.

반면, 포드는 기업을 운영하던 초창기뿐 아니라 큰 성공을 거둔 뒤에도 실패를 되풀이했다. 하지만 그때마다 새로운 계획을 세워 승리를 향해 돌진했다.

우리는 세계적인 부호들의 재산만 볼 뿐, 그들이 부호가 되기 전에 겪었던 한순간의 실패를 간과하는 경향이 있다. 한순간의 실패도 경험하지 않은 부자는 이 세상에 단 한 명도 없다.

계획이 실패한 이유는 당신의 계획이 건전하지 못해서일 수도 있으므로, 그 점을 인정하고 계획을 수정해 목표를 향해 재출발하라. 목표에 도달하지 않았는데도 단념해 버린다면 당신은 패배자가 될 뿐이다.

'승리자는 결코 물러나지 않는다.'라는 문구를 종이에 써서 아침저녁으로 읽어라. 세상에는 '부자를 만드는 유일한 수단은 돈'이라고 믿는 바보도 있다. 욕망이야말로 돈을 만드는 원천이라는 사실을 모르고 말이다.

돈 자체만으로는 아무것도 만들어 낼 수 없다. 돈은 움직이지도 못할 뿐 아니라 생각하거나 말도 하지 못한다. 하지만 우리는 욕망을 가진 사람이 말할 때 그 욕망의 소리를 듣게 된다.

리더가 되고 싶다면 리더를 잘 따르라

이 세상에는 두 가지 유형의 사람이 있다.

하나는 리더라고 불리는 사람이고, 또 하나는 그를 따르는 사람이다. 리더가 되고 싶은가? 아니면 리더를 따르는 사람이 되고 싶은가?

리더가 되느냐, 되지 못하느냐에 따라 보수의 차이는 커진다. 리더를 따른다고 해서 결코 불명예스러운 것은 아니다. 또한 언제까지나 리더를 따라야 한다는 법도 없다.

누구나 처음부터 리더로 시작하는 것은 아니기 때문이다. 리더를 따르던 사람이 리더가 되는 이유는 그 사람 머리에 지식이 가득하기 때문이다.

극히 일부분을 제외하고, 현명하게 리더를 따르지 못하는 사람은 훌륭한 리더가 될 수 없다. 가장 능률적으로 리더를 따르는 사람은 대부분 리더로서의 재능을 재빨리 개발해 나간다.

▶ 열중은 성공의 힘이다.

열중하게 되면 자신감이 생겨 모든 일이 가능하게 보이며, 자기가 세운 꿈을 실현할 수 있다고 믿게 해준다. 즉 목적으로 가게 하는 원동력이 되는 것이다. 그러므로 지나간 과오나 실패는 잊고 현재에 열중하면 보답을 얻는다.

리더가 갖추어야 할 조건들

위대한 사람은 자기가 할 수 있는 일을 한 사람이다.
그러나 평범한 사람은 할 수 있는 일은 안 하고
할 수 없는 일만 바라는 사람이다.
_로맹 롤랑

1. 확고부동한 용기

용기는 직업에 대한 자신감과 지식이 없이는 생기지 않는다. 부하 직원에게 영향을 받고 싶지 않다고 생각하는 리더는 확고부동한 용기가 부족한 경우다. 현명한 부하는 그런 리더 밑에서 일하고 싶어하지 않는다.

2. 자제심

자신을 조절할 수 없는 사람은 결코 부하 직원을 관리할 수 없다. 자제심은 부하들에게 크게 어필한다. 지성이 있는 사람은 그만큼 자제심도 강하다.

3. 강렬한 정의감

공명과 정의감이 없는 리더는 아무리 훌륭해도 부하 직원을 잘 지휘하거나 그들에게서 존경을 받을 수 없다.

4. 확고한 결단

결단을 내릴 때 우물쭈물 하는 사람은 자신에 대한 확신이 없다는 증거다. 이런 사람은 부하 직원을 지도할 수 없다.

5. 확고한 계획성

리더로 성공하는 사람은 계획을 잘 세워서 정확히 실천하는 사람이다. 확고하면서도 실제적인 계획도 없이 되는 대로 움직이는 리더는 노를 잃은 배처럼 얼마 안 가 침몰하고 만다.

6. 적절한 보상

부하 직원에게 많은 일을 시켜서는 안 된다. 부하 직원에게 필요 이상의 일을 시키는 사람은 리더로서 낙제점이다.

7. 호감이 가는 인격

일을 조잡스럽게 하는 데다 주의력도 부족한 사람은 리더로서 성공할 수 없다. 리더십은 부하의 존경을 필요로 한다. 즉, 호감이 가는 인격 측면에서 높은 점수를 받지 못한 리더는 부하 직원으로부터 결코 존경받지 못한다.

8. 동정심과 이해

성공하는 리더는 부하 직원들을 잘 이해하고, 그들의 고민이나 문제까지도 잘 알고 있다.

9. 강한 책임감

성공하는 리더는 부하 직원의 과실이나 결정을 기꺼이 책임진다. 이런 책임감을 갖지 못하는 사람은 리더로서 자격이 없다. 만일 부하 직원의 실수가 과중한 업무 탓이라면, 리더는 실패의 원인이 과중한 일을 시킨 자신에게 있다고 생각해야 한다.

10. 상세한 지식 습득

리더로 성공하고 싶다면 리더가 갖춰야 할 전문 지식을 상세하게 공부해 충분히 알고 있어야 한다.

11. 협력

성공하는 리더는 협력 원칙을 잘 이해하고, 그것을 적극적으로 활용할 줄 알아야 하며, 부하 직원에게도 협력에 관한 인식을 심어 주어야 한다.

리더십은 두 개의 유형으로 나누어 생각할 수 있다.

첫째는 가장 효과적인 리더십으로, 부하 직원을 납득시켜 가며 일을 시키는 유형이다.

둘째는 부하 직원의 납득이나 동정 같은 것은 전혀 상관하지 않은 채 권력에 의해 리더십을 발휘해 가는 유형이다.

역사를 되돌아보면 권력형 리더십은 오래 가지 않는다. 권력을 남용한 정치가나 왕이 몰락해 버린 사례들은 중요한 사실을 강조하고 있다. 즉, 국민은 권력만 있는 리더에게는 영원히 복종하지 않는다는 점이다.

현대는 리더와 부하 직원이 새로운 형태의 관계를 유지해야 할 시대이며, 비즈니스계나 산업계에서도 새로운 리더십이 요구되고 있다.

권력형 리더십이라는 낡은 사고를 가진 사람들은 새로운 유형의 리더십, 즉 협력의 리더십을 정확히 이해하고 체득해 나가지 않으면 안 된다.

부하 직원을 직위에 따라 차별해서도 안 된다. 고용인과 피고용인의 관계, 상사와 부하 직원과의 관계도 이윤의 평등분배 원칙에 따라 상호 협력적인 관계를 유지해 나갈 필요가 있다.

나폴레옹, 무솔리니, 히틀러 등은 권력형 리더십의 대표적 인물들이다. 그러나 권력형 리더십의 시대는 이미 지났다. 현 시대를 살고 있는 우리는 비즈니스, 금융, 산업 등에서 권력형 리더가 사라질 운명에 처해 있다는 사실을 지적하는 데 어떠한 곤란함도 느끼지 않는다.

즉, 부하 직원의 협조를 받는 리더십만이 유일한 영속의 길임을 알고 있는 것이다. 이러한 리더십을 익힌 사람은 미래에 많은 기회를 맞게 될 것이다.

리더가 될 수 없는 사람들의 주요 결점

사람은 사람에게서 말을 배우고
신으로부터는 침묵하는 법을 배운다.
_플루타르크

그렇다면 성공하지 못한 리더의 주요 결점에 대해 살펴보도록 하겠다. 무엇을 하고 무엇을 해서는 안 되는지에 대해 알아두는 일이 곧 리더의 본질적인 문제이기 때문이다.

1. 능력 부족

성공하지 못한 리더들은 상세한 것을 조직할 능력이 없다. 능률적인 리더십은 상세한 일을 조직하고 실천할 수 있는 재능을 필요로 한다. 무능력한 리더는 자신이 해야 할 일을 능동적으로 처리하지 못한 채 분주하기만 하다. 너무 분주해서 계획을 수정하지 못하거나 긴급 사태를 파악하지 못하는 사람은 참으로 무능력한 리더라 할 수 있다.

따라서 리더로서 성공하고 싶다면 자기 지위에 관계되는 작은 일 하나하나에 충분히 심사숙고하지 않으면 안 된다.

2. 겸허한 자세의 결여

능력 있는 리더는 부하 직원이나 동료에게 시키는 일을 스스로 처리할 줄 안다. 즉, 유능한 리더라면 '가장 위대한 인간은 모든 사람의 종이 될 수 있는 인간이다.'라는 진리를 명심해야 한다.

3. 많이 알고 있는 상대에게만 집중함

성공하지 못한 리더는 알고 있는 것을 행하는 사람보다 좀 더 많이 알고 있는 사람에게 보답하려는 경향이 있다. 그러나 이 세상은 단지 알고 있을 뿐인 사람에게는 아무것도 지불하지 않는다. 오히려 스스로 행하거나 다른 사람으로 하여금 행하게 한 사람에게 대가를 지불한다.

4. 부하 직원의 도전에 대한 두려움

부하 직원이 자기 자리를 노리고 있는 것은 아닐까라는 두려움을 가진 리더는 자신의 지위를 곧 빼앗길 것이다. 반면, 성공한 리더는 자신이 하고 있는 일을 할 수 있는 부하 직원을 훈련해 나간다. 그럼으로써 자신의 힘을 키우고 좀 더 높은 지위에 오르며 많은 일에 주의를 기울일 수 있다. 즉, 성공한 리더는 직업에 대한 전문지식과 매력적인 인격으로 부하 직원의 능률을 증진시킴으로써 더 많은 성과를 거둔다.

5. 창조력의 결여

창조력의 중요성을 모르는 리더는 긴급사태에 대처하지 못하는 데다 부하 직원이 능률을 올릴 수 있도록 하는 계획도 세우지 못한다.

6. 자기 중심적

부하 직원의 성과를 높이 평가하지 않거나 트집을 잡는 리더는 결코 성공할 수 없다. 왜냐하면 성공한 리더는 어떤 명예라도 부하 직원에게 돌아가길 바라기 때문이다. 많은 사람들이 돈뿐만 아니라 칭찬과 성과를 기대하고 있다는 사실을 잊어서는 안 된다.

7. 자격

과격한 언동을 일삼는 리더는 결코 존경받을 수 없다. 또한 과격한 언동이 자주 나타나면 일을 하고자 하는 사람의 의욕과 인내심이 사라지게 된다.

8. 불성실

이 대목이 제일 처음에 나왔어야 할 요소가 아닐까 싶다. 자신의 동료들이나 부하 직원에게 성실하지 못한 리더는 언제까지나 리더로 있을 수 없다. 성실한 마음의 결여는 어떠한 인생에서도 실패의 주요 요인이 된다.

9. 지나친 권위

유능한 리더는 부하를 격려하면서 부하의 마음속에 잔재해 있는 두려움을 없애며 그를 이끈다. 즉, 진실로 리더가 될 자질이 있는 사람이라면 자신의 행동, 부하에 대한 동정, 공평, 전문 지식 이외에 다른 방법으로 자신을 드러낼 필요가 없다.

10. 직위의 강조

유능한 리더는 부하 직원의 존경을 받기 위해 직위 같은 것을 뽐 낼 필요가 없다. 자신의 직위를 강조하는 리더는 그것 이외에 자랑할 것이 없는 사람이다.

성공한 리더의 사무실 문은 어느 누구나 들어가고 싶고 들어갈 수 있도록 개방되어 있어야 하며, 결코 무의미한 격식을 차리지 않아야 한다.

▶ 성공과 실패

인생에 있어서 성공과 실패의 갈림길은 매우 단순하고도 간단한 차이가 있다. 성공한 사람은 중요하게 생각하는데 실패한 사람은 가볍게 생각하고, 성공한 사람은 실행하는데 실패한 사람은 실행하지 않아서 생긴 결과가 그 차이점이다.

일자리를 구하는 효과적인 여러 방법들

'어떻게 일자리를 찾을까?'라는 것은 일자리를 원하는 사람에게는 절실한 문제다. 다음에 제시된 매체 정보는 몇 천 명의 사람들이 직접 경험한 내용들을 모아서 정리한 것이다. 따라서 충분히 믿을 만하며 실제적이다.

1. 직업 소개소

신용과 평판이 가장 높으며, 충분히 만족스러운 운영 성적을 올리는 곳을 선택한다. 그러한 곳은 비교적 적은 편이므로 대단히 신중하게 찾아야 한다.

2. 신문, 전문지, 잡지, 방송 등의 구직 광고란

대중매체를 이용한 구직 광고는 일반적인 사무 업무를 찾는 사람에게 제일 효과적이다. 단, 구직 문안은 전문가에게 의뢰하는 것이 바람직하다. 그들은 어떤 문안이 회사 전문가들을 매혹시킬 수 있는지를 잘 알고 있기 때문이다.

3. 개인적인 편지

특정 회사나 구인 광고를 낸 사무실에 어떤 일, 또는 서비스를 할 수 있는지를 직접 편지로 써서 보낸다. 이 경우, 워드로 입력한 뒤 출력해 자필 서명을 하는 것이 중요하다.

그리고 간단한 이력서와 자기 소개서, 각종 증명서 사본, 신용 보증서 등을 첨부해야 한다. 물론 이력서와 자기 소개서 등도 전문가의 도움을 받아 작성하는 것이 효과적이다.

4. 개인적으로 아는 사람을 통한 응시

가능하면 자신이 응시하는 회사의 경영진과 가까워지는 것에 제일 효과적이다. 이 방법은 특히 관리직을 구할 때 이점이 매우 크다. 즉, 자기 자신을 팔기 위해 돌아다닐 재주가 없는 사람에게 필요한 방법이다.

5. 재능 및 특기를 활용한 응시

때에 따라서는 가능성이 있어 보이는 경영자에게 자신의 재능, 특기, 서비스를 상세히 써서 응모할 수도 있지만, 자기가 어떤 자리에 앉으면 어떤 일을 할 수 있는지를 자세히 써서 보내는 것이 좀 더 바람직하다.

왜냐하면 채용하는 측에서는 그 사람의 과거 경력이 제일 중요한 요소가 되기 때문이다.

▶ 리더가 되기를 원하는가

이 세상에는 두 가지 타입의 인간이 있다. 하나는 리더라고 불리우는 사람이며, 또 하나는 그것에 따르는 사람이다. 당신은 리더가 되기를 원하는가? 아니면 리더를 따르는 사람이 되고 싶은가? 리더가 되느냐, 되지 못하느냐에 따라 보수의 차이는 커진다. 종속자가 되는 것이 결코 불명예스러운 것은 아니다. 또 언제까지나 종속자이어야만 한다는 규칙이 있는 것도 아니다.

처음부터 리더로 시작하는 것은 아니다. 리더가 된 것은 그들이 지성에 가득찬 종속자였기 때문이다. 가장 능률적으로 리더에 따라갈 수 있는 사람은 대개의 경우 급속하게 리더로서의 재능을 개발해 갈 수 있는 사람이다.

이력서와 자기 소개서를 쓰는 요령

자신을 과신하지 않는 자는
신을 믿고 있는 자보다 훨씬 현명하다.
_괴테

이력서는 신중하게 써야 한다. 혹시 이력서를 써 본 경험이 없다면 전문가와 상의하는 것이 바람직하다.

예를 들어, 세일즈로 성공한 사람은 자신이 취급하는 상품의 특징을 알리기 위해 예술이나 광고 심리학을 잘 아는 남녀 사원을 거느리고 있다. 그렇다면 직장을 구하는 사람도 그런 점을 잘 파악하고 있어야 한다.

이력서나 자기 소개서에 들어가야 할 내용들에는 다음과 같은 것들이 있다.

1. 교육 정도

간단해도 상관없지만, 어떤 학교에서 무엇을 전공하고 특기가 무엇인지 등에 대해서는 명확하게 써야 한다.

2. 경력

이전에 같은 종류의 일을 했던 경험이 있다면 그 회사의 주소, 이름, 업무 내용 등을 명확하게 쓴다. 특히 특수한 경험을 가지고 있다면 자신이 지금 하고자 하는 일에 그것이 어떻게 유용한 지를 정확히 적는 것이 중요하다.

3. 관련 사항

어떤 회사이든 응시자의 전력이나 직장 경력 등을 상세히 알아서 그 사람이 사원으로서 적합한 사람인지를 알고 싶어한다. 따라서 이전에 근무했던 회사의 경영자, 학교 선생님, 추천 인사 등의 이름을 비교적 상세하게 첨부한다.

4. 사진

자신의 상반신이 깨끗하게 나온 사진을 이력서에 붙인다.

5. 특정 지위 응시

취직하고 싶은 특정 지위를 명확하게 표기할 것이 아니라면 그 지위에 대한 평가는 삼가한다. 그렇다고 해서 그냥 알맞은 지위를 갖고 싶다고 말해서도 안 된다. 그것은 자신에게 뛰어난 소질이 없다는 사실을 증명할 뿐이다.

6. 재능의 표현

특정 지위에 맞는 재능을 가지고 있다면 그것을 명확하게 설명하는 것이 좋다. 왜 그 지위에 적합한 지를 자신의 재능과 연관지어 표현하는 것이 효과적이다. 이것은 당신 자신을 평가하는 결정적인 자료가 될 것이다.

7. 수습 기간 요구

당신의 실력을 파악할 때까지 일주일이나 한 달 정도 무급이나 적은 월급으로 수습 기간을 거칠 수 있다고 쓴다면 큰 효과를 볼 수 있다. 이는 참으로 참신하고 대담한 방법으로, 내 경험에 의하면 지금까지 어느 누구도 실패하지 않고 취직했다.

정말 자기 실력에 자신이 있다면 이런 시험적인 시도를 해 보는 것이 효과적이다. 그리고 회사에서 수습으로 일을 하게 된 경우에는 짧은 기간 안에 기대 이상으로 일을 척척 해 내야 한다. 단, 수습 기간을 요구할 때 다음과 같은 조건을 따라야 한다.

① 자신이 희망하는 지위의 업무를 완전하게 해 낼 자신이 있을 때.

② 일정 기간 수습을 거치면 경영자가 정식으로 채용하리라는 자신감과 가능성이 보일 때.

③ 그 일을 꼭 해야겠다고 결심했을 때

8. 회사 고용주가 하고 있는 일에 대한 전문지식

하고 싶은 일을 하기에 앞서 그 일에 대한 전문지식을 충분히 쌓아놓는 것이 바람직하며, 이력서나 자기 소개서에 그 내용을 언급하는 것이 좋다. 그럼 회사 측에서도 당신이 창조력이 뛰어나며 일을 잘 하는 사람이라는 인상을 받게 된다.

자신의 경력과 일하는 태도, 재능 등을 너무 길게 쓰는 것은 아닐까라는 걱정은 할 필요가 없다. 회사 측은 '진실로 일하고 싶다.', '이 회사에 들어가고 싶다.'라는 응시자의 바람을 충분히 이해할 것이기 때문이다.

사실 경영자의 성공 열쇠는 훌륭한 재능을 가진 사원을 선택하는 일에 달려 있다. 그래서 그들은 사원에 대한 정보를 모두 알고 싶어한다.

반대로 자신의 경력이나 재능 등을 너무 간결하게 쓰면 이 사람은 일하기 싫어하는 사람이라는 편견을 심어줄 수 있다. 따라서 이력서나 자기 소개서에 쓸 내용이 어느 정도 정리되면 워드로 상세하고 명확하게 입력한 뒤 깨끗하게 출력해 입사원서와 함께 제출하도록 한다.

사회에서 성공하려면 끊임없이 몸치장에 신경을 써야 한다. 맨 처음의 인상이 끝까지 가는 경우가 많기 때문이다.

이력서와 자기 소개서 역시 첫인상이다. 차림새를 깨끗하게 하고, 그 밖의 많은 것들과 명확히 구분함으로써 회사측이 '이 정도면 됐다.'고 생각하게 만들라. 물론 이런 것들은 모두 자신이 원하는 분야나 직위에 알맞은 것이어야 한다.

광고나 직업소개소를 통한 응시라도 이력서와 자기 소개서를 충분히 활용하는 것이 효과적이다. 그래야 당신에 대한 회사 측의 관심도가 높아지기 때문이다.

▶ 일은 성공의 첫걸음이다

오랫동안 실직으로 놀던 사람보다 직장에서 일하는 사람이 다른 직장을 구하기가 더 쉽다. 기업주는 집안에서 빈둥거리고 있는 사람보다 현직에서 일하는 사람을 더 원하기 때문이다.

취직은 성공에 이르는 첫째 관문이다. 그러나 첫 취업은 매우 어렵다. 일단 취직이 되면 당신은 점차적으로 승진을 기대할 수 있다. 첫 관문을 통과하면 그 다음을 통과하기는 비교적 쉬운 법이다.

일도 마찬가지다. 처음 일을 시작하면 많은 어려움이 뒤따른다. 그러나 동료들과의 근무시간이 즐겁다는 사실을 깨닫게 된다. 일을 시작하라. 시작이 절반이다. 당신이 해야 할 일이 보람있는 일이라면, 즉시 시작하라.

일을 구하는 많은 젊은이들은 처음부터 완벽한 직장을 원한다. 대우가 좋고 장래가 보장되는 완전한 직장에 애정을 갖고 있다. 그러나 세상에는 그렇게 입에 맞는 떡은 많지 않다. 나름대로의 결점이 있게 마련이다. 따라서 처음부터 완전무결한 직장을 구하려고 한다면 무리가 뒤따를 것이다.

일도 마찬가지다. 아무리 하찮게 보이더라도 올바른 일이라고 판단되면 시작하라. 그러면 더 좋은 일을 구할 수 있는 발판을 마련하는 계기가 된다.

자기 자신을 알아라

만일 성공적으로 상품을 팔고 싶다면 상품을 파는 방법에 대해 정확히 알아야 한다. 그리고 자신의 약점을 줄이고 장점을 키워 가야 한다. 자신의 약점과 장점은 오직 정확한 분석을 통해서만 알 수 있다.

한 젊은이가 회사에 면접을 보러 갔다. 그는 인상이 좋았기 때문에 회사 경영자는 그에게 "월급으로 얼마를 받고 싶은가?"라고 물었다.

그런데 그가 정확한 액수를 말하지 못하자 경영자는 "일주일 동안 일을 해 본 다음에 월급을 책정하도록 하지."라고 말했다.

그러자 젊은이는 "그렇게 할 수 없습니다. 저는 지금 받고 있는 월급보다 더 많이 주는 회사에서 일하고 싶습니다."라고 대답했다.

이 젊은이는 패기는 좋지만 현재 월급 재조정을 위해 타협하거나 다른 일자리를 찾는 일 자체가 지금 받는 월급보다 더 가치 있는 일이라는 확신을 가지고 있지 못한 경우다.

사람들은 모두 더 많은 돈을 원한다. 그러나 이는 가치 있는 일과는 전혀 다른 것이다. 즉, 당신의 경제적 요구는 당신의 가치와 전혀 상관없다. 한마디로 당신의 가치는 오직 유용한 일을 할 수 있는 능력이나 다른 사람에게 그런 일을 시킬 수 있는 능력으로 이루어지는 것이다.

일 년에 한 번은 반드시 자기 분석을 해 본다

경험으로 체득한 지혜는
결코 잊혀지지 않는다.
_피타고라스

매년 재고 정리를 하는 것처럼 일 년에 한 번은 반드시 자기 분석이 필요하다. 그 분석을 통해 결점을 바로잡고 장점을 좀 더 강화해야 한다.

자기 분석을 하는 사람은 자신이 얼마나 진보했는지, 또는 얼마나 후퇴했는지를 판단할 수 있다. 즉, 현상 유지를 하면서 인생의 낙오자가 될지의 여부를 판단할 수 있는 것이다. 아주 작은 부분이라 해도 늘 조금씩 상승하는 것이 바람직하다.

자기 분석은 매년 연말에 하는 것이 좋다. 그리고 다음의 질문 리스트를 체크하자. 이때는 스스로를 속이지 않도록 다른 사람에게 도움을 요청하도록 한다.

자기 분석의 20가지 질문
1. 목표는 얼마나 달성했는가?
2. 할 수 있는 만큼 최선을 다했는가, 아니면 더 잘할 수 있었는가?
3. 행동은 늘 조화와 협력을 원칙으로 했는가?
4. 모든 일을 회의적으로 생각하고 망설이며 비능률적으로 행동하는 나쁜 습관에 빠지지는 않았는가? 만일 그렇다면 어떤 나쁜 습관에 빠져 일이 늦어졌는가?

5. 나쁜 습관을 어느 정도 바로 잡았는가?

6. 계획을 완수하기 위해 얼마나 끈기를 발휘했는가?

7. 모든 일에서 신속하고 명확하게 판단을 내릴 수 있었는가?

8. 능률이 떨어지는 유혹, 예를 들어 성의 유혹에 빠진 적은 없는가?

9. 필요 이상으로 지나치게 신중하거나 소홀하지 않았는가?

10. 노력을 집중하지 않은 체 헛되게 힘을 낭비했는가?

11. 모든 문제에 넓은 마음으로 관용의 정신을 발휘했는가?

12. 서비스를 실천하는 능력을 개발했는가? 그 방법은 무엇이었는가?

13. 일을 체계적으로 처리했는가?

14. 지나치게 무절제한 습관은 없었는가?

15. 같이 일을 하는 사람들에게 존경받을 만한 행동을 했는가?

16. 의견이나 결정이 일방적이지 않았는가?

17. 시간과 돈에 대한 예산을 책정하는 습관을 들였는가? 그리고 예산 책정이 지나치게 소극적이지는 않았는가?

18. 시간을 얼마나 낭비했는가? 낭비한 시간을 효율적으로 사용했다면 얼마만큼 진보할 수 있었는가?

19. 일을 월급 이상으로 더 많이 더 잘하기 위해 어떤 방법을 썼는가?

20. 성공의 기본 원칙에 따른다면 자신의 현재 상태는 어떤가?

두뇌가 제일 중요한 자본이다

인격은 위기 중에 만들어지는 것이 아니라
단지 노출될 뿐이다.
_로버트 프리먼

인간에게 있어서 힘의 원천은 무엇일까?

나는 그것은 바로 자본이라고 말하고 싶다. 자본은 단순하게 돈에 의해 구성되는 것이 아니다. 그 속에는 특히, 고도로 조직된 지성인들의 그룹이 포함되어 있다.

이 그룹은 과학자, 교육자, 화학자, 발명가, 비즈니스 매너리스트(기업 분석가), 광고업자 등 고도의 지식을 가진 사람들로 구성되어 있다.

이러한 사람들은 스스로 선구자가 되어 노력하고, 개척되어야 할 새로운 분야를 발견한 뒤 그것을 개발하기 위해 노력한다.

즉, 그들은 학교를 세우고 도로를 만들며 신문을 발행하고 정부가 해야 할 일을 함으로써 인류 발전을 위해 애쓰고 있는 것이다.

한마디로 그들은 인간 발전의 기초가 되는 모든 교육 및 개발과 관련해서 완전한 조직망을 구성하고 있다

따라서 두뇌를 가지고 있지 않은 돈은 위험하다. 반면, 두뇌를 효율적으로 사용한다면 문명의 핵심을 이룰 수 있다.

목표한 인간이 되는 기술을 익혀라

황금은 뜨거운 난로 속에서 시험되며
우정은 역경에 의하여 시험된다.
_메난드로스

인생은 극장이고 무대이다. 그리고 자신이 그 무대의 연출가이며 주역이다. 그러므로 인생 무대의 완전한 주역이 되는 기술을 몸에 익히는 것이 중요하다.

성공하여 승자가 되기 위해서는 평탄한 길만이 아니라 산과 계곡의 험로 또한 넘어야 한다.

괴롭고 힘들어서 도중에 목표를 포기하지 않고 손쉽게 승자가 되는 방법을 가르쳐 주겠다.

그것은 자기식의 의미 변환, 목표 변환을 하여 다른 생각으로 잠시 쉰 후에 다시 전진하는 방법이다.

괴롭고 힘들 때를 극복하는 또 다른 방법은 인간의 습관성을 활용하는 것이다.

아무리 괴롭고 힘들어도 한 가지 일을 2주일 이상 계속하면 몸에 밴 습관처럼 되고, 도중에 포기하면 오히려 정신적으로 불안해져 안정이 되지 않는다. 이 습성을 잘 활용하는 것이다.

그리고 후회 없는 오늘, 내 인생이 끝나도 후회가 없도록 하루하루를 충실하게 살아가면 만족스런 삶의 방법이 될 것이다.

the law of
SUCCESS

성 에너지를 전환시켜야 한다

▶ 당신의 성공을 위한 조언

1. 사람이 가진 에너지 가운데 제일 강력한 것은 바로 성(性) 에너지다. 따라서 성 에너지를 다른 생산적인 일에 어떻게 활용하느냐가 성공의 비결이 된다.

2. 성 에너지에 대한 놀라운 진실은 개인의 거대한 능력에 대한 새로운 인식을 심어줄 것이다.

3. 성 에너지는 토머스 에디슨이나 앤드류 잭슨 같은 유능한 천재에게는 원천이 될 수 있었다.

4. 성 에너지는 개인을 행복하게 만드는 정열, 창조적 상상력, 불타는 욕망, 인내력 등 모든 능력의 밑바탕에 존재한다.

성 에너지는 성공의 비결이다.

어려운 것은 사랑하는 기술이 아니라
사랑을 받는 기술이다.
_알퐁스 도데

'전환'이란 무슨 뜻일까?

'변화하다', '어떤 요인을 제거하다'라는 뜻이다.

성에 대한 감정은 모든 인간의 정신 속에 내재해 있다.

그런데 이 사실을 모르기 때문에 일반적으로 성은 육체적인 감정이라고 잘못 해석하는 것이며, 사람들은 그 안에서 성 지식을 얻으려 하는 것이다. 그러나 성에 대한 감정은 본질적으로는 육체적일지라도 고도의 정신적인 측면을 가지고 있다.

우리가 아는 성 감정의 배후에는 잠재적이긴 하지만 세 가지의 건설적 의욕이 숨어 있다. 여기서 말하는 건설적 의욕이란 육체적 표현이라고 하는 사고를 다른 자연적 사고, 즉 정신으로 전환하는 것을 의미한다.

인간의 욕망 가운데 성욕은 제일 강력하다. 이처럼 강력한 성욕 때문에 인간은 날카로운 상상력과 용기, 의지력과 끈기를 발휘하면서 다른 때에는 볼 수 없는 창조적 재능을 드러내게 되는 것이다. 따라서 성욕을 다른 일에 적절히 적용해 나간다면 자기 직업 분야 또는 재산을 모으는 일에서 놀라운 성과를 이룰 수 있다.

성 에너지를 전환하려면 대단한 의지력이 필요하지만, 그 대가는 무척 크다. 성과 관련된 표현을 하고 싶어하는 욕망은 태생적인 것으로,

결코 감퇴시키거나 제거할 수 있는 성질의 것이 아니다. 따라서 욕망을 건강한 몸과 건전한 정신을 위한 것으로 만들기 위해서는 성 감정을 이끌어내 적절하게 전환시켜야 한다.

전환시킴으로써 배출구를 만들어 주지 않는다면 성욕은 단지 육체적 배출구만을 갖게 된다. 댐을 쌓으면 일시적으로 강물을 막을 수 있지만, 언젠가 물은 배출구를 찾을 것이다.

즉, 어느 정도까지는 성욕을 누르고 조절할 수 있지만, 끊임없이 자신을 드러낼 수단을 찾는 것이 성욕의 본질인 것이다. 따라서 다른 창의적인 측면으로 성욕을 전환하는 노력을 하지 않는다면, 그것은 무가치한 배출구를 찾는 결과가 될 뿐이다.

▶ 괴테가 가장 존경한 사람

'내가 존경하는 사람은 자신이 무엇을 하고 싶은 가를 정확하게 알고 있는 사람이다. 이 세상에서 가장 불행한 사람들은 자신이 하고 싶은 것을 하지 못하는 사람들이다.'

콜럼버스는 심한 폭풍우와 선원들의 불평에도 굴하지 않고 강한 결의를 가지고 미지의 항해를 계속했기 때문에 신대륙을 발견할 수 있었던 것이다.

성공한 사람은 고도로 발달한 성 본능을 가지고 있다

삶을 두려워 말라. 살만한 가치가 있다고 믿으라.
그러면 믿음대로 될 것이다.
_제임스

창조적인 연구 노력으로 성 감정의 올바른 배출구를 발견한 사람은 성공할 가능성이 높다.

참고로 어느 과학적인 조사에 따르면 첫째, 위대한 사업을 성취한 사람은 고도로 발달한 성 에너지를 전환하는 방법을 터득했으며 둘째, 큰 재산을 모은 사람은 대부분 여성의 영향에 의해 사업을 성취할 수 있었다고 한다.

이런 결과로 우리가 알 수 있는 사실은 위대한 업적을 성취한 사람은 공통적으로 고도로 발달한 성 본능을 소유하고 있다는 점이다.

성감은 그 무엇으로도 굴복시킬 수 없다. 성 감정에 반대한다고 해서 육체적 감정까지 거역할 수는 없는 것이다. 성 감정에 의해 움직일 때 인간은 천부적인 자질로써 초인적인 행동력을 몸에 지니게 된다.

이 사실을 이해한 사람이라면 성 에너지의 전환 속에 창조력의 비결이 존재한다는 중대한 사실도 파악할 수 있을 것이다.

인간이든 동물이든 생식 능력을 제거하면 행동력의 원천도 사라지고 만다. 그 증거로 거세 당한 동물을 생각해 보라.

거세 당한 황소는 암소처럼 온순해진다. 성 전환을 한 인간도 남성 및 여성으로서의 의지가 제거된다.

정신을 자극하는 열 가지 요소

행복한 사람이 더 행복해지기 위해
다른 뭔가를 또 원하는 것을 이해할 수가 없다.
_에머슨

인간의 정신은 자극에 반응을 보인다. 즉, 인간의 정신은 자극에 의해 고도의 진동을 계속하며, 고도의 진동은 창조적 상상력과 불타는 욕망이 된다.

인간의 정신을 가장 잘 반응하게 만드는 자극에는 다음 열 가지가 있다.

1. 성 표현을 하고자 하는 욕망
2. 애정
3. 정력이나 돈에 대한 욕망
4. 음악
5. 동성 간의 애정이나 이성 간의 사랑
6. 둘 이상의 사람이 정신적, 경험적 조화를 이룬 '엘리트 그룹'
7. 고소를 당한 인간이 느끼는 것과 비슷한 강도의 고뇌
8. 자기 암시
9. 두려움
10. 마취제와 알코올

성 표현을 하고자 하는 욕망이 1번에 있는 이유는 인간의 정신으로 하여

금 제일 효과적으로 결단 내리게 하는 자극이 바로 그것이기 때문이다.

위의 열 가지 자극 가운데 여덟 가지는 자연적이며 건설적이다. 그러나 두 가지는 파괴적이다.

여기에서 자극 요소를 언급한 이유는 성 표현을 하고자 하는 욕망이 인간의 정신을 제일 강력하고 맹렬하게 움직이게 한다는 사실을 쉽게 이해시키기 위해서다.

▶ 시작이 반이다.

무슨 일이건 미루기만 하다가 결국은 아무 일도 못하는 사람도 있다. 그러나 그와 반대로 너무 서둘러 시작한 탓으로 크게 실패하는 경우도 있다.

무슨 일을 시작할 때 치밀하게 과거의 예를 살펴보고 미래를 예측해 보아야 한다는 것은 자명한 일이다. 그러나 사람의 일이다 보니 이론대로 되지 않는 경우도 있고, 생각이나 경험이 모자라서 불충분하지만 그냥 시작하는 경우도 있다. 어떤 사람은 '뛰면서 생각한다.'는 명언을 남기기도 했지만, 우유부단하게 주저하는 쪽보다는 우선 행동으로 옮기는 데에 뜻을 둔 말일 것이다.

깊이 생각하고 시작하느냐, 우선 시작하고 생각하느냐는 상황에 따라 사람에 따라 다르다. 어쨌든 시작하지 않으면 아무 일도 이루지 못한다.

직관은 천재와 범인을 구별하는 재능

희망은 살아 숨쉬는 꿈이다.
_아리스토텔레스

인간의 머릿속에 떠오른 아이디어나 사상은 직관에 의해 얻어진 것이라고 할 수 있다.

직관은 다음과 같은 것들이 합쳐져 형성된다.

1. 무한한 지성
2. 잠재의식
3. 의식적인 사상이나 아이디어

위에서 열거한 열 가지 자극 가운데 하나 또는 둘 이상이 결합해 두뇌를 자극하고 행동을 일으킬 경우, 인간은 일반적인 사고로는 도저히 떠올릴 수 없는 고도의 활동을 선보이게 된다.

이때 인간의 정신에 직관 능력이 생기는데, 그럴 경우 비즈니스나 사업에서 궁지에 몰린 사람은 해답을 얻을 수 있다. 한마디로 자극을 받은 정신이 사고를 높은 수준으로 끌어올리게 되는 것이다.

이 높은 수준의 사고를 가지고 있는 동안에는 다른 자극에 의해 자신의 비전을 방해 받거나 제약 당하지 않는다.

따라서 이런 높은 수준의 사고를 가지게 되면, 하루하루를 열심히 일하고 있을 때의 사고는 제거되고 만다.

이는 비행기를 타고 하늘을 나는 동안에는 언덕이나 산등성이 같은 장애물에서 벗어날 수 있는 것과 같은 이치다.

이처럼 비행기를 타고 있을 때와 같은 사고방식으로 자신의 사고력을 키운다면 정신의 창조적 재능이 자유롭게 활동할 수 있게 된다.

그러면 직관이 활발히 활동할 여유가 생기면서 새로운 아이디어가 무궁무진하게 탄생한다. 따라서 직관이야말로 천재와 범인을 구별하는 재능이라 할 수 있다.

▶ 싫증

인생은 결코 짜증스럽지 않다. 그런데도 짜증스럽게 되는 일을 스스로 선택한다. '싫증'이라는 말에는 성공적인 방법과 현재의 시간을 활용할 수 없는 무능력의 뜻도 포함되어 있다.

싫증은 선택이다. 그것은 당신 스스로가 만든 것이다. 당신 생활에서 능히 없앨 수 있는 자기 패배적인 요소이다. 언제까지나 일을 미룬다면 당신은 현재의 시간을 무익하게 보내게 된다.

아무 일도 하지 않으므로 싫증이 난다.

이미 당신은 싫증을 체험한 경우도 있을 것이다. 그러나 그것은 다른 어떤 일을 해보거나 에너지를 다른 데로 돌림으로써 싫증을 극복할 수 있다.

사무엘 버틀러는 말했다.

'자신을 싫증에 방치하는 사람은 비열한 사람보다 더 비난을 받을 만하다.'

당신이 선택하였다면 지금 실행하라. 그리고 당신의 마음을 창조적인 생각으로 바꾸어라. 자신이 '싫증'을 선택하지 않을 수 있다는 확신을 가질 수 있다. 그 선택의 여부는 당신 자신에게 있다.

마음의 소리를 듣는 습관을 길러라

부자가 그 부를 자랑하더라도 그 부를 어떻게
쓰는가를 알기 전에는 그를 칭찬해서는 안 된다.
_소크라테스

창조적 능력이 잠재의식 밖에서 싹튼다면 더 활발히 활동하게 된다. 그리고 창조적 능력은 사용하면 할수록 개발되고 신장되어 다른 사람들에게 더 많은 신뢰를 얻을 수 있다.

명망 있는 예술가, 음악가, 문학가들이 위대해진 이유는 마음속의 작은 소리를 창조적 능력에 의해 재현하는 습관을 체득했기 때문이다.

예리한 창조적 능력을 지닌 사람들의 최초 아이디어는 이른바 '직관'에서 온다고들 하는데, 이 말은 사실이다. 아무리 뛰어난 웅변가라도 눈을 감은 채 창조적 능력에 의지하지 않는다면 결코 큰 일을 성취할 수 없다.

"연설이 절정에 달할 때 왜 눈을 감는가?"라는 질문에 한 위대한 웅변가는 "마음의 깊은 밑바닥에서 들려오는 아이디어를 들으며 말을 하기 때문입니다."라고 대답했다.

또 미국에서 가장 성공했다는 유명 은행가는 결단을 내리기 전에 2~3분 정도 눈을 감는 습관을 가졌다.

왜 그러느냐는 질문을 받자 그는 "눈을 감으면 신비로운 지성의 샘물에서 내가 필요한 것들을 끌어낼 수 있기 때문입니다."라고 대답했다.

제5원칙 성 에너지를 전환시켜야 한다 | 107

최고의 아이디어를 얻는 방법

메릴랜드 주의 고(故) 엘머 게이츠 박사는 200가지 이상의 특허를 받은 발명가였는데, 그가 발명한 물건들은 모두 일상생활에서 중요한 것들이었다. 그가 이러한 발명을 할 수 있었던 이유는 창조적 재능을 잘 활용했기 때문이다.

게이츠 박사는 세계적으로는 그리 유명하지 않았지만, 의심할 바 없는 발명의 천재였다. 그의 연구실 안에는 개인 통신실이 있었는데, 그곳은 방음장치가 완벽하게 되어 있고 광선이 전혀 들어오지 못하도록 차단되어 있었다.

실내에는 작은 탁자가 있었으며, 그 위에는 공책 한 권이 놓여 있었다. 탁자가 있는 벽 쪽에는 실내의 조명을 조절하는 단추가 있었다.

게이츠 박사는 창조적 상상력의 도움을 받아 필요한 힘을 이끌어내려고 할 때면, 언제나 이 방에 들어와 전등을 끈 뒤 탁자 앞에 정자세로 앉았다. 그리고 진행 중인 발명에 자신의 의지를 집중했다.

발명에 필요한 미지의 요소가 머리에 떠오를 때까지 그는 언제까지나 그 방에 가만히 앉아 있었다. 어떤 때는 3시간 만에 아이디어가 떠오르는 경우도 있었다. 그러나 전혀 진전이 없는 경우도 있었으며, 당시 과학계에 알려진 내용과 전혀 다른 것을 발견하는 경우도 있었다고 한다.

이 방법에는 개인에 따라 여러 가지가 있는데 대략 다음과 같다.

1. 정신과 마음을 자극함으로써 고도의 효과적인 것들이 만들어진다. 정신과 마음을 자극하기 위해서는 앞에서 말한 10가지 자극 요소를 사용하든가, 자신이 좋아하는 자극 요소 가운데 하나를 선택해 사용한다.
2. 자신의 발명과 관련해서 이미 알려진 것(완성 부분)에 사고력을 집중하고, 아직도 알려지지 않은 것(미완성 부분)을 완전한 형태로 바꾸어 머릿속에 그린다. 그리고 이 그림이 잠재의식 속에 깊이 새길 때까지 그것을 잊지 않도록 한다. 그런 다음 머릿속을 비운 뒤 해답이 떠오르길 기다린다.

이렇게 해서 얻은 결과는 매우 구체적이어서 누구에게나 신뢰를 받을 수 있다. 그러나 결과가 좋지 않아서 직관이나 창조적 능력에 의지하지 않으면 안 될 때도 있다.

에디슨은 창조적 능력을 사용하기 전에, 자신이 가진 추리 능력을 총동원해 1만 가지 이상의 아이디어를 결합시킴으로써 백열등을 발명했다. 이런 방법은 축음기를 발명할 때도 마찬가지였다.

창조적 능력이 존재한다는 믿을 만한 증거는 얼마든지 있다. 예를 들어, 링컨은 위대한 일을 한 대표적인 인물이다. 그는 자신의 창조적 상상력을 발견하고 그것을 사용함으로써 성공을 이룰 수 있었다.

즉, 앤 주틀리지를 만나 연애를 시작했으며, 사랑의 자극에 의해 자신의 재능을 발견하고 그것을 사용했던 것이다. 이 사실은 천부적 재능을 연구하는 데도 매우 큰 의미를 가진다.

창조력의 원천은 성 에너지

인생은 학교다.
그곳에서는 행복보다 불행 쪽이 더 좋은 교사이다.
_프리제

위대한 지도자가 여성의 힘에 의해, 즉 성 욕망에 의해 자신의 창조적 재능에 눈을 뜨게 된 사례는 역사책에 가득하다.

나폴레옹도 그런 사람 가운데 한 명이다. 첫 아내 조세핀을 만난 나폴레옹은 고뇌에 사로잡혔고, 그의 판단력과 추리적 능력이 조세핀 쪽으로 기울어 갈수록 점점 더 쇠락했다. 그리고 얼마 뒤 결국 패배해 그의 왕국에서 낙마하고 말았다.

이 외에도 아내에게 자극 받아 사업에 성공하고 위대한 업적을 이룬 남성이 아내를 버리고 새 여자를 만나 급격하게 파멸의 길로 접어든 사례는 얼마든지 있다. 즉, 성의 영향이 다른 무엇보다 강력하다는 사실을 알려준 사람은 나폴레옹뿐만이 아니다.

인간의 마음은 자극에 반응하게 마련이다. 그리고 그 자극 가운데 제일 강력하고 위대한 것이 바로 성에 대한 욕구다. 성의 추진력을 자기 것으로 만들고 성에 대한 욕구를 에너지로 전환한다면 인간의 사고를 높은 수준으로 끌어올릴 수 있어 일상의 고민과 고통쯤은 충분히 극복할 수 있다.

그러나 불행히도 이러한 사실을 아는 것은 천부적인 소질이 있는 사람들 뿐이다. 대부분의 사람들은 성욕의 자극만을 체험할 뿐 성이 지닌 위대한 잠재능력을 발견하지 못한다.

사실상 성의 능력을 발휘하느냐 못하느냐에 따라 어리석은 대중이 되느냐 천재가 되느냐가 결정된다. 역사적으로 고도의 성 본능을 지녔으며, 그 것을 활용해 대업을 성취한 인물로는 존 H. 패터슨, 랄프 월드 에머슨, 앤드류 잭슨, 로버트 번스, 앤리코 카루소 등을 들 수 있다. 물론 이 외에도 수많은 위인들이 있다.

대업을 이룬 사람들에게 고도의 성 에너지는 곧 창조적 능력이라 할 수 있다. 그런 만큼 성 에너지가 부족한 사람 가운데 지금까지 위대한 지도자, 건축가, 예술가가 된 사람은 거의 없으며, 앞으로도 없을 것이다.

물론 고도의 성 에너지를 가진 사람이 다 천재는 아니다. 인간이 천부적 재능을 가진 인물이 되기 위해서는 자신에게 도움이 되는 힘을 끌어낼 수 있는 자극을 받아 창조적 상상력을 발휘해야 한다. 이때 창조적 재능을 활발하게 만드는 가장 큰 자극이 바로 성 에너지다. 단, 성 에너지를 가지고 있다고 해서 무조건 천재가 되는 것은 아니다.

성 에너지를 바탕으로 천재가 되려면 육체적 접촉의 욕망이라는 강렬한 에너지가 다른 욕망으로 바뀐 뒤 행동으로 이어져야 한다.

그런데 대부분의 사람들은 성 욕망이 너무 강해 그것을 남용함으로써 다른 동물들과 다름없는 상태에 빠지고 마는 것이다.

성 에너지를 창조적 능력으로 전환하라

인생은 교향악이다.
삶의 순간마다 각각 다른 합창을 하고 있다.
_로망 롤랑

　2만5천 명에 이르는 사람들을 분석한 결과 40세 이전에 성공한 사람은 드물다는 사실, 또 경우에 따라서는 50세를 넘기까지 그 사람의 가치를 알기가 어렵다는 사실을 발견했다.

　이 경향은 매우 뚜렷해서, 나는 그 원인을 신중하게 연구해 보기로 결심했다. 그리고 연구를 통해 대부분의 사람들이 40세나 50세 이전에 성공을 거두지 못하는 원인을 알게 되었다. 그 원인은 젊은 시절에는 성욕의 육체적 발산에만 골몰해 성 에너지를 남용하는 데 있었다.

　즉, 대부분의 사람들은 성 에너지를 다른 중대한 측면으로 전환할 수 있다는 사실을 알지 못한 채 오직 육체적 표현에만 몰두하고 있다. 그래서 성 에너지가 정점에 달했을 때는 시간을 낭비하고, 이 시기가 지난 다음에야 그 사실을 깨닫는데, 그때가 바로 40~45세 쯤이다. 이 점은 사업에서의 성취도와도 깊은 관계를 갖는다.

　많은 사람들이 40세가 되기까지, 어떤 사람은 40세가 넘어서도 다른 측면으로 전환하면 큰 이익을 가져올 성 에너지를 낭비하고 있다. 제일 멋지고 강력한 감정이 쓸데없이 허비되고 있는 셈이다.

　그런 만큼 성욕을 잘 조절해 다른 측면으로 전환한다면 위대한 업적을 이룰 원천이 된다는 사실을 잊어서는 안 된다.

성에 대한 욕구만큼 강렬한 에너지는 없다

그대 마음의 뜰에다 인내를 심어라.
그 뿌리는 쓰지만 열매는 달다.
_오스틴

    심리학자들은 성욕과 정신적 충동이 매우 흡사하다는 사실을 인정한다. 다시 말해 인간에게는 부활절에 연회장 같은 곳에 가서 특별한 행동을 하고 싶다는 욕망이 있다.

    그리고 이 세계는 인간의 감정에 의해 통치되며 문명도 그렇게 형성되었다. 인간의 행동도 이성보다 감정의 영향을 더 많이 받는다. 또한 마음 속의 창조적 능력이 행동으로 옮겨지는 것 역시 냉혹한 이성에 의한 것이 아니라 전적으로 감정에 의한 것이다.

    인간의 감정 가운데 제일 강대한 것이 성 감정이다. 이밖에도 많은 자극제가 있지만, 그것들을 다 뭉친다고 해도 성 에너지를 따를 수가 없다.

    물론 영향력을 가진 자극제는 그것이 일시적이든 영구적이든 사고의 진동을 활발하게 해준다. 앞에서 언급한 열 가지의 자극 요소들은 가장 흔한 것들이다.

    이 자극 요소들을 통해 인간은 무한한 오성과 접촉할 수 있으며, 원한다면 잠재의식의 보고에까지 발을 들여놓을 수 있다. 그러므로 자기 것이든 남의 것이든 천성이라는 힘을 이끌어 낼 수 있다.

사회에서 우수한 사람은 성 에너지가 충만하다.

태양이 비치면 먼지도 빛난다.
_괴테

3만 명 이상의 세일즈맨을 교육한 뒤 성적을 검토한 어느 교수는 가장 우수한 세일즈맨은 고도의 성 본능을 가진 사람이라는 놀라운 사실을 발견했다.

그의 설명에 따르면, '개성의 매력'이라고 할 수 있는 성격적 요인은 성 에너지 이외에는 아무것도 아니었다. 또한 고도로 발달한 성 에너지를 가진 사람은 항상 많은 인력을 공급 받고 있었다.

이 강력한 힘을 키우고 이해함으로써 우리는 인간관계를 크게 개선해 나갈 수 있다. 그리고 다음에 열거한 매개물을 통해 그 힘을 자신의 것으로 만들 수 있다.

1. 악수
손을 잡음으로써 성 에너지를 지닌 사람인지 알 수 있다.
2. 목소리
성 에너지는 목소리를 다스리는 주요 요소다. 즉, 목소리를 매력적으로 만드는 것은 모두 성 에너지의 힘이다.
3. 자세 및 몸놀림
고도의 성 에너지를 가진 사람은 활발한 동작을 하면서도 우아함과 경쾌함을 동시에 드러낸다.

4. 사고의 신축성

성 에너지가 넘치는 사람은 사고방식에도 성적 감정이 깃들어 있다. 스스로 주위 사람들을 감화하려 할뿐 아니라, 실제로 영향을 미친다.

5. 몸치장

고도의 성 에너지를 가진 사람은 옷을 선택할 때도 신중하며, 그것이 자신의 개성이 되고 육체의 일부가 되도록 신경을 쓴다.

유능한 세일즈 매니저는 세일즈맨을 고용할 때 개성적 성 에너지를 제1조건으로 삼는다. 성 에너지가 부족한 세일즈맨은 다른 사람을 설득할 때 열의가 느껴지지 않기 때문이다. 무엇을 팔든 열의는 세일즈맨에게 있어서 제일 큰 조건이다.

대중을 상대로 이야기하는 사람, 즉 정치가, 교사, 변호사, 세일즈맨 가운데 성 에너지가 부족한 사람은 다른 사람에게 영향을 미칠 수 있기 때문에 실격이라 할 수 있다. 또한 사람은 대부분 감정의 호소에 영향을 받는다는 사실을 감안한다면 성 에너지는 세일즈맨에게 그야말로 필수불가결한 요소가 된다.

베테랑이라 할 만한 세일즈맨들은 의식과 무의식을 막론하고, 성 에너지를 활용하여 물건을 팔겠다는 정열로 전환해 사용하고 있다. 반면 대부분의 세일즈맨들은 이러한 사실을 전혀 깨닫지 못한 채 하루하루를 허비하고 있다.

물론 성 에너지를 다른 측면으로 전환하기 위해서는 보통사람으로서는 생각할 수 없을 정도의 강인한 의지력이 필요하다.

성에 대한 그릇된 편견을 버려라

돈이 있으면 이 세상에서는 많은 일을 할 수 있다.
그러나 젊음은 돈으로 살 수 없다.
_다이문트

대부분의 사람들은 성에 대해 말하는 것을 금기시하는 경향이 있다. 게다가 성적 충동은 무지한 사람들에게 온갖 욕설과 비난을 받고 있다. 이로 인해 고도의 성적 본능을 가진 사람은 축복 받아 마땅함에도, 호기심이 강한 사람들에게 경계의 눈빛을 받는 실정이다.

축복은커녕 조소가 가득한 욕설을 듣기 일쑤다.

지금 같은 진보의 시대에도 강한 성적 본능을 떳떳하게 내세워서는 안 된다는 그릇된 신념 때문에 몇 백 만 명에 이르는 사람들이 커져가는 성적 욕망에 열등감을 품고 있다. 물론 성적 감정과 욕망이 도를 지나치고 성에 집착하는 습관이 방종으로 흐른다면, 폭음이나 폭식을 할 때처럼 육체와 정신이 모두 다치고 만다.

현명하고 지성적인 사람은 알코올이나 마약 같은 약물로 인한 과도한 자극이 두뇌는 물론이고 육체의 주요 기관을 파괴한다는 사실을 잘 알고 있다. 그러나 성에 대한 지나친 집착이 알코올이나 마약보다 창조력을 더 많이 파괴한다는 사실은 모르고 있다.

특히 우울증 환자의 대부분은 성에 대한 올바른 지식이 없어서 성 에너지를 남용하는 습관이 몸에 밴 사람들이다.

성 에너지 전환의 의미를 잘 모르는 사람은 큰 해를 입을 수 있지만, 반대로 그에 대한 지식이 있는 사람은 큰 이익을 얻게 된다.

이렇게 의미 있는 성 에너지 전환에 대해 모르는 무지한 사람이 많은 이유는 이런 사실이 신비와 암흑 속에 놓여 있기 때문이다. 신비와 암흑 속에 성을 유폐하려는 음모는 젊은 사람들의 마음에 금기에 대한 호기심을 유발함으로써 오히려 좋지 않은 습관을 몸에 배게 할 수 있다.

▶ 성공한 남자 뒤에는 위대한 여자가 있다.

헨리 포드를 자동차 산업의 아버지라고 일컫는다면, 포드 부인이야말로 자동차 산업의 어머니라고 불러도 손색이 없을 것이다. 주위 사람들로부터 미친놈이라는 놀림을 받으며 낡은 헛간에서 최초의 달리는 수레(자동차) 발명을 지켜보며 용기와 격려를 준 사람은 아내뿐이었다. 그로부터 50년 후, 평소에 윤회설을 믿어온 포드는 이 다음 이승에 다시 태어나면 무엇이 되고 싶으냐는 질문에 다음과 같이 대답했다.

"내 아내와 같이 있을 수만 있게 된다면, 무엇으로 태어나든지 조금도 개의치 않겠소."

당신도 천재가 될 수 있다

인생에서 일을 발견한 사람은 행복하다.
다른 행복을 찾을 필요가 없기 때문이다.
_칼라일

　사랑의 감정과 성의 감정이 자연스럽게 융합된 사람은 자신의 목적을 냉정하게 돌아보고 정확히 판단을 내리기 때문에 사랑과 성이 적절한 균형을 이루게 된다. 40세가 넘어서도 이러한 사실을 알지 못한 채 사랑과 성의 힘을 제대로 쓰지 못한다면 얼마나 불행하겠는가?

　물론 성적 욕망만으로 여성의 환심을 사려고 하는 사람들 중에도 사업에서 성공한 사람이 있다. 그러나 그런 사람의 행동은 조직적이지 못해 본 궤도에서 벗어나는 경우가 대부분이다. 게다가 성적 충동만으로 여성의 환심을 사려는 사람은 도둑질이나 살인도 할 수 있다. 반면, 사랑의 감정과 성의 감정이 융합된 사람은 건전하면서도 조화를 이룬 이성에 의해 행동한다.

　감정이란 마음의 상태를 말한다. 대자연은 인간에게 물질의 화학 반응과 흡사한 작용을 하는 마음의 화학반응을 부여했다. 따라서 인간의 감정도 배합 방법에 따라 치명적인 독소를 띨 수 있다.

　즉, 성 (Sex)과 질투의 감정이 융합할 때 인간은 광기를 띤 짐승이 되고 만다. 또 인간의 마음속에 있는 파괴적 감정 가운데 어떤 것이 화학 반응에 의해 결합할 경우, 정의나 질서를 파괴하는 독소가 형성되고 만다.

　천재가 되는 길은 이 같은 성욕의 애정과 로맨스를 발전시키고 조절하는 것에 달려 있다. 다시 말해 훌륭한 감정으로 자신의 마음을 지배해 모든 파괴적 감정을 없애야 하는 것이다.

마음은 습관의 창조물이며, 습관도 하나의 창조물이다. 따라서 창조적 습관을 키운 뒤 그것을 자신의 신념으로 삼을 때 인간은 향상될 수 있다.

인간은 의지력에 의해 탁월한 감정을 가질 수도, 또 파괴적 감정을 가질 수도 있다. 게다가 의지력으로 마음을 조절하는 일이 그리 어려운 것만은 아니다. 끈기와 습관만 있으면 된다.

감정과 마음을 조절하는 비결은 어떻게 하면 감정을 다른 곳으로 전환할 수 있는지를 이해하고 터득하는 것이다.

예를 들어, 소극적인 감정이 마음속에서 머리를 쳐들 때면 자신의 사고방식을 바꾸겠다는 의지를 동원해 적극적인 사고방식으로 전환해 나가면 된다.

천재가 되는 길은 오로지 스스로의 노력 밖에는 없다. 성 에너지를 전환하려는 노력으로 물질적 또는 사업적으로 성공을 거두는 사람이 있는데, 이 경우 성의 배출구를 어디에 두는 지에 따라 부자가 될 수도, 반대로 망할 수도 있다는 점을 명심해야 한다.

성공하고 싶다면 사랑하라

진실한 사람의 마음은
언제나 평온하다.
_셰익스피어

    순수한 것은 영원히 기억되게 마련이다. 숱한 자극들이 사라지고 난 뒤에도 사랑의 추억은 늘 그 사람의 뒤를 따르며, 어떤 때는 일생 동안 인생 목표에 영향을 미친다.

    순수한 사랑에 깊은 감동을 받은 사람은 그것이 오랫동안 그의 인도적 마음을 갈구하는 원동력이 된다.

    따라서 사랑의 힘으로 큰 일을 이루겠다는 자극을 받아본 적이 없는 사람에게는 구원이 있을 수 없다. 그런 사람은 비록 육체는 살아 있을지언정 산송장이나 다름없다.

    사람이라면 누구나 이따금 과거를 되돌아보고 사랑의 추억을 소생시킬 필요가 있다. 그러면 현재의 고뇌를 잊는 데 큰 도움이 될 뿐만 아니라 따분한 현실에서 벗어날 수도 있다.

    또한 잠시나마 꿈과 환상의 세계에 빠짐으로써 정신적, 경제적으로 크게 번성할 수 있는 훌륭한 아이디어와 계획이 머릿속에 떠오르게 된다.

    자신이 지금 불행하다고 믿는 사람은 연애에 대한 실패 경험 때문에 마음이 아픈 것이다. 진정한 사랑을 했다면, 비록 실연을 당했다고 해도 불행하다는 생각까지는 들지 않는다.

    사랑은 일생에 한 번밖에 오지 않는다는 생각을 버려라. 사랑은 몇 번이고 찾아왔다가 사라진다. 다만, 똑같은 사랑을 두 번 되풀이 할 수는 없다. 사랑은 매번 형태를 바꾸기 때문에 유독 마음에 깊이 새겨져 떠나지 않는 사랑이 있을 뿐이다.

실망과 후회만을 남겨주는 사랑만 아니라면, 모든 사랑의 경험은 당신에게 은혜를 베풀 것이 분명하다.

지나간 사랑에 절망해서는 안 된다. 또 사랑과 성을 확실히 구분할 수 있는 사람은 사랑에 절망하지도 않는다. 사랑과 성의 차이점은 사랑은 정신적인 것이요, 성은 동물적인 것이라는 점이다.

▶ 꿈꾸는 사람과 실천하는 사람

실천하는 사람은 꿈꾸는 사람보다 더 큰 성공을 거둔다. 실천하는 사람은 목표를 세우고 끊임없이 노력하지만 꿈꾸는 사람은 목표를 향해 출발하지도 못하고 쉽게 포기한다. 실천하는 사람은 스스로 자기 삶을 변화시킬 능력을 갖추고 있다. 실천하는 사람은 자기 목표를 달성한다. 그러나 꿈꾸는 사람은 그런 것을 꿈꾸기만 한다.

성에 무지한 사람은 결혼 생활도 힘들다

인생은 한 권의 책과 같다.
왜냐하면 그들은 단 한번밖에
그것을 읽지 못함을 알고 있기 때문이다.
_잔 파울

　사랑은 여러 측면과 그림자, 색깔을 가진 감정이다. 그러나 제일 농후하고 불길 같은 사랑은 사랑의 감정과 성이 하나가 되었을 때 나타난다.

　적절히 균형 잡힌 성과 영원한 사랑의 감정이 바탕이 되지 않은 결혼에서는 행복을 얻을 수 없으며, 영원히 가지도 못한다. 사랑의 감정과 성이 결합된 상태에서 로맨스가 더해진다면 무한한 지성과 유한한 마음 사이를 가로막는 장벽이 제거되면서 천재가 탄생할 것이다.

　이 말을 제대로 이해한 사람이라면 결혼 생활의 문제와 혼란 상태를 어떻게 극복하고 조화를 이끌지에 대해 깨달았으리라 믿는다. 결혼 생활에 대한 불평은 대부분 성에 대한지식이 부족해서 생기는 문제다.

　사랑의 감정과 성, 로맨스가 결합된 결혼 생활에서 부조화란 있을 수 없다. 이 세 가지 신성한 감정에 의해 움직이는 것은 어떤 일이든 짐이 되지 않는다. 어떠한 일에도 노력이 필요한 법이며, 원래 사랑은 노력과 노동을 수반한다.

　여기에서 결혼 생활에 대해 말한 이유는, 결혼한 사람은 반려자가 죽을 때까지 자신에게 관심을 갖도록 노력할 필요가 있다는 점을 강조하기 위해서다.

　부부는 원래 하찮은 일로 곧잘 싸운다. 그 점을 곰곰이 생각해보면, 옥

신각신하는 원인은 우리가 지금까지 살펴본 성에 대한 무지와 무관심에서 비롯했음을 알 수 있다.

▶ 적극적 사고의 비결

1. 당신은 '불가능하다'고 하는 생각에 절대로 긍정하지 말라.
2. 어려운 문제가 포함된 어떤 유익한 생각에 직면했을 때 낙심하지 말고 끝까지 그 문제 해결을 위해 노력하라.
3. 당신에게 주어진 어떠한 가능성을 부인하지 말라. 왜냐하면 당신은 이미 실패한 경험이 있고, 지금은 오직 열쇠만을 찾지 못했기 때문에 가능한 것이다.
4. 당신은 어떤 일정한 일이나 문제에 대해 지금까지 어떤 사람도 성공하지 못했다고 해서 당신도 마찬가지라는 생각을 갖지 말라. 남과 비교하여 창조적인 생각을 억압하는 것은 금물이다.
5. 당신은 스스로 불완전하다고 해서 어떠한 기회나 장래의 설계를 포기하지 말라.
6. 당신이 밧줄의 끝에 이르렀다고 해서 결코 중단하지 말라. 한 가지 목표가 달성되면 더 높은 새로운 목표를 설정하고 계속해서 전진하라.
7. 성공하기 위해서는 실패를 두려워해서는 안 된다. 성공한 사람을 실패를 교훈으로 삼지만, 실패한 사람은 그것을 공포로 생각한다.

남성은 여성의 영향을 받는다

자연은 친절한 안내자다.
현명하고 공정하며 상냥하다.
_몽테뉴

남성을 움직이는 최대의 원동력은 여성을 기쁘게 하려는 욕망이다. 원시시대의 훌륭한 사냥꾼들은 여성에게 위대한 남자로 보이고 싶다는 욕망을 갖고 있었고, 그 욕망을 충족하기 위해 다른 사람을 능가하는 솜씨를 키웠다.

이러한 남성의 본질은 지금까지도 전혀 달라지지 않았다. 남성이라면 누구나 여성의 환심을 사려는 욕망이 있는 것이다. 즉, 남성이 큰 재산을 모으려 하고 권력이나 명성을 얻으려 하는 것의 원동력이 바로 여성의 환심을 사려는 욕망이다.

남성의 일생에서 여성을 뺀다면 막대한 재산도 무의미한 것이 되고 만다. 여성의 환심을 사려는 욕망이 여성에게는 남편을 만들고 파괴하는 권력을 부여한다. 따라서 이러한 남성의 특성을 잘 이해하고 교묘하게 조정하는 여성은 다른 여성과의 경쟁에서도 전혀 두려워하지 않는다.

왜냐하면 다른 상대와 싸울 때는 어떻게든 이기려고 하지만, 자신이 선택한 사랑하는 여성에겐 쉽게 복종하는 것이 바로 남성이기 때문이다.

남성에게는 자신이 제일 강하다는 점을 인정 받고 싶어하는 본능이 있다. 따라서 영리한 여성은 이런 남성의 본능을 잘 알아서 그것을 결코 문제 삼지 않는다.

남성은 대부분 자신이 선택한 여성의 영향을 받는다. 그러나 그 사실을 알고 있어도 그런 경향을 일부러 거역하거나 인정하지 않으려 한다. 왜냐 하면 그들은 여성의 영향 없이는 남성들이 행복해질 수 없을 뿐 아니라 완 벽해질 수도 없다는 사실을 잘 알고 있기 때문이다.

그런데 만일 이런 중요한 진실을 끝까지 인정하지 않는 남성의 경우에 는, 성공을 위해 다른 많은 요소를 결합하는 것보다 훨씬 큰 도움이 되는 힘을 스스로 잘라버리는 셈이 된다.

▶ 결점도 장점으로 바꿀 수 있다

스스로 결점이 많다고 생각하고 있는 사람은 사회생활이나 대인관계에서 위 축되기 쉽다. 결점이 있다면 고치는 것이 좋지만, 그것이 선천적이거나 유전적인 것이라서 뜻대로 바꿀 수 없다면 어떻게 할 것인가? 이를테면 남과 어울리지 못 하고 외톨박이로 지내는 사람이라면 성격상 한쪽으로 기운 데가 있다. 성격상의 결함으로 볼 수 있다. 그러한 결함이 있다고 해서 사회적으로 출세가 불가능하다 고 단정할 수는 없다. 이름난 학자나 예술가 중에는 그러한 성격을 가진 사람이 적지 않다. 그들이 나중에 학문이나 예술부문에서 남이 못한 큰일을 이루어낸 것 은, 그 결함이 외부조건과 조화를 얻었기 때문이다. 자신이 갖고 있는 결점을 새 로운 정세에 적응시키고 조화시켰던 것이다. 때문에 어떠한 결점이 있느냐가 문 제가 아니라, 그 결점을 어떻게 이용하느냐가 중요하다. 결점을 잘 이용함으로써 도리어 성공의 발판이 될 수 있다.

the law of
SUCCESS

신념을 가져야 한다

▶ **당신의 성공을 위한 조언**

- -

1. 마음의 움직임에 따르는 근본은 신념이다. 신념이 사고와 결합할 때 잠재
   의식이 자극을 받으며 거기에서 무한한 지성과 인식이 솟구친다.

2. 신념과 사랑과 성은 인간의 모든 감정 가운데 제일 강력한 충동을 수반한
   다. 이 세 가지가 동시에 작용해 명확한 사고와 연결될 때 인식은 큰 힘을
   발휘한다.

신념의 인간이 되라

불행한 사람은 언제나 자기가 불행하다는 것을
자랑삼고 있는 사람이다.

_럿셀

자기 암시의 힘을 사용해 자신의 소망인 돈이나 그 이외의 것을 성취하려 할 때 반드시 알아두어야 할 중요한 사항이 있다. 그것은 바로 신념이란 자기 암시에 의해 잠재의식 속에 내재되는 가르침을 통해 만들어지는 것으로, 일종의 정신 상태라는 점이다.

좀 더 알기 쉽게 설명한다면, 당신은 어떤 목적으로 이 책을 읽고 있는가? 아마도 당신의 마음 깊은 곳에서 움직이는 '어떤 소망'을 돈이나 그 밖의 것으로 '전환하는 능력'을 갖기 위해서 이 책을 읽을 것이다.

당신은 마음속의 '자기 암시'나 '잠재의식' 등의 각 단계를 읽고 이해하며, 그것을 시험적으로 실행해 가는 과정에서 마음속의 신념이 굳어진다는 느낌을 틀림없이 갖게 된다.

즉, 신념은 이 책에 실린 13원칙을 한 계단 한 계단 올라감으로써 자연히 양성되는 강한 정신이다.

당신의 소망을 잠재의식 속에 되풀이해 주입하는 과정에서 당신은 신념의 인간이 된다.'라는 말은 무거운 죄를 저지른 범죄자의 심리를 분석하면 더욱 쉽게 이해할 수 있다.

어느 유명한 범죄 심리학자는 "처음으로 죄를 저질렀을 때는 누구나 자신을 증오하고 슬퍼하지만, 2-3번 죄를 거듭할수록 점점 익숙해져서 끝내는 죄의식이 없어져 버린다."라고 말한다.

이것은 "어떤 정보든 잠재의식 속에 되풀이해서 주입하면 그 사람의 성격이 점점 변하고, 드디어 사람 자체가 완전하게 변한다."는 사실을 증명해 주고 있다.

또한 인간의 사고는 신념과 이어져 그 사람 자체를 창출한다. 건전한 사고는 건전한 인간을 만들며, 나태한 사고는 무서운 범죄자를 만든다.

사고는 감정의 자극을 받아 비로소 생명(생기)을 가지고, 행동을 유발한다. 특히 신념, 사랑, 성 따위의 감정이 '즉각' 사고와 연결되면 그 에너지는 상상을 초월한다.

즉, 신념 등의 적극적 자극은 잠재의식에 작용해 그 사람을 행복으로 인도한다. 반면, 나태나 비판주의 등의 소극적인 자극도 잠재의식에 작용하는데, 이는 결과적으로 사람들에게 불행을 초래한다.

▶ 큰 욕망이 큰 성공을 가져온다.

모든 목표에 대한 관찰을 위한 출발의 발판은 욕망이다. 이 점을 언제나 마음속에 간직해 두고 성공의 불을 지펴야 한다. 조그만 불을 지피고 있으면 극히 소량의 열밖에 얻을 수 없는 것과 같이 욕망이 작으면 얻어지는 결과도 작을 수밖에 없다. 자신이 끈기가 없다는 사실을 깨달았다면, 그 약점을 욕망이라는 불로 일으켜 크게 타오르게 함으로써 바로 잡을 수 있다.

자기 암시로 소망을 이룰 수 있다

잠재의식은 긍정적, 건설적 사고와 연결되는 동시에 부정적, 파괴적 사고와도 연결된다. 이로 인해 몇 백 명이나 되는 사람들이 '불운'이나 '불행'이라는 수렁 속에 빠져드는 것이다.

대부분의 사람들은 가난뱅이가 되거나 실패자가 되는 것이 '숙명'이라고 생각하면서 자신의 힘으로는 어쩔 수 없다고 단념해 버린다. 그러나 사실 이런 사람들은 무의식중에 부정적 사고를 잠재의식 속에 심음으로써 스스로 '불행'을 만들어 가고 있는 것이다.

반대로 자기 암시를 통해 적극적 사고를 잠재의식 속에 주입하면 당신은 돈이든 무엇이든 손에 넣을 수 있다. 잠재의식은 신념 등의 자극을 받아 작용하지만, 어떤 경우에든 우리는 능숙하게 잠재의식을 '달랠' 필요가 있다.

자기 암시로 자신을 바꿔 가려면 먼저 '소망이 달성됐을 때의 자기 모습'을 잠재의식 속에 주입시켜야 한다. 소망을 이룬 자신의 모습을 생생하게 마음속에 그림으로써 잠재의식은 신념을 더욱 강화하고, 어느 사이엔가 그 소망은 정말 현실화된다.

따라서 지금 당신에게 제일 중요한 것은 약한 마음을 버리고 적극적인 의욕이 마음에 가득 차도록 노력하는 일이다.

신념은 자신을 키우는 명약이다

자기를 알기 위해서는 남을 알아야 한다.
_ 뵈르네

　그동안 종교인들은 인류에게 신념을 가지라고 강조해 왔다. 하지만 어떻게 해야 신념을 갖게 될지에 대해서는 말하지 않았다. 즉, 종교인들은 신념이란 '자기 암시에 의해 창출되는 마음의 상태'라는 점을 믿지 않았던 것이다.

　우리는 다음에 나오는 글로 신념을 키울 수 있다. 따라서 다음 글을 소리 내어 여러 번 읽길 바란다.

　신념을 가지자. 신념은 나의 사고에 생명을 부여하고 힘을 주는 '명약'이다. 나는 부자가 되고 싶다. 신념을 가지는 일이 그 첫걸음이다. 신념은 과학으로 분석할 수 없다. 신념은 '기적'이다.

　신념이야말로 나를 절망에서 끌어내 일으켜주는 '흥분제'다. 신념은 '기도'다. 무한의 지성을 번뜩이게 하는 마그네슘이다. 신념이야말로 나의 고정관념을 파괴하는 다이너마이트다. 나는 신념을 가졌다. 그러므로 이제 무서운 것은 하나도 없다. 우주의 모든 것이 내 편이다.

반복해서 생각하면 곧 신념이 된다

노력이 적으면 얻는 것도 적다.
인간의 자산은 그의 노고에 달렸다.

_헤리크

신념의 작용을 증명하는 일은 어렵지 않다. 쉽게 말해, 계속해서 되풀이 된 사고는 그것이 거짓이든 진실이든, 결국 그 사람의 신념이 된다.

거짓말을 되풀이하다 보면 언젠가는 그것이 진실처럼 생각되는 경우도 많다. 인간은 무릇 마음속 깊은 곳에서 자신이 그리던 모습대로 변하는 법 이다.

'신념은 모든 망설임을 없애준다.'라는 말은 무척 중요하다. 쉽게 설명 하면, 우리는 신념을 한 알의 씨앗에 비유할 수 있다. 비옥한 대지에 뿌려 진 이 한 알의 씨앗은 나중에 싹이 터서 성장해 꽃을 피우고 열매를 맺는 다. 즉, 한 알의 씨앗이 몇 만 개의 씨앗이 되는 것이다.

이처럼 신념은 새로운 신념을 낳으며, 이는 끊임없이 반복된다.

따라서 신념에 망설임이 끼어들 틈은 없다. 신념이 망설임을 없애주기 때문이다.

사람의 마음은 늘 무언가를 찾아 다니며, 마음속에 있는 희미한 소망이 강렬한 감정, 즉 신념과 연결되면 그 순간부터 소망은 불타오르게 된다. 마 치 물을 만난 물고기처럼 쑥쑥 자라 그 사람의 인생까지 지배하는 것이다.

한 번 더 원점으로 돌아가자. 어떻게 하면 우리의 사고, 계획, 목표를 실 현할 수 있을까? 대답은 간단하다. 어떤 사고라도, 또는 어떤 계획이나 목표라도 '반복된 사고'는 조용히 마음속에 뿌리를 내려 반드시 싹이 트고 열매를 맺는다.

따라서 자신의 마음속에서 결정한 인생의 목표를 알기 쉬운 글로 종이에 써놓은 뒤 매일 소리 내어 읽도록 하자. 그럼 그 '글'이 어느 사이엔가 잠재의식 속에서 성장해 머지않아 폭발적인 위력을 발휘할 것이다.

이제부터는 불행을 탄식하지 말자. 그 대신 '빛나는 미래'를 믿자. 무엇보다도 마음 자세가 중요하다. 마음이야말로 보물이라는 사실을 잘 이해했으리라 믿는다.

그렇다면 이제 걱정할 것은 없다. '자기 암시의 힘'을 사용하면 누구나 확고한 자신감을 가질 수 있으며, 큰 용기도 몸에 지닐 수 있다. 그 후에는 잠재의식이 자동적으로 '훌륭한 자신'을 창조해 낼 것이다.

▶ 실패가 두려워 계획을 세우지 못함은 어리석은 자의 변명이다.

만약 처음의 계획을 이루지 못했을 경우 곧 새로운 계획을 세우는 것이 좋다. 그리고 그것도 잘 되지 않으면 또다른 계획으로 바꾸는 식으로 목표에 도달할 수 있을 때까지 몇 번이라도 참을 수 있게 도전해 본다. 바로 여기에 포인트가 있는 것이다. 대다수의 사람들은 한 가지 계획을 세워서 그것에 실패하면 그에 대체하는 다른 목표를 세울 끈기가 없어서 성공의 기회를 놓쳐 버린다.

자신감을 키우는 다섯 가지 공식

일생에서 일을 생각하는 사람은 행복하다.
그에게는 다른 행복을 찾을 필요가 없다.
_칼라일

1. 마음속으로 '나에게 훌륭한 인생을 구축할 능력이 있다. 그래서 참고 기다리는 것이다. 나는 절대 단념하지 않는다.'라고 다짐한다.

2. 마음속으로 간절히 소망하는 것이 언젠가는 반드시 실현되리라고 확신한다. 그리고 매일 30분씩 자신이 이루고 싶다고 생각하는 모습을 마음속으로 생생히 그려 본다.

3. 자기 암시의 위대한 힘을 믿는다. 그래서 매일 10분간 정신을 통일해 자신감을 기르기 위한 '자기 암시'를 건다.

4. 종이에 자신의 인생 목표를 또박또박 적는다. 그런 다음 자신감을 가지고 한 걸음 한 걸음 전진해 나간다.

5. 진리와 정의를 바탕으로 한 부와 지위가 아니라면 결코 오래 갈 수 없다는 사실을 알고, 절대 이기적인 목표를 세우지 않는다. 다른 사람의 도움 없이는 성공을 이룰 수 없다.

   따라서 먼저 남을 위해 봉사해야 한다. 그리고 사랑을 몸에 익히고 증오, 시기, 이기심, 미움 등을 버리며, 이웃을 사랑하자. 그리고 그 맹세를 종이에 적어 매일 큰 소리로 읽자. 그럼 자신감이 더욱 견고해져 성공을 이룰 수 있다.

이 공식들에는 지금까지 어느 누구도 깨닫지 못한 '대자연의 법칙'이 작용한다.

따라서 이 공식들을 건설적인 목표에 올바르게 사용하면 인류의 전진에 도움이 될 수 있지만, 파괴적인 목표에 잘못 사용하면 매우 큰 비극이 발생할 것이다.

▶ 돈에 대한 명언

- 남의 이익을 생각하는 사람에게 이익이 돌아온다. ─중국속담
- 돈이란 섹스와 같다. 없을 때는 오로지 그것만을 생각하고 있으면 다른 곳에 눈을 돌린다. ─제임스 볼드윈
- 돈을 사랑함은 모든 사악함의 근본이다. ─성경
- 돈이 없어도 행복해질 수 있다고 현혹하는 말은 영혼에 대한 사기다. ─알베르트카위
- 돈에 관심이 있다면 사람을 신뢰하라. ─아가사 크리스티
- 나는 돈에 별 관심이 없다. 돈이 나에게 사랑을 사주지 않기 때문이다. ─존레논
- 돈이 없어도 젊을 수는 있다. 그러나 돈이 없다면 결코 늙을 수 없다. ─데네스 윌리암스
- 돈과 계산, 만족만을 원하는 사람은 세 친구를 잃은 것과 같다. ─셰익스피어
- 돈은 5감을 완벽하게 사용하지 못하게 만드는 제6감이다. ─서머셋 모옴

할 수 있다고 생각하는 사람이 승리한다

인생에 있어서 성공의 비결은
성공하지 못한 사람들만이 안다.
_콜린즈

잠재의식은 건설절인 사고와 파괴적인 사고를 구별할 수 없으며, 열등 감이나 두려움뿐 아니라 용기나 신념에도 민감하게 반응한다. 따라서 자기 암시는 그것의 사용 방법에 따라 행복과 번영을 가져다 줄 수도 있지만, 인간을 절망의 구렁텅이에 빠뜨리기도 한다.

만일 당신이 두려움이나 의심, 또는 열등감에 사로잡혀 있다면 그 감정이 어느 사이엔가 자기 암시처럼 내재화되어 당신은 정말 있으나마나 한 삶을 살게 될 것이다.

요트는 돛을 조종하기에 따라 동쪽으로 가기도, 또는 서쪽으로 가기도 한다. 당신의 인생도 당신의 사고방식에 따라 행복해지기도, 또는 파멸되기도 한다.

이번에는 자기 암시의 작용을 뛰어나게 표현한 시를 한 편 소개하겠다.

만일 당신이 진다고 생각한다면
당신은 질 것입니다.
만일 당신이 안 된다고 생각한다면
당신은 안 될 것입니다.
만일 당신이 이기고 싶다는 마음 한구석에

이것은 무리라는 생각을 한다면,

당신은 절대로 이기지 못할 것입니다.

만일 당신이 실패한다고 생각한다면

당신은 실패할 것입니다.

세상을 돌아보면 마지막까지 성공을 소원한 사람만이

성공하지 않았던가요.

모든 것은 '사람의 마음'이 결정하느니,

만일 당신이 늘 '하고 싶다' '자신감을 가지고 싶다'라고 원한다면

당신은 그대로 될 것입니다.

자, 다시 한번 출발하세요.

강한 사람만 승리한다는 법칙은 없습니다.

재빠른 사람만 이긴다는 법칙도 없습니다.

'나는 할 수 있다',

그렇게 생각하는 사람이 결국 승리할 것입니다.

이 시에서 제일 중요한 말은 무엇인가? 스스로 생각해 보라. 그리고 마음속에 잘 새겨두어라.

신념이 기적을 낳는다

지금 당신 안에는 상상조차 하지 못했던 어떤 훌륭한 것을 현실화시킬 수 있는 한 알의 씨앗이 잠자고 있다. 바이올린 명연주자가 바이올린 줄에서 명곡을 창조해 내는 것처럼, 당신도 마음속에서 잠자고 있는 훌륭한 재능을 끌어내길 바란다.

링컨은 40세가 될 때까지 하는 일마다 실패의 연속이었다. 어디를 가나 누구도 상대해 주지 않는 존재였다. 그러나 어떤 한 사건이 계기가 되어 그의 마음속에서 잠자고 있던 천재적 재능이 눈을 떴다. 그 결과 그는 세계적인 지도자가 되었다.

슬픔과 애정이 얽혀 있던 그 '사건'은 링컨이 진심으로 사랑했던 앤 리트레치가 원인이었다. 사랑의 감정은 신념과 유사한 마음의 상태다. 사랑도 신념과 마찬가지로 인간을 변화시키는 힘을 가지고 있다.

이것은 대성공을 거둔 수많은 사람을 조사하던 과정에서 내가 발견한 것으로, 성공을 이룬 위대한 인물들은 누구나 여성(또는 남성)의 사랑으로 굳게 지탱하고 있었다.

신념의 힘에 대해 좀 더 상세히 알기 위해 '신념에 산 사람들'을 살펴보자.

먼저 대표적인 인물은 예수 그리스도다. 누가 어떤 반론을 내놓는다 해도 그리스도의 근본은 의심할 여지없이 '신념'이다.

그리스도의 가르침이나 위업은 '기적'이라고들 하지만, 그 기적은 신념 이외의 다른 아무것도 아니다.

즉, 기적은 신념의 힘으로 일어나는 것이다.

인도의 마하트마 간디는 어떤가. 그는 신념의 놀라운 가능성을 믿었던 인물이다. 그에게는 한 벌의 옷을 살 돈도, 군함도, 그리고 한 사람의 병사도 없었지만 '신념'이라는 위대한 재산을 가지고 있었다.

그 신념의 힘이 2억 국민의 마음을 움직이게 해 마치 한 사람의 마음처럼 한곳에 모았던 것이다. 신념 이외에 이런 아슬아슬한 곡예를 수행할 힘이 달리 무엇이 있겠는가.

▶ 인생이란 고통의 댓가를 지불하는 공연장이다

인생은 댓가이다. 당신은 인생으로부터 원하는 거의 모든 것을 노력으로 얻을 수 있다. 만약 당신 자신에게 주어지는 몫을 모두 다 차지하지 못한다면 무능하다는 말을 듣게 될 것이다.

아직 성공을 하지 못한 사람에게는 늘 역경이 닥치게 마련이다. 당신은 그 역경을 디딤돌로 삼아 성공을 쟁취해야 한다. 그러므로 당신 역시도 댓가를 지불할 마음가짐을 갖지 않으면 안 된다.

인간의 사고(思考)가 부를 부른다

당신이 하고 있는 일에 온 정신을 집중하라.
햇빛은 한 초점에 모아질 때만 불꽃을 낸다.
_그레이엄 벨

사업을 경영할 때도 신념과 협력이 필요하다. 실제로 성공한 경영자는 다른 사람에게 봉사를 요구하기 전에 먼저 봉사를 한다. 이에 대해 구체적으로 설명하기 위해 유에스 스틸사가 설립된 1990년 당시의 이야기를 소개하겠다.

지금까지 이 책을 읽은 사람이라면, 인간의 '사고'가 막대한 부를 가져온다는 사실을 깨달았을 것이다. 그런데 만일 이 사실에 여전히 의문을 품고 있는 사람이라면, 뉴욕 국제전신공사의 J.로렐이 들려준 드라마틱한 이야기가 도움이 될 듯하다.

그 내용은 다음과 같다.

1900년 12월 12일 밤의 일이다. 미국을 대표하는 80명의 부호들이 5번가인 유니버시티 클럽에 모여 있었다. 어느 무명의 청년 실업가를 위해서였다. 하지만 그 부호들은 대부분 이 만찬이 미국 재계를 뒤흔들 만큼 중요한 의미를 지닌다는 사실을 전혀 눈치 채지 못했다.

이 만찬은 J. 에드워드 시몬즈와 C.M. 슈웹에게 받은 흐뭇한 환영에 대한 답례로 열린 것이었지만, 원래는 철강계의 샛별인 38세 청년을 서부은행가들에게 소개하려는 의도를 담고 있었다.

그러나 대부분의 손님들은 이 청년이 매우 뛰어난 수완가라는 사실을 전혀 몰랐다. 심지어 어떤 사람은 슈웝에게 뉴욕 사람들은 긴 연설을 좋아하지 않으므로 모두에게 호감을 주려면 연설은 10분이나 길어도 20분 정도로 끝내는 것이 좋다고 조언했다.

슈웝의 오른쪽에 앉아 있던 만찬 주최자인 J.P.모건조차 의리상 참석한 듯한 인상이었다. 그런 만큼 다음날 신문에 실릴 내용이 전혀 없을 만한 만찬이었다.

손님들은 여느 때와 마찬가지로 이미 7~8코스의 요리를 끝냈지만, 특별한 화제가 없어서인지 모두 지루해 했다. 게다가 슈웝이 알고 있는 은행가나 실업가는 거의 없었다.

그러나 만찬이 끝날 무렵에는 재계 보스인 모건을 비롯해 모든 손님들이 나중에 유에스 스틸사를 설립해 억만장자가 될 이 청년에게 완전히 반하고 말았던 것이다. 그날 밤 슈웝의 연설은 문법적으로는 칭찬할 만한 것이 아니었지만, 위트 넘치고 포인트를 명확하게 찌르는 짜임새 있는 연설이었다.

게다가 손님들은 슈웝이 설명한 총액 50억 달러의 계획에 큰 충격을 받았다. 연설이 끝났는데도 아무도 자리를 뜨려고 하지 않았다. 슈웝의 연설은 장장 90분이나 이어졌지만, 모건은 연설이 끝난 뒤 그를 구석진 곳의 테이블로 데려가 1시간 이상이나 대화를 나누었다.

슈웝의 흠 없는 개성도 매력적이었지만, 모건의 흥미를 끈 것은 그의 연설 내용, 즉 당장이라도 실현될 것 같은 철강계 재편성이었다. 지금까지 모건에게는 많은 사람들이 그의 마음을 끌 만한 비스킷, 설탕, 고무, 위스키, 추잉껌 등의 상품 기획안을 들고 왔지만, 성공을 거둔 사람은 드물었다.

그때까지 대단한 거물 실업가로 대우 받던 모건은 슈웝의 구상을 듣고 완전히 넋을 잃고 말았다. 슈웝의 구상은 몇 천 개의 자회사를 흡수하고 때로는 이익도 내지 못하는 회사까지 모두 통합해 거대기업으로 만드는 전략이었다.

철강계에서도 J. W. 게이스가 53개의 자회사를 체인점으로 빈틈없이 연결해 놓고, 모건과 함께 연방 제강사라는 통합회사를 만든 상태였다. 그러나 이는 앤드류 카네기의 대규모 수직 통합조직에 비하면 그야말로 소꿉장난 수준이었다. 그들이 어떠한 방법으로 단결해도 카네기의 거대한 조직에는 영향을 미치지 못했다. 모건도 그 사실을 잘 알고 있었다.

완고한 스코틀랜드 출신인 카네기는 높은 전망대에서 눈을 가늘게 뜬 채 밑에 있는 사람들의 도전을 바라보고 있었다. 그러면서 간혹 모건의 행동이 눈에 거슬리면 엄하게 일침을 놓기도 했다.

남에게 지는 것을 무척 싫어하는 모건은 어떻게 하든 카네기를 이겨야겠다고 생각했다. 그런 와중에 마침 슈웝의 연설이 그에게 방법적 힌트를 준 것이었다.

슈웝의 연설을 다 들은 모건은 지금까지 하던 방법이 근본적으로 잘못되었음을 알았다. 즉, 어떤 작가의 말처럼 '카네기의 전체 조직'을 매수해버리지 않는 한 모건의 조직은 속수무책이라는 사실을 깨달은 것이다.

그러나 1900년 12월 12일의 만찬에서 있었던 슈웝의 연설을 통해 카네기의 엔터프라이즈가 가까운 장래에 모건에게 흡수되리라는 사실이 희미하게나마 예견되었다.

이 연설에서 슈웝은 국제적인 시야로 철강계의 장래를 예측하고 합리적인 경영을 실행하기 위해 먼저 조직을 근본적으로 재편성해야 한다고 주장했다. 무계획적으로 난립해 있는 공장이나 설비를 정리, 통합한 뒤 자본을 일원화하고 원자재의 유통을 개선하여 경제와 연계해야 한다고 설득한 것이다.

또 슈웝은 10년 전 카리브해를 노략질하고 다니던 해적의 범죄 행위와 잘못의 피해를 범했는지를 상세히 말하면서, 어떤 것이든 독점해서 값을 엄청나게 올리려는 경영 자세가 얼마나 어리석은 지도 납득이 가도록 설명했다.

즉, 지금까지의 방법이 너무나 근시안적이며, 온 세계의 모든 분야가 발전하려고 하는 이 시점에 철강 시장만을 독점하려는 행위가 다른 산업의 발전에 얼마나 많은 압박을 주어 왔는지에 대해 날카롭게 지적한 것이다.

따라서 경영자를 바꿔 철강의 가격을 끌어내리면 시장은 무척 빠른 속도로 확대될 것이며, 더욱 더 여러 분야에 사용됨으로써 세계적인 장사가 될 것이라고 역설했다.

지금 생각해 보면, 당시 슈웝은 스스로 깨닫지 못했을 수도 있지만, 확실한 것은 그가 바로 현대의 대량 생산 전략의 시조였던 셈이다.

만찬을 마치고 돌아온 모건은 슈웝의 계획 때문에 좀처럼 잠을 잘 수가 없었다. 한편 슈웝은 피츠버그로 돌아와 '작은 카네기 방식'으로 철강사업을 계속하고 있었다. 그 밖의 회원들도 집으로 돌아와 주식시장을 지켜보면서 다음에는 무슨 일이 일어날지 살피고 있었다.

모건이 허리를 펴고 일어날 때까지는 그리 많은 시간이 걸리지 않았다. 만찬회에 들고 나온 슈웝의 맛있는 요리를 소화하는 데 걸린 시간은 단 일주일이었다.

모건은 슈웝의 계획을 따르면 자금조달을 걱정할 필요도 없을 것이라고 판단했다. 그래서 바로 슈웝과 손을 잡으려고 했지만, 그의 앞을 가로막는 걱정거리가 하나 있었다. 그것은 카네기가 자기 조직에 몸 담고 있는 사람과 월 가의 제왕이 도피한 사실을 알면 좋아 하지 않을 것이라는 점이었다. 왜냐하면 카네기는 월 가를 걷는 것조차 싫어할 정도였다.

그래서 모건은 중개역으로 게이스를 지명했다. 게이스의 책략은 슈웝이 필라델피아의 한 호텔에 머물고 있을 때 우연히 모건이 그곳에 나타난다는 것이었다.

그러나 운이 나쁘게도 그날 모건은 병이 나서 뉴욕의 자택에서 꼼짝도 하지 못했다. 하는 수 없이 다른 장로격인 한 사람이 중개자가 되어 슈웝은 뉴욕에서 정식으로 모건과 재회했다.

어느 경제 전문가들은 이 드라마는 처음부터 카네기가 계획한 것이었으며 슈웝을 위해 열린 그 만찬회도, 그 유명한 연설도, 그리고 슈웝과 돈의 왕자인 모건과의 만남도 모두 이 스코틀랜드인이 고안해 낸 것이라고 말하지만, 사실 그 정반대였다. 카네기가 '시골 우두머리'라고 부르던 모건이 만찬회에서 슈웝의 계획에 그 정도로 열심히 귀를 기울이리라고는 어느 누구도 예상치 못했다.

그러나 슈웝은 6장에 달하는 자필 원고를 열의를 다해 설명했다. 개개의 힘의 한계를 설명하고 새로운 이익을 창출하는 시스템을 발표하는 그의 모습은 그야말로 철강계의 샛별처럼 보였다.

그런데 이 6장의 원고를 밤새 쓴 사람은 4명의 남자였다. 그 우두머리는 모건이었으며, 한 사람은 아리스토텔레스식의 학자이자 신사인 로버트 베이커, 세 번째는 투기꾼인 게이스, 네 번째가 철강 판매에 대해 제일 많은 지식을 가진 슈웝이었던 것이다.

만찬회장에서는 어느 누구도 슈웝에게 질문을 하지 않았다. 왜냐하면 그의 발표는 결정적인 진실을 말하고 있었기 때문이다. 그는 절대적인 자신감을 가지고 역설했다. 그리고 이 계획은 다른 어느 누구도 흉내 낼 수 없었으며, 또한 함께 협조해 한 몫 보길 원하는 사람들을 전혀 받아들이지 않겠다고 강조했던 것이다.

뉴욕의 저택에서 모건은 슈웝에게 "앤드류 카네기가 팔까?"라고 물었다. 슈웝은 "해볼 수는 있습니다."라고 대답했다. 모건은 그에게 "매수를 한다면 그 다음은 자네에게 맡기겠네."라고 약속했다.

여기까지는 순조롭게 진행되었지만 카네기가 정말 팔까? 만일 판다고 해도 어느 정도를 요구할까?

슈웝은 3억2천만 달러를 생각하고 있었는데, 그 지불 방법은 보통주인가, 우선주인가? 혹은 채권인가, 현금인가? 만일 현금으로 한다면 그런 큰돈을 아무도 준비하지 못할 것이 분명했다.

서릿발이 내릴 듯한 어느 날, 카네기와 슈웝은 추위를 쫓으려고 떠들썩하게 잡담을 주고받으며 골프를 치고 있었다. 그들은 따뜻한 휴게실로 돌아오기까지 비즈니스와 관계된 말은 단 한 마디도 하지 않았다.

이윽고 슈웝이 조용히 말을 꺼냈다. 만찬회에서 80명이나 되는 부호들을 매료시켰던 그 설득력으로 변덕스러운 노 실업가에게 은퇴 후 안락한 여생을 보낼 수 있을 만큼의 막대한 자금이 준비되어 있다고 설명한 것이다.

카네기는 "음, 음!" 하며 고개를 끄덕였다. 슈웝의 말을 다 들은 카네기는 메모지에 숫자를 써서 슈웝에게 건네며 "이 값이면 팔겠네."라고 말했다.

메모지에는 4억 달러라고 적혀 있었다.

그리고 슈웝의 설득 결과, 먼저 3억2천만 달러를 지불하고 나머지 8천만 달러는 향후 2년간 증자 의무의 무상 교부로 지불하는 것으로 했다.

나중에 이 스코틀랜드 노인은 대서양 횡단 여객선의 갑판에서 모건에게 아쉬운 듯한 목소리로 "1억 달러를 더 요구해도 되었을 걸."이라고 말했다.

물론 이 사건은 세계적으로 큰 이슈가 되었다.

영국의 한 통신사는 이 초 거대조직에 온 세계가 허리를 펴지 못할 것이라고 타전했다.

예일대학의 히드리 학장은 "이 조직은 법률로 규제받는 날이 올 때까지 적어도 25년 동안은 워싱턴의 제왕으로 군림할 것이다."라고 말했다.

이로써 유명한 투자자인 킨이 신주 매입에 달려들어 6억 달러에 이르던 다른 주식도 순식간에 폭등했다. 그로 인해 카네기는 수백만 달러, 모건의 신디게이트는 6천2백만 달러, 그리고 이 일에 관련된 모든 사람들이 각각 몇 백만 달러의 이익을 얻었다.

▶ 성공한 사람은 시간을 경영한다

영국의 사상가 아놀드 베네트는 아침 시간의 경영을 가능하게 하려면 이를 실행하는 사람으로부터 정신적인 충격을 받아야 한다면, 모든 것을 하루아침에 이루려고 하지 말라는 충고를 한다. 아침을 경영하는 방법에 특별한 것은 없다. 건강한 육체와 정신을 만드는 토대를 아침에 다지는 것, 단 몇 분만이라도 자신만의 시간을 만들어 경영에 필요한 지식 소양과 전문성을 키우면서 사생활의 절도와 건강을 살려 나가는 것이다. 이러한 자세가 하루를 경영하는데 큰 자신감이 되고, 이런 아침이 모이면 달라진 자기의 인생을 발견할 수 있다는 것이다.

신념만 있으면 한계는 없다

이 드라마틱한 에피소드는 소망이 구체적인 가치를 창출해 내는 메커니즘을 한눈에 제대로 보여주고 있다.

이 거대한 산업조직은 먼저 한 사람의 마음속에서 창출되었다. 그 조직을 철강과 결부시키겠다고 계획한 것도 그 사람의 상상에서 비롯되었다. 한 사람의 소망, 신념, 상상력, 그리고 인내력이 유에스 스틸사를 탄생시킨 것이다.

유에스 스틸사의 자산은 적게 잡아도 6억 달러를 넘는데, 이는 통합이 가져온 결과다. 슈웝의 소망과 신념이 모건의 마음을 움직임으로써 6억 달러나 되는 자산을 탄생시킨 것이다. 생각해 보면 인간의 소망과 신념이 얼마나 막대한 자금을 만들었는가?

유에스 스틸사는 그 후에도 더욱 더 성장해 미국 최대의 기업이 되었다.

슈웝의 '사고'가 이처럼 막대한 이익을 만들어 냈으며, 그것은 소망에서 비롯되었다. 우리의 부에 한계가 있는 이유는 우리의 소망에 한계가 있기 때문이다.

인간의 한계를 파괴하는 것이 바로 신념이다. 인생의 갈림길에 서 있는 사람이라면 이 이야기를 다시 한번 상기하기 바란다.

성공을 약속하는 것은 오직 신념이다

우리의 목적이 먼 곳에 있으면 있을수록
노력의 결과를 보고 싶다는 생각이 적으면 적을수록
성공의 정도는 높고 넓어진다.
_존. 러스킨

'패배자', 이 부정적인 문구가 홍콩 구룡의 구불구불한 길을 걷고 있던 내 눈에 들어왔다. 나는 문신 가게의 진열장에 내 걸린 그 글자를 응시했다. 아마도 문신 문구의 견본인 것 같았다.

진열장에는 이 밖에도 깃발이나 인어(人魚) 등 흔히 볼 수 있는 무늬가 장식되어 있었다.

충격을 받은 나는 가게 안으로 들어가 주인인 듯한 중국인에게 "패배자라는 단어를 정말 새기는 사람이 있나요?"라고 물었다. 그러자 중국인은 "네. 가끔 있어요."라고 대답한 뒤 머리를 가볍게 치면서 서툰 영어로 "하지만 대부분 몸에 그려 넣기 전에 이미 머릿속에 그려 넣은 채 오지요."라고 덧붙였다.

사람은 누구나 '나에게는 능력이 없다. 나는 태어나면서부터 패배자였다'고 생각하는 순간 이미 정신적인 면에서 패배자가 되고 만다. 따라서 '나는 태어나는 순간부터 승자였다.'라는 확신에 찬 말을 자신에게 주입하는 것이 중요하다.

승자가 되기 위해서는 먼저 신념을 가져야 한다. 승자란 예외없이 신념을 가진 사람이기 때문이다. 반면, 패자가 신념을 가졌던 적은 단 한 번도 없다. 여기에서 말하는 신념을 가진 사람이란 하느님과 인생, 미래, 자신의 남편 혹은 아내와 자식, 하는 일과 나라, 그리고 자기 자신을 믿는 사람을 의미한다.

내가 어떤 사람에게 이렇게 말하자, 그 사람이 "저는 하느님을 믿습니다. 하지만 제 자신을 믿는 자신감 넘치는 사람은 아닙니다."라고 했다. 그래서 나는 그에게 "자신을 믿을 수 없다면, 하느님을 믿고 있다고도 할 수 없습니다. 당신을 만든 분이 하느님이니까요."라고 말해 주었다.

그런 다음 뉴욕 포링의 한 약국에 있던 포스터 이야기를 해주었다.

그 포스터에는 반듯한 자세로서 있는 소년의 모습과 '나는 나 자신을 믿는다. 나를 만든 이는 하느님이므로 내가 쓸모 없는 인간일 리 없다.'라는 말이 적혀 있었다.

미국의 유명한 학자인 윌리엄 제임스는 최고의 지식인이자 철학, 해부학, 심리학 교수였다. 그는 마음과 몸을 모두 연구한 학자라 할 만하다.

제임스는 신념에 대해 "잘 될지 어떨지 알 수 없는 사업을 시작할 때, 신념을 갖고 있으면 아무리 모험적인 사업가라도 성공할 수 있다."고 설명했다.

성공을 약속하는 것은 지식도, 교양도, 훈련도, 경험도, 돈도 아니다. 그것은 바로 '신념'이다. 즉, 사업에 대한 신념과 자신을 믿는 마음이 성공에 반드시 필요한 조건인 것이다. 물론 다른 조건도 매우 중요하긴 하지만 제일 기본적인 조건은 자신이 바라는 대로의 성과를 올릴 수 있다는 적극적인 사고방식이다.

제임스는 또 "인생을 무서워해서는 안 된다. 인생은 살아갈 만한 가치가 있다고 믿어야 한다. 그렇게 믿으면, 인생은 정말로 살아갈 만한 가치가 있는 것이 된다."고 말했다.

신념을 가진 사람들은 정말 멋지다. 그들은 무슨 일이 일어나던 기가 꺾이지 않으며, 아무것도 두려워하지 않는다. 불안이 느껴질 경우에도 잘 극복해 나간다. 그들은 기력으로 충만해 있고 위대하며 늠름한 사람으로, 무슨 일이든 해결하고 실행하며 목표를 달성해 결국 승리자가 된다.

그들에게 있어서 마법의 말은 '신념'이다. 즉, 그들은 어떠한 문제에 직면하든 반드시 그것을 극복하거나 해결하고, 서로 잘 화합해 나간다. 때로는 매우 심각한 문제가 생길 수도 있는데, 신념을 가진 사람에게는 그런 일이 그다지 대수롭지 않다. 어떤 문제이든 반드시 해결할 수 있다는 자신감을 갖고 대처해 나가기 때문이다.

또한 신념을 가진 사람은 자신이 너무 참혹한 처지에 빠져 있다든지, 불공평한 대우를 받는다든지 등의 푸념이나 넋두리를 늘어놓으며 엎드려 기듯이 돌아다니는 식의 시간 낭비를 절대로 하지 않는다. 그들은 어려움을 직시하면서 "나는 하느님에 의해 만들어졌으므로, 무슨 일이 일어나든 간에 패배하지 않는다."라고 말한다.

나는 우리 모두가 승리자가 되도록 만들어졌다고 믿는다. 나약함을 극복하고, 큰 인물이 되고 싶다면 반드시 신념을 가져라.

모든 어려움은 '다리 밑으로 흘러가는 물'과 같다

생각하는 것이 인생의 소금이라면 희망과 꿈은 인생의 사랑이다.
꿈이 없다면 인생은 쓰다.
_캐넌 리튼

물론 신념을 갖고 싶으면서도 잘 안 되는 사람들이 있다. 만일 시간적으로 너무 오래 고생하고 있거나 큰 잘못을 저지른 사람들은 어떻게 해야 할까? 이러한 의문이 생긴 날 나는 어느 청년 변호사가 나를 찾아왔던 일을 기억해 냈다.

그 변호사는 엄청난 절망감에 빠져 완전히 희망을 잃고 있었다. 중대한 잘못을 저지른 탓에 큰 법률사무소에서 해고 당했던 것이다.

그는 낙담한 채 방 안을 왔다갔다 하며 "왜 그 따위 어리석은 짓을 했을까. 그 일 때문에 경력에 흠이 생겼잖아. 이제 겨우 시작하는 단계인데……"라며 자책했다.

그러더니 슬픈 표정으로 의자에 쓰러지듯 털썩 주저앉았다. 완전히 의기소침한 모습이었다.

그때 내 책상 위에는 『트레드 브리에드신문』에 실려 있는 글로브 패터슨의 글이 놓여 있었다. 나는 그 글을 청년에게 읽어주었는데, 그 글이 그에게 기적적으로 영향을 미쳤다.

이 글은 내가 수년 전 처음 읽었을 때부터 나에게 잊을 수 없는 감명을 안겨준 내용으로, 나의 자서전인 『적극적으로 살아가는 기쁨(The True Joy Positive Livine)』에서도 소개한 바 있다.

한 소년이 다리 난간에 기대어 흘러가는 강물을 내려다보고 있었다. 수면은 깨끗했지만, 그 강물은 수백 수천 수만 년 전과 다름없이 계속해서 흘러가고 있었다. 때로는 물의 흐름이 빨라지거나 느려지는 경우는 있었지만, 흘러가는 것 자체는 변함이 없었다.

흘러가는 강물을 바라보던 소년은 그날 한 가지 사실을 발견했다. 그것은 손으로 만질 수 있는 물리적인 것도, 눈에 보이는 시각적인 것도 아닌 어떤 '사고방식'이었다.

인생의 모든 일은 언젠가는 저 아래 강물처럼 다리 밑으로 흘러간다는 사실을 별안간 깨달았던 것이다. 소년은 그 '다리 밑으로'라는 말이 마음에 들었다.

그날 이후 그 사고방식은 소년의 인생에 큰 영향을 미쳤다. 어둡고 곤란한 문제나 괴로운 순간도 있었지만, 이 사고방식 덕분에 헤쳐 나갈 수 있었다.

돌이킬 수 없는 실패를 저지르거나 무엇을 잃어버려 되찾을 수 없을 때, 지금은 어른이 된 그때의 소년은 '다리 밑으로 흘러가는 물과 같다.'고 말했다. 그는 실패한 것을 마음에 두고 쓸데없이 끙끙 앓거나 좌절하는 일이 결코 없었다. 그것은 다리 밑으로 흘러가는 물과 같다고 생각했기 때문이다.

젊은 변호사는 내가 이 글을 읽는 동안 꼼짝도 하지 않았다. 그리고 잠시 뒤 자리에서 일어나 내 손을 잡으며 정감어린 목소리로 "그 이야기의 의미를 잘 알았습니다. 이번의 경험에서 많은 것을 배우고, 다음에는 '다리 밑으로 흘러가는 물'처럼 흘러가도록 맡기겠습니다."라고 말했다.

그는 그날 현재의 자기 자신에 대해, 그리고 장래에 대해 새로운 자신감을 가진 채 내 방을 나갔다. 그리고 실제로 그 젊은 변호사에게는 멋진 장래가 열렸다.

▶ 꿈은 열매를 맺는다

토마스 에디슨은 전등발명을 꿈꾸었다. 그 꿈을 실현시키기까지 얼마나 많은 실패를 거듭하였던가. 그럼에도 불구하고 전등을 발명하기까지 꿈을 버리지 않았다.

휠런은 담배 연쇄점을 만들려는 꿈을 가지고 그 꿈을 행동으로 옮겼다. 그것이 지금 미국 최대의 연쇄점이 된 '유나이티드 시거 스토어즈'다.

라이트 형제는 하늘을 날으는 기계를 만들겠다는 꿈을 가졌다. 그것이 지금의 공중여행을 실현시켰다. 라이트 형제의 꿈은 건전한 것이었다. 현실에 입각한 꿈을 꾸는 사람은 결코 단념하지 않는다.

'1초 전의 자신'의 상태로 있지 마라

자만심은 인간이 자기 자신을 너무 높게
생각하는 데에서 생기는 쾌락이다.
_스피노자

자신을 경멸하는 듯한 말을 하는 사람들이 적지 않다. 최근 나에게 온 편지들 중에는 자기 자신을 무척 비하하는 내용도 있었다.

어느 여성의 편지를 소개하겠다.

이 편지가 당신의 손에 들어가리라 기대하진 않지만, 그래도 편지를 쓰기로 결심했어요. 선생님. 저에게는 지금 무척 괴로운 일이 하나 있어요. 그것은 바로 자신감을 가질 수 없다는 점이에요.

저는 무척 어리석어서 하느님의 사랑을 받을 가치도 없는 것 같아요. '나 같은 걸 왜 살아가게 해둘까.

뭐 하러 이 세상에 태어났을까'라는 생각을 자주 하지요.

남편은 회사를 경영하고 있는, 머리가 무척 좋은 사람이에요. 우리 두 사람은 비교도 안 될 정도지요. 부모님이 일찍 이혼한 저는 버림받은 자식이나 마찬가지였어요. 그래서 늘 불안해하고 애정에 목 말라 하며 성장했지요. 그리고 하느님이 나를 사랑하지 않으시는구나라고 믿었어요.

게다가 저는 잘못도 많이 저질러요. 저는 이런 제 자신이 정말 싫어요. 선생님, 저는 자살을 생각하기도 했지만 그것이 큰 잘못이라는 사실을 잘 알아요. 그래서 지금 선생님이 말씀하시는 '적극적 사고'를 실행하고자 해요.

선생님이 어느 분에게 성경 한 구절을 적어 보내주셨고, 그것이 그 사람에게 자극이 되었다는 말을 자주 들었어요. 제발 저에게도 무슨 말이든 적어 보내주세요. 선생님이 쓰신 책은 많이 읽었지만, 읽은 것을 실행하기가 무척 어렵네요.

저는 부정적인 사고방식을 갖고 있는 인간이에요. 오래 전부터 그랬어요. 선생님의 도움을 받을 수 있으면 기쁘겠어요. 부탁드려요.

나는 그녀가 부탁한 대로 카드에 글을 적어 보내주었다. 그리고 늘 몸에 지니고 있으면서 자주(특히 잠자리에 들기 전에) 소리 내어 읽으라고 권했다.

나는 그녀의 마음속에서 믿음이 싹트길 기원했다. 그녀의 자기 불신이 아무리 뿌리 깊다 해도, 내가 적어 보내준 글 속에 담긴 확실하고 긍정적인 사고방식은 좋은 효과를 낳을 것이라고 믿었다.

그녀에게 보내준 글은 다음과 같다.

나는 나 자신을 좋아한다.
나는 나 자신을 믿는다.
나는 하느님에 의해 만들어졌다.
하느님은 결코 나쁜 것을 만들지 않으셨다.
하느님이 만든 것은 멋있다.
그러므로 나도 멋있다.
하느님의 완전성은 내 안에도 있다.
나는 인생을 사랑한다. 인간을 사랑한다.

나에게는 가능성이 있다.

나는 행복하다.

나는 감사하고 있다.

나는 자존심을 가지고 나 자신을 대한다.

나는 하느님의 아들로서 나 자신을 믿는다.

실제로 그 여성은 내가 보내준 이 글을 몸에 지니고 다니면서 늘 읽었고, 지금은 자기 불신에서 점점 벗어나고 있다.

자기 자신을 불신하거나 성질을 조절하지 못하거나 '실패'가 언제까지 잊히지 않는 사람에게는 근본적인 자기 개혁이 필요하다. 인간은 나날이 변해 가는 존재인데, 언제까지나 비참한 상태로 있다는 것은 정말 어이 없는 짓이다.

자신을 변화시키는 일은 누구나 할 수 있다. 우리는 모두 변할 수 있다. 나도 변할 수 있고, 당신도 변할 수 있다.

▶ 성공하기 위해서는 너무 인색하지 마라

일요일에도 근무하기 위해 출근할 수 있는가? 집에까지 일감을 가져갈 수 있는가? 고용주의 개인적인 일까지 도와줄 수 있는가? 고용주나 동료들에게 당신 스스로 거들어 주는 것에 대해서 너무 인색하지 말라. 무엇보다도 신용을 얻도록 노력하라. 신입사원 시절에는 이 점이 가장 중요하다. 당신이 신입사원 시절에 보여준 이미지야말로 그 직장에 소속되어 있는 한 지속될 것이다. 그러므로 이것저것 따지지 말고 열심히 일하라.

인간의 변신은 무죄이자 신념이다

사랑에서 야망으로 옮겨가는 사람은 많으나
야망에서 사랑으로 돌아오는 사람은 드물다.

_라로시 푸코

내 사촌 동생 루 딜러니는 세일즈맨으로 성공해 큰 회사의 국내 판매부장이 되었다. 예전에 그와 나는 인간은 놀라울 정도로 변할 수 있다는 점을 화제로 삼아 대화를 나눈 적이 있었다.

그때 루는 "자신에게 정직하면, 자신을 변화시킬 필요가 있다는 사실을 인정할 수밖에 없어요. 그리고 자신을 개혁하려는 의지를 확고히 하고 신념을 가지면, 반드시 자신을 변화시킬 수 있지요. 게다가 신앙까지 갖고 있다면 반드시 자신을 개혁할 수 있어요. 바로 변신인 셈이지요. 우리 회사의 세일즈맨 가운데 팀이라는 사람이 있는데, 그의 놀라운 변신을 보고 있으면 도저히 동일한 인물로 여겨지지 않을 정도예요."라고 말했다.

루의 말에 따르면 팀은 온화하고 호감을 주는 인물이지만, 강인함이 모자라는 듯한 인상을 풍겼다. 루는 그를 '토템 폴의 최하위 인물'이라고 평가했다. 회사에서 매출이 제일 떨어지는 최저인 세일즈맨이라는 뜻이었다. 그래서 팀의 해고는 거의 확정적이었다.

그런데 어느 날부터인가 갑자기 팀이 적극적으로 변하기 시작해, 모든 사람들이 놀랄 정도로 매출이 늘고 1년 뒤에는 회사에서 중상위권의 세일즈맨이 되었다. 그야말로 팀은 하면 된다는 신념으로 일했으며, 그 결과 자신의 목표를 이룰 수 있었던 것이다.

the law of
SUCCESS

잠재의식을 활용해야 한다

▶ 당신의 성공을 위한 조언

1. 당신의 잠재의식은 잠자는 거인과도 같다. 당신의 내부에서 잠자고 있는 잠재의식을 깨워 움직이게만 한다면 쉽게 목적을 이룰 수 있다.

2. 당신은 잠재의식을 실패 의식 또는 성공과 부의 의식으로 키워 나갈 수 있다. 그 선택은 바로 당신에게 달려 있다.

3. 일곱 가지 소극적 감정이 무엇인지를 깨닫고, 그것이 마음속에 뿌리 박지 못하리라고 믿는다.

4. 전지전능한 에너지는 당신에게 기도에 대한 대답이 주어질 수 있도록 당신을 도울 것이다.

잠재의식을 활용하면 목적을 달성할 수 있다

인생에서 기회가 적은 것은 아니다.
그것을 볼 줄 아는 눈과 붙잡을 수 있는 의지가 부족할 뿐이다.
_스탕달

잠재의식은 오감을 통해 목적을 달성하려는 마음을 움직이고 충동적 사고를 하게 하는 의식 분야로 이루어져 있다. 우리는 마치 파일이 가득 들어 있는 캐비닛에서 서류를 꺼내듯, 잠재의식에서 여러 가지 사고를 끌어낼 수 있다.

잠재의식은 오감이 전해주는 인상과 사고의 성질이 어떤 것이든 상관없이, 그것들을 모두 수용한 뒤에 분류한다. 따라서 자신이 바라는 유형 자산이나 돈에 대한 계획은 물론이고, 사고와 목적 같은 것도 잠재의식에 간직해 둘 수 있다.

처음에는 감정이나 신념과 결부된 지배적 욕망 위에서 잠재의식이 작용한다. 이 점에 대해서는 이미 욕망을 이룰 수 있는 6단계에서 언급하면서, 어떻게 하면 잠재의식을 작용시킬지에 대해서도 설명한 만큼 이 사고 전달의 방법이 얼마나 중요한지 인식했으리라 믿는다.

잠재의식은 밤낮의 구분없이 활동하고, 인간이 알지 못하는 방법에 의해 무한한 지성을 이끌어 내며, 그 힘에 의해 욕망이 스스로 구체적 자산으로 전환되도록 작용한다. 이 잠재의식을 활용함으로써 구체적인 방법이 발견되고, 목적을 달성할 수 있는 것이다.

잠재의식을 완전히 지배하는 일은 불가능하다. 그러나 스스로 계획, 욕망, 목적을 구체화하기 위해 잠재의식의 힘을 빌릴 수는 있다. 이 잠재의식 사용법에 대해서는 앞에서 자세히 설명했으니, 그것을 다시 읽으면 도움이 될 것이다.

잠재의식이 인간의 유한한 마음과 무한한 지성을 결부시키는 역할을 한다는 사실을 입증할 말한 근거는 충분히 있다. 즉, 잠재의식은 의지력을 통해 무한한 지성을 끌어내는 구실을 한다. 잠재의식은 그 자체로써 정신적 자극을 수정하는 동시에 자체의 정신적 자산으로 만드는 불가사의한 힘을 지니고 있다.

흔히 신에게 기도하던 사람이 신의 계시를 들었노라고 하는 것도 이 잠재의식의 작용이라 할 수 있다.

▶ 지금 행복하지 않으면 내일을 기다릴 필요가 없다

'초조해 하지 말고 당황하지 말라.'
'오늘 하루의 일을 다 하라.'
'잠시 기다리는 것이 인생에는 중요하다.'
어떤 사람은 너무나도 지나치게 조급해 하며 살기 때문에 비극을 만난다. 보통 사람들은 그 발상, 스피드를 따라잡지 못해서 비극적인 결말을 맞이한다.
'서두르는 것도 좋고, 쉬는 것도 좋다.'는 각오가 중요하다.

잠재의식에 욕망을 심어라

자신감을 가지라는 것은
인생을 적극적인 면에서 포착하라는 의미다.
_빈센트

잠재의식은 인간에게 겸손한 마음을 심어준다. 실제로 나는 지금까지 잠재의식에 대해 말할 때마다 '나의 지식이 얼마나 부족한가'라는 생각에 늘 열등감을 느낀다. 왜냐하면 잠재의식에 관한 우리의 지식은 딱할 정도로 빈약하기 때문이다.

실제로 잠재의식의 존재를 알고 그것이 욕망을 물질적 자산 또는 돈으로 전환시키는 매개체라는 사실을 안다면, 내가 욕망의 단계에서 설명한 내용을 완전히 이해했다고 할 수 있다. 그런 의미에서 뒤에 나올 나머지 원칙들은 자신의 잠재의식을 흔들어 놓아 능력을 획득하는 데 도움이 될 것이다.

그러므로 한두 번만 해 본 뒤 잘 되지 않는다고 용기를 잃어선 안 된다. 잘 안 되어도 습관만 들인다면 자발적으로 조절할 수 있기 때문이다(그 조절 방법에 대해서는 신념의 단계에서 이미 언급했다). 그럼에도 우리는 자기 신념을 마스터하기 위해 많은 시간을 할애해야 할 것이다. 결국 '인내하라, 끈기있게 노력하라.'는 말 밖에는 더 이상 할 말이 없다.

잠재의식의 이해를 돕기 위해 '신념' 및 '자기 암시'의 단계에 나온 내용을 되뇌길 바란다. 기억해야 할 점은 잠재의식을 작용시키려고 노력하든 안 하든 잠재의식은 스스로 제 기능을 발휘해 나간다는 점이다.

이는 곧 공포, 두려움 같은 모든 부정적인 생각을 극복하고 개선해 나가려는 노력을 하지 않는다면, 그것들이 잠재의식을 자극해 나갈 뿐이라는 사실을 의미한다. 따라서 이런 잠재의식에 자신의 욕망을 심어가지 않는다면, 지금까지 잠재의식에 담겨 있던 욕망도 잠식 당하고 만다.

생각이 소극적이든 적극적이든 상관없이 그것들은 모두 잠재의식에 도달하려 한다는 점을 우리는 '성 에너지 전환'의 단계에서 살펴봤다. 따라서 우리가 의식하지 않는 동안에도 우리는 의식에 도달하려는 자극적인 생각의 도가니 속에서 살고 있다는 사실을 이해해야 한다.

이 자극적인 생각에는 소극적인 것과 적극적인 것 등 두 가지가 있다. 지금 우리는 소극적인 자극의 흐름을 막고 욕망이라는 적극적 자극에 의해 잠재의식에 자발적인 영향을 미치려고 한다. 이것을 실천할 수 있다면 자신의 잠재의식의 문을 여는 열쇠를 손에 넣은 것이나 마찬가지다. 나아가서 잠재의식의 문을 완전히 장악할 수 있다면 잠재의식에 악영향을 미치는 것들을 완전히 조절할 수 있게 된다.

인간이 창조하는 것은 무엇이든 맨 처음에는 충동적 사념의 형태로 나타난다. 인간은 자기 스스로 생각해 내지 않으면 아무것도 창조하지 못한다. 충동적 사고가 떠오르고 거기에 상상이 더해진다면, 목적과 계획에 모든 사고가 집중된다. 그리고 그것을 상상력을 통해 조절해 나간다면 자신이 선택한 직업에서 성공을 거두기 위한 계획을 세울 수 있다.

따라서 물질적 자산을 얻기 위해 잠재의식 속에 자발적으로 뿌리박은 충동적 사고는 상상력을 통해 신념과 결합하지 않으면 안 된다. 즉, 계획 및 목적을 신념과 결부시켜 잠재의식에 저장하기 위해서는 상상력의 활동을 꾀하지 않으면 안 되는 것이다.

적극적 감정을 키워라

사람은 반드시 자신을 위하는 마음이
있어야만 비로소 자기 자신을 이겨낼 수 있고
자신을 이겨낼 수 있어야만 비로소 자기를 완성할 수 있다.
_왕양명

　감정이 결부된 충동적 사고는 이성만 있는 경우보다 한층 더 잠재의식
에 민감한 영향을 미친다. 실제로 감정이 담긴 사고만이 잠재의식 위에서
작용한다는 예들은 무척 많다.

　감정이나 정서가 대중을 움직인다는 것은 잘 알려진 사실이다. 감정과
결부된 충동적 사고가 잠재의식에 매우 신속하고 용이하게 반응해 간다는
것이 사실이라면, 감정의 정체를 좀 더 자세히 알아볼 필요가 있다.

　감정에는 7개의 적극적 감정과 7개의 부정적 감정이 있다. 부정적 감정
은 충동적 사고 속에 자동으로 스며들어 그대로 잠재의식에 전달된다. 반
면 자기 암시의 원칙에 따라 적극적 감정이 충동적 사고 속에 주입되지 못
하면, 욕망을 잠재의식 위에 작용시켜 나가는 일은 어려워지고 만다.

　이와 같은 감정 또는 충동적 감수성은 빵을 만드는 재료인 이스트와 같
다. 감정이란 소극적이며 충동적 사고를 적극적인 사고로 변화시키는 행
동 요소이기 때문이다.

　이런 이유로 감정과 결부된 충동적 사고가 냉정한 이성에 토대를 둔 사
고보다 더욱 용이하게 작용한다는 사실을 이해했으리라 믿는다. 제일 중
요한 일은 잠재의식에 있는 마음의 귀에 어떻게 접근해 가는가 하는 점이
다. 그것은 말로써 하지 않으면 안 된다. 그렇지 않으면 마음의 귀는 전혀

반응하지 않기 때문이다.

다음은 7개의 적극적 감정과 7개의 부정적 감정을 소개하겠다. 이것을 검토한 뒤 적극적 감정은 더욱 더 신장시키고 소극적 감정은 물리치면서 잠재의식에 지시를 내릴 수 있도록 하자.

7개의 적극적 감정

1. 욕망의 감정

2. 신념의 감정

3. 사랑의 감정

4. 성의 감정

5. 정열의 감정

6. 로맨스의 감정

7. 희망의 감정

이 밖에도 적극적 감정이 더 있지만, 이 7개의 감정은 가장 강력해서 창조적 작업에서 많이 사용된다. 이 7개의 감정을 마스터하고(사용하면 마스터할 수 있다.) 그 밖의 감정도 사용하도록 하자.

7개의 소극적 감정

1. 두려움의 감정

2. 질투의 감정

3. 증오의 감정

4. 복수의 감정

5. 탐욕의 감정

6. 미신의 감정

7. 분노의 감정

적극적 감정과 소극적 감정이 동시에 마음을 점령할 수는 없다. 어느 한 쪽만이 지배의 위치에 오르는 것이다. 즉, 적극적 감정만 마음을 지배하는 일이 가능하며, 그 영향력은 자신의 책임이다. 이때 습관의 법칙이 크게 도움이 된다. 습관을 통해 적극적 감정을 완벽하게 지배적 위치에 오르게 하면 소극적 감정은 끼어들 여지가 없다. 단, 소극적 감정이 한 개라도 끼어들면 모든 생산적인 기회가 잠재의식에서 사라지게 되고 만다.

관찰을 게을리 하지 않는 사람은 무슨 일이든 계속해서 해나가지만, 실패한 사람은 오직 기도를 통해서만 마음의 안정을 찾으려 한다. 만일 그렇지 않다면 기도는 다만 의례적 의미밖에 갖지 못한다.

그리고 모든 사람이 실패한 뒤에야 기도를 한다는 것은 그들의 잠재의식 속에 두려움과 의혹이 가득하다는 증거다.

기도를 하는 사람은 기도의 결과로 무언가를 인식한다. 만일 기도를 통해 무언가를 얻은 경험을 해 봤다면, 그 일을 한 번 떠올려 보라. 기도를 하는 동안에는 이론을 초월한 그 무언가가 있음을 인식할 것이다.

무한한 지성과 접촉하는 방법은 라디오로 음향의 진동을 수신하는 것과 비슷하다. 즉, 인간의 음성을 송신하는 방송국은 인간의 음성을 몇 백만 배의 주파수로 전환시킨다. 그리고 그것을 공중으로 쏘아 각자 라디오에서 들을 수 있도록 한다.

즉, 진동 형태로 나타나는 음향 에너지는 수신기에 의해 라디오에서 원래의 음향으로 환원된다.

이와 마찬가지로 잠재의식 역시 하나의 매개체다. 이 매개체에 의해 사람의 기도가 무한한 지성이 이해하는 말로 번역되어 전달되는 것이다. 그래서 간혹 기도하는 사람의 목적에 있었던 명확한 아이디어나 계획은 계시로 나타나기도 한다.

▶ 하루를 짧고 빨리 보내는 방법

아침부터 퇴근시간까지 하루를 짧고 빠르게 보내는 좋은 방법이 있다. 그것은 상사의 눈을 속여서 15분가량 늦게 출근한다든가, 15분 일찍 퇴근한다는 부정행위가 아니다. 또 점심시간을 5분 가량 더 사용하는 약아빠진 빠른 행동도 아니다. 그런 부당한 마음을 가졌다면 하루가 더 길게 느껴질 것이다.

지혜로운 직장인은 노동시간을 짧게 하고, 자기가 하고 있는 일에서 지루함을 없애는 가장 효과적인 방법을 알고 있다. 즉 자기 일을 휴가를 보내는 것처럼 즐긴다는 것이다. 이를테면 우리들은 저녁 일곱 시에 파티에 참석해서 심야까지 머문다. 거의 하루 노동과 맞먹는 시간이다. 그러나 즐거운 시간이기 때문에 쏜살같이 지나간다. 바로 이것이 요령이다. 일을 흥미롭게 하는 것이다. 그렇게 하면 그날은 짧은 하루를 보낼 수 있다.

위대한 지혜

지혜로운 자만이 미래를 두려워하지 않고
오히려 대비한다.
_C 윌슨

    오래 전에 어느 현명한 왕이 현자들을 한 자리에 모아놓고 "후세에 남겨줄 수 있는 '위대한 지혜'를 다 정리하여 책에 기록하도록 하라."고 명령하였다.

    현자들은 왕의 명령에 따라 오랜 세월에 걸쳐 연구에 연구를 거듭하였다. 그들이 연구한 12권의 책을 가지고 왕 앞에 나타났을 때 왕은 그 책의 양이 후세에 남겨주기에는 너무나 방대하므로 간략하게 줄이라고 하였다.

    현자들은 다시 열심히 연구한 끝에 한 권의 책으로 줄여서 왕에게 보여주었다. 그러자 왕은 그것을 더 요약하라고 명령하였다. 현자들은 한 권의 책을 몇 장으로 줄였다. 그리고 그것을 다시 한 페이지로 결국은 한 줄의 문장으로 바꾸었다. 그러자 왕은 기뻐서 어쩔 줄 몰라 하면서 이렇게 말하였다.

    "세상에 있는 모든 사람들이 이것을 배우면 곧 그들의 문제가 해결될 것이다."

    현자들이 후세에 물려주기 위해서 만든 '위대한 지혜'는 무엇이었을까? 그것은 바로 '세상에 공짜는 없다.'는 글이다. 그렇다.

    세상에 공짜는 없다. 무엇이든지 대가를 요구한다.

    성공한 사람들의 특징은 열심히 일하고 성실하다는 점이다. 그들은 일

하는 것을 즐거움으로 삼았으며, 성실을 부모처럼 받들었다

당신이 성실하게 일하며 생활하는 사람이라면 어떤 고민이라도 순조롭게 해결할 수 있을 것이다.

다음의 시는 일과 성실의 가치에 대해서 잘 나타내고 있다.

음미하기를 바란다.

일은 모든 사실의 기초이며, 풍부한 삶의 근원이요, 생활의 뿌리이다.

일로 하여 사람은 발전하고 부자가 된다.

일은 돈을 저축할 수 있게 하며 행운의 기초이다.

일은 인생을 즐겁고 행복하게 만들어주는 요소이므로

우리는 일을 사랑해야 한다.

일의 축복과 결과를 기대하는가?

그렇다면 더욱 더 일하기를 즐겨라.

일을 사랑하면 인생이 즐겁고 가치있게

그리고 풍요롭게 만들 것이다.

작가 미상의 이 글은 우리에게 일의 중요성에 대해서 잘 묘사해 주고 있다.

the law of SUCCESS

제8원칙

두뇌의 힘을 키워야 한다

▶ **당신의 성공을 위한 조언**

1. 마음은 우리가 알지 못하는 놀랄 만한 능력을 갖고 있다. 성공하고 싶다면 그 능력을 어떻게 효과적으로 사용할 수 있을지에 대해 연구해야 한다.

2. 세 가지 단순한 원칙이 사고의 힘과 성취를 동등하게 만들어 줄 것이다. 특히 중요한 무형적 요소를 파악한다면 많은 사람들이 얻지 못한 힘을 얻게 될 것이다.

3. 몇 십억 개나 되는 당신의 두뇌 세포들이 사고력과 창의력과 의지의 패턴을 형성한다.

4. 많은 사람들이 부를 원하지만 부를 얻을 수 있는 계획을 세우는 사람은 거의 없다.

두뇌의 힘을 욕망으로 키워라

마약 내가 신이었다면
나는 청춘을 인생의 끝에 두었을 것이다.
_A. 프랑스

40년 전 나는 알렉산더 그레이엄, 엘머 R. 게이츠 박사와 함께 일한 적이 있다. 그때 나는 인간의 두뇌가 사고의 진동을 발신하는 동시에 수신하는 기관임을 알았다. 즉, 인간의 두뇌는 라디오 방송국과 똑같은 원리로 다른 사람의 두뇌에서 나온 사고의 진동을 포착할 수 있는 것이다.

고도의 진동에 자극 받거나 감응하면 인간의 마음은 외부에서 오는 사상이나 사고를 수신하기가 더욱 쉬워진다. 이 감응에 적극적 감정을 합하면 사고의 진동은 한층 더 커지게 된다.

인간의 감정 가운데 농도와 추진력이 제일 강한 것이 바로 성의 감정이다. 두뇌는 성의 감정에 의해 자극 받으면 맹렬하게 진동하면서 움직이기 시작한다. 그리고 송신국이라 할 수 있는 잠재의식을 통과한 사고가 진동으로 발신되어 가고, 수신국이라 할 수 있는 창조적 상상력은 외부의 사고를 받아들인다. 이렇게 잠재의식에 창조적 상상력의 작용이 합해짐으로써 인간의 정신적 방송국의 송수신기 구성이 끝나게 된다.

정신적 방송국의 조작은 비교적 간단하다. 즉, 자신의 방송국인 잠재의식, 창조적 상상력, 자기 암시 등의 세 가지 원리를 마음속에 새긴 뒤 활용해 가면 되는 것이다. 이 세 가지 원리를 활동시키는 자극은 욕망에서 비롯된다는 사실은 이미 앞에서 언급했다.

막연하지만 위대한 힘을 지닌 두뇌

영혼, 그것은 인간을 지상의 모든 것과
구별하는 불멸의 불꽃이다.
_쿠퍼

인간은 오랜 세월 동안 육체적 감각에 지나치게 의지했다. 게다가 인간의 지식도 육체적 감각에 의한 것, 보고 만지고 무게를 달아 보고 길이를 재는 것에 한정되어 있었다.

그러나 지금 이 시대를 살고 있는 우리는 손으로 만질 수 없는 위대한 힘을 배우고 있다. 또한 우리는 거울을 통해 자신의 모습을 보는 육체적 경험보다 더욱 강력한 것이 있다는 사실을 배워서 알고 있다.

인간은 누구나 넓은 바다의 거대한 파도에 둘러싸여 있지만 그것에 대항할 힘도, 또 손으로 만질 수 없는 힘을 조절할 능력도 없다. 인간은 지구를 지탱하고 있는 중력이라는 손으로 만질 수 없는 힘 앞에서는 완전히 무기력하며, 또한 눈으로 보거나 손으로 만질 수 없는 전기 앞에서는 어찌할 바를 전혀 모른다.

눈에 보이지 않고 손에 잡히지 않는 사물에 대한 인간의 무지는 이 뿐만이 아니다. 무엇보다도 인간은 손에 잡을 수 없는 힘인 지성이 대지에서 싹 트고 있다는 사실조차 이해하지 못한다. 이 손에 잡히지 않는 힘이 인간에게 음식물을 공급하고, 몸에 걸치는 의류를 제공하며, 주머니 속에 들어 있는 돈까지 만들어 내고 있는데도 말이다.

문명과 교육을 자랑하는 인간들도 손에 잡을 수 없는 거대한 힘인 사고에 대해선 잘 알지 못한다. 아니, 전혀 알지 못하고 있다.

그러나 우리는 이제 이 문제를 해결해야 하는 새 시대에 돌입했다. 과학자들은 위대한 두뇌에 관심을 기울이기 시작했지만, 그에 대한 연구는 아직 초기 단계라 할 만하다.

인간의 두뇌는 중추기관이나 두뇌 세포를 연결하는 무수한 신경 측면에서 아직도 미지의 세계와 마찬가지다.

시카고 대학의 헤릭 박사는

"뇌세포는 천문학의 숫자인 몇 10억 광년에 비견될 만큼 많으며, 인간의 뇌에는 100억~140억 개의 세포가 일정 양식에 의해 규칙적으로 배열되어 있다. 아무렇게나 늘어선 것이 아니라 일정한 질서를 지니고 있는 것이다. 최근에 개발된 전기생리학의 실험 방법을 사용한 결과, 정밀하게 배열된 세포에서 전류의 반응이 있음을 알았다. 그리고 그것을 진공관으로 증폭하자 100만분의 1의 전압을 기록했다."

고 말했다.

이처럼 복잡한 조직을 가진 기계가 육체를 유지하고 성장시키는 일에만 사용된다는 사실이 쉽게 이해되지 않는다. 그렇다면 몇 십억개라는 세포를 가진 이 시스템이 사람과 사람 사이의 의사 전달을 중개하거나 손으로 만질 수 없는 힘의 통신매체가 되고 있는 것은 아닐까?

알 수 없는 신비한 힘 텔레파시

　듀크 대학의 라인 교수와 그의 협력자 라이트는 10만 회 이상의 실험을 통해 텔레파시(정신 감응)와 크레아 바이언스(정신 투시)가 존재한다는 놀라운 사실을 확인했다.

　라인 교수의 연구는 『하퍼 매거진』의 두 논문에 요약되어 있는데, 이번에 발표된 라이트의 논문에 의하면 인간의 지각 양식에는 영감이라는 본질이 있는 것으로 추정된다고 한다. 이에 어떤 과학자들은 라인 교수의 실험 결과처럼 영매나 영감이 현실적으로 존재할 가능성이 매우 높다고 말했다.

　실험에 참가한 많은 사람들이 특수 상자 속에 담긴 수많은 카드를 보지 못한 채 "그 카드에 무엇이 적혀 있느냐?"라는 질문을 받았다. 그런데 약 20명의 남녀가 답을 정확히 맞혔다.

　그렇다면 그들은 어떻게 정답을 알아맞혔을까?

　물론 정답을 맞힌 힘이 단순히 감각적인 것이라고는 믿어지지 않는다. 즉, 정답을 맞힐 수 있었던 것은 이제까지 알려진 기관의 활동에 의해서가 아니다. 그 실험은 수천 킬로미터의 거리를 둔 곳에서 실시해도 마찬가지 결과가 나왔다.

　라이트의 의견에 의하면 이러한 사실은 방사선의 생리이론이 아닌, 영매나 영감으로 설명할 수밖에 없다. 방사선 에너지는 거리가 멀어지면 감소한다는 것이 지금까지의 상식이었다. 그러나 텔레파시나 크레아 바이언스는 거리와는 전혀 상관없다. 그것은 정신력처럼 육체의 조건이 달라지면 결과도 달라진다.

일반적인 견해와 달리 텔레파시는 수면 중이나 반수반성(半睡半醒 : 아주 얕은 잠)의 상태에서는 이루어지지 않으며, 정신이 맑고 기운 찰 때 잘 들어맞는다.

이에 라인 교수는 신경이 마비되어 있을 때는 텔레파시 참가자의 점수가 낮지만, 어떤 자극에 의해 특별히 그 점수를 올릴 수 있다고 말했다. 가장 신뢰할 수 있는 실험자의 예를 보면, 실행하는 사람이 최선을 다하겠다는 의욕이 없으면 좋은 성적을 올릴 수 없었다고 한다.

논문에서 라이트는 자신은 영매나 영감 부분에서 천부적인 재능을 가지고 있다고 결론을 내렸다. 다시 말해 탁자 위에 엎어놓은 카드를 구분하는 힘은 다른 사람의 머릿속에 있는 생각을 저어내는 재능과 똑같다는 것이다. 이런 재능을 가진 사람들에게는 스크린, 벽, 거리 따위가 아무런 장애가 되지 않는다.

라이트는 이 결론에서 한 걸음 더 나아가 이런 사람에게는 특수한 지각 경험이나 예언적인 꿈 또는 직감 능력이 부여되고 있으며, 이것이 텔레파시 재능이 된다고 주장한다.

이 결론을 그대로 받아들일 필요는 없지만 라인 박사가 실시한 실험 정도는 알아두면 좋으리라 믿는다.

성공은 자신을 아는 것에서 시작된다

존재하는 것은 오직 목표뿐이다.
길은 없다. 우리가 길이라고 부르는 것은 망설임에 불과하다.
_카프카

성공하기 위해서는 먼저 많이 알아야 한다. 그래서 '적극적인 자기 인식'이 무엇보다 중요한 것이다.

승자들은 자신이 이 세상에 대해 많이 알지 못하며, 알고 있는 것도 조상에게서 물려받거나 상황에 의해 가려져 있다는 사실을 잘 안다. 그래서 그들은 늘 열심히 배우려고 노력한다.

특히 삶의 본질에 대해서, 자신의 잠재력이 어떻게 공헌할 수 있는지에 대해서 알려고 한다. 또한 그들은 자신의 잠재력이 풍부하게 이용될 수 있다는 사실도 잘 알고 있다.

그 다음에는 성실해야 한다. 성실은 성공 조건의 하나다. 단, 여기에서 강조하는 것은 다른 사람에 대한 성실이 아니라 자신에 대한 성실이다. 당신은 모든 일을 적당히 처리하거나, 상사에게 아첨해 이익을 얻으려 하거나, 자신이 해야 할 일을 남에게 떠넘기지 않는가?

성공한 사람은 성공하기 위한 노력을 결코 게을리 하지 않았던 사람들이다.

적극적인 자기 인식은 자신에게 정직하다는 것을 의미한다. 성공한 사람은 자신의 잠재력에 대해 성실하며, 정상에 도달하기 위한 시간과 노력에 정직하다. 또한 성공하기 위한 노력을 결코 게을리 하지 않는다.

자기 마음속을 들여다봤을 때 뭔가 꺼림칙한 것이 있다면 성공은 보장되지 않는다. 당신의 생각과 느낌이 행동과 크게 어긋나지 않거나 일치할 때 당신을 성공을 향해 달려가고 있다고 말할 수 있다.

패자들은 주위에서 일어나는 일에 둔감할 뿐 아니라 다른 사람들이 무엇을 필요로 하는 지에 대해, 또 자신이 위치하고 있는 개인적인 상황에 대해 무척 둔감하다.

만일 성공하고 싶다면 자기 자신과 세상에서 일어나는 일들과의 거리를 알아두어야 한다. 즉, 지금 주변에서 어떤 일이 일어나고 있으며, 자신이 무엇을 해야 하는 지 늘 세상 돌아가는 일에 마음 쓰고 자기 세계를 넓히는 노력을 게을리해서는 안 된다.

'사회의 동향은 나와 어떤 관련이 있는가?', '지금 내가 할 수 있는 일은 무엇인가?'를 자문하는 것이 성공으로 가는 첫걸음이다. 성공한 사람은 자신에게 무한한 가능성이 있다고 믿는다. 그래서 어떻게 하면 자신의 능력을 살릴 수 있는지를 찾는다.

사물을 여러 각도에서 바라보고 생각하는 것과 사고의 유연성을 키우는 것도 성공을 위한 필요조건이다. 예를 들어, 곤경에 빠지더라도 거기에서 벗어나는 방법은 한 가지만 있는 것이 아니다. 고정관념에 얽매이지 않은 채 '다른 방법이 없을까? 또 다른 가능성은 없을까?'라고 방법을 모색하는 것이 곤경에서 벗어날 수 있는 최선의 방법이다.

성공한 사람은 이 세상에는 '절대적'인 것이 하나도 없다는 사실을 잘 알고 있다. 어떤 상황에 놓이더라도 넓은 시야를 가지고 균형 있는 안목으로 사물을 바라본다. 그럼 반드시 좋은 방안이 떠오르게 마련이다.

참신한 아이디어가 떠올랐음에도 다른 사람과의 경합을 걱정하거나 실천 단계에서 주춤하는 사람은 반드시 패자가 되고 만다. 이런 사람들은 좋은 기회가 찾아와도 늘 겁쟁이처럼 행동하고 보수적이며, 도전하고 개척해 나가려는 생각조차 가지지 않는다.

게다가 뒤에 가서는 반드시 "그때 나도 그렇게 하고 싶었지만, 위험 부담이 너무 컸어. 그 사람은 우연히 성공했을 뿐이야. 하지만 나도 과감하게 나섰더라면 좋았을 걸이라는 생각은 들어."라고 말한다.

이런 푸념과 후회는 패자의 전매특허이기도 하다. 패자의 머리와 행동을 연결하는 혈관은 동맥경화증에 걸려 있다.

정리하면, 성공한 사람은 주변 상황을 정확히 판단하고 자기 자신이 할 수 있는 일을 최선의 방법을 다 동원해 신속하게 처리하는 사람이다.

따라서 성공하고 싶다면 자신의 특징을 알고 자신을 둘러싸고 있는 상황을 제대로 인식하는 것이 무엇보다도 중요하다.

▶ 성공에 관한 짧은 시

깊이 생각한 다음에
늘 온화하게 말하며
많이 사랑하면서
자주 웃음을 띤 얼굴로
열심히 일하고
거리낌 없이 내주고
즉시 지불하고
마음 속으로 기도하고,
그리고 친절히 대하라.

다른 사람의 개성을 인정하라

강을 거슬러 헤엄치는 자가
강물의 흐름을 안다.
_윌슨

하얀 피부를 가진 탓에 햇볕에 그을린 스포츠맨의 갈색 피부를 부러워한 적은 없는가? 키가 작은 탓에 키가 큰 사람을 부러워한 적은 없는가? 부러워하는 마음은 하나의 가치관을 반영한다.

즉. 당신이 만일 햇볕에 그을리고 키 큰 사람이 부럽다고 생각한다면, 그것은 키가 작고 창백한 사람은 좋지 않다고 단정 짓는 것이나 마찬가지다.

당신은 피부색이나 국적, 출생지, 빈부, 성별, 학력, 가문 등을 기준으로 사람을 차별하지는 않는가? 만일 그렇다면 당신은 이미 성공의 길을 포기한 셈이다.

우리는 다양성뿐 아니라 '인간은 모두 똑같지 않다.'는 말을 수없이 듣고 있다. 그러나 인류는 여러 세기 동안 평등한 권리를 얻고자 노력해 왔다. 고도의 '자아 인식'을 향한 노력은 오늘날 인도의 티베트 고산(高山)에서도 행해지고 있다.

이 세상에는 똑같은 사람이 단 한 명도 없다. 외모가 닮은 일란성 쌍둥이조차 차이가 난다. 따라서 얼굴 생김새와 체격, 그리고 발모양이 서로 다르듯 사람의 능력과 감성, 사고력도 다르다는 사실을 명심하자. 그리고 외모가 다르듯 인생관과 가치관, 주의와 주장도 다르다는 점을 기억하자.

만일 자신과 다른 사람을 부정하거나 외면한다면 아무것도 얻을 수 없다. 사람은 모두 각자의 개성을 지닌 서로 다른 존재라는 사실을 인정하면서, 누구에게나 자신의 능력을 살리기 위한 권리가 평등하게 주어져 있다는 사실을 이해할 필요가 있다.

다른 사람의 개성을 인정할 수 있다면, 상대방의 입장에 서서 생각할 수도 있을 것이다. 바로 이 점이 승자와 패자의 갈림길에 놓인 하나의 요소다.

이는 결코 상대방에게 동정하는 차원의 문제가 아니다. 자신과 상대방이 혼연일체가 되어 자타를 구별하기 어려울 정도로 서로 공감하는 것이라고 말할 수 있다.

▶ 조직적인 계획을 세워라

뿌리지 않는 씨는 싹이 트지 않듯이 모든 일은 씨를 뿌리는 데서부터 시작된다. 그 다음에 기후·물·바람과 같은 환경, 꽃을 피우고 열매를 맺는데 필요한 조건을 갖추는 것이다.

어떤 사람이건 자기가 좋아하는 일, 즐거운 일, 적합한 일이라면 능력을 100% 이상 발휘할 수 있다.

그런 분야의 지위를 얻고 싶을 때는 다음과 같이 해야 한다.

1. 어떤 직업, 직종에 종사하고 싶은가를 확정한다.
2. 일하고 싶은 장소를 선택한다.
3. 희망하는 근무처, 경영자, 상사에 대한 인상을 조사한다.
4. 자신의 재능, 능력을 분석하여 할 수 있는 일을 생각한다.
5. 직업이니까 하는 생각은 버린다.

변화하는 사회에서 적응력을 키워라

하나의 작은 꽃을 피우기 위해서는
오랜 세월의 노력이 필요하다.
_블레이크

    환경의 변화에 따라 자신을 변화시켜 나가는 사람은 성공할 수 있다. 따라서 먼저 주변 사람들이나 주변에서 일어나는 사건들과 자신의 관계를 이해할 필요가 있다. 즉, 환경에 적응할 수 있느냐 없느냐가 승자와 패자를 가르는 지름길이다.

    자신을 변화시키면서 적응하는 능력은 몸과 마음의 건강을 지키기 위해 반드시 필요한 요소이며, 서로 간에 신뢰를 유지하기 어려운 이 세상에서 살아남기 위한 중요한 열쇠다.

    최근 전자산업의 진보는 눈부실 정도다. 전화와 텔레비전, 그리고 컴퓨터 통신 등의 네트워크를 통해 막대한 양의 정보가 시시각각 쏟아지고 있다. 하루의 정보량이 우리 조상들이 평생 동안 모은 정보량보다 훨씬 많을 것이다.

    요즘처럼 빠른 속도로 변화하는 사회에서는 그 변화에 대처하고 적응하는 능력이 당연히 필요하다. 그런 만큼 적응력이야말로 성공을 위한 기본 요소라고 할 수 있다.

    끝까지 이기기 위해서는 시련과 고통을 완화하면서 주변 상황에 대응하는 방법을 몸에 익히지 않으면 안 된다. 환경에 적응하는 힘만 있다면 무기력에 빠지거나 술에 기대어 현실을 도피할 일이 전혀 없다. 성공한 사람은 강인한 정신력을 갖고 있다. 그러나 정신력도 태어날 때부터 갖추게 되는 것은 아니다.

사람은 일생 동안 많은 실패와 역경을 겪게 된다. 승패의 분기점은 그런 체험을 어떻게 살려 나가느냐에 달려 있다. 자신에게 해가 되었던 일도 하나의 좋은 체험으로 받아들이고, 그 원인을 정확하게 분석한다면 그 체험은 불안이나 스트레스를 극복하는 강인한 정신력의 밑거름이 될 것이다.

사람은 누구나 고통 받기를 싫어한다. 그래서 실패에 대한 두려움을 가지고 있는 것도 당연하다. 그렇다고 해서 술이나 약에 의지한다면 더 이상의 진전은 있을 수 없다. 성공은 적극적으로 어려움에 맞서 극복하려는 태도를 가진 사람만이 누릴 수 있는 혜택이기 때문이다.

사람은 또 방어 본능도 갖고 있다. 위험이 닥쳐오면 무의식중에 공격할 것인지, 아니면 피할 것인지를 선택하는 반응은 예나 지금이나 전혀 달라진 것이 없다.

그러나 위험의 종류는 옛날과 현재가 하늘과 땅만큼 차이가 난다. 원시시대의 갑작스러운 위험이란 맹수를 만나는 정도였다. 반면 현대에는 위험이 곳곳에 도사리고 있다. 혼잡한 거리를 걷고 있으면 알게 모르게 사람들에게 치이고, 고속도로를 달리면 과속으로 돌진하는 자동차 때문에 오싹해진다. 그런 만큼 누구나 한두 번은 가슴을 쓸어내릴 정도의 일을 경험하게 된다.

이런 현대를 살아가기 위해서는 모든 일에 조심하는 수밖에 없지만, 유독 과민반응을 보이는 사람들이 있다. 즉, 사소한 일에 발끈 화를 내거나 피해망상에 빠져 적의가 없는 사람에게조차 대응하는 사람들 말이다. 이런 사람들은 스스로 스트레스를 만들어 내고 있는 셈이다.

불안함을 없애기 위해 술이나 담배에 의지하는 사람들도 있는데, 이것을 반복하다 보면 오히려 스트레스가 더 쌓이게 된다. 제정신으로 되돌아가려고 하면 할수록 마음은 더 초초해지고, 그로 인해 술이나 약물에 더욱 빠져 결국 정신안정제에 의존할 수밖에 없는 상황에 놓이게 된다.

이런 악순환을 계속하는 사람에게 과연 성공의 길이 열리겠는가?

▶ 만족한 삶을 위한 비결

1. 자기 자신을 과소평가하지 말라. 자기 자신을 유능한 사람이라고 생각한다.
2. 자기 연민을 버려라. 자신이 가진 것만을 생각하고 잃은 것은 생각하지 말라.
3. 주위 사람들도 생각하라. 남의 도움이 필요한 사람을 찾는다. 그리고 대가를 바라지 말고 도움을 준다.
4. 괴테의 말을 되새겨 본다. '강인한 의지가 있는 자는 세계를 정복할 수 있다.'
5. 목표를 가져라. 그리고 그것을 실천할 시간표를 작성하라.
6. 지금 해야 할 것이 무엇인가를 생각하라.
7. 매일 기쁨을 생각하고 실행하라.
8. 열의를 가져라. 열심히 생각하라. 열심히 살아라.

스트레스를 생활의 일부로 받아들여라

행복의 한쪽 문이 닫히면 다른 쪽 문이 열린다.
그러나 우리는 문을 오랜 동안 보기 때문에
우리를 위해 열려 있었던 문을 보지 못하는 것이다.
_케러

정신을 편히 쉬게 하려면 먼저 육체를 편히 쉬게 해야 한다. 가벼운 달리기나 테니스 같은 운동으로 매일 땀을 흘리면 몸과 마음이 다 상쾌해진다.

특히 쉽게 감정적이 되는 사람은 땀을 빼고 심호흡을 하도록 하라. 기분이 울적해지면 어떤 일이든 감정적으로 처리하기 쉬운 만큼 피로가 쌓이지 않도록 자신의 장점을 살리면서 자기답게 일하고 즐겁게 살아갈 수 있도록 육체적 휴식을 취하는 것이 중요하다.

물리학자인 윌리엄 오슬러는

"흥분하지 않는 침착함이란 인간에게 제일 중요한 것이다. 어떤 문제에 부딪혀도 냉정과 침착성을 잃지 마라. 그럼 중대한 위기에 직면했을 때도 정확한 판단을 내릴 수 있다."

라고 말했다.

앞에서도 언급했듯이 그 열쇠는 바로 적응 능력이다. 자신의 처지를 정확히 인식한 다음, 경직되지 않은 유연한 사고를 가진다면 주변 사람들의 행동도 정확히 눈여겨 볼 수 있다.

상대방의 행동을 정확히 파악하면 그에 대한 대처 방법도 예측할 수 있을 뿐 아니라 허를 찔려 허둥대는 일도 결코 없다.

한마디로, 자신이 어디에 서 있는지를 알기 위해서는 무리하지 않는 생활을 해야 하며, 주위를 둘러볼 여유가 필요하다. 매일 받게 되는 스트레스에 대한 적응 능력을 키우는 최선의 방법은 '스트레스가 있는 것은 당연하다.'라고 인식하는 것이다.

스트레스가 전혀 없는 생활이란 생각할 수도 없으므로 스트레스를 회피할 생각을 하지 말고 스트레스 자체를 삶의 프로그램 속에 집어넣는 것이 바람직하다.

▶ 휴식을 취하면서 자신을 찾는다

마음의 안정을 얻으려면 먼저 육체를 편안히 쉬도록 해야 한다. 가벼운 달리기나 줄넘기, 요가 등 손쉬운 운동을 생활에 끌어들여 매일 땀을 흘리면 상쾌해질 것이다. 특히 감정적인 성격을 지닌 사람은 깊은 심호흡 운동을 권하고 싶다.

기분이 울적하면 무슨 일이 일이든 감정적으로 처리하고 싶다. 피로가 쌓이지 않도록 자신의 장점을 살려 자신답게 일하며 스스로 삶의 방향을 찾아 주위를 살펴볼 여유를 가져야 한다.

진실을 바탕으로 하지 않은 성공은 성공이 아니다

공을 세우려고 서두를 필요는 없다.
세상에 나가 그릇된 일이 없었다면
그것으로 훌륭한 공을 인정할 수 있다.
_채근담

성공하기 위해서는 진실을 추구해야지, 결코 진실을 외면해선 안 된다. 성공한 사람들은 대부분 성공을 위한 첫걸음은 바로 거짓이나 속임수를 꿰뚫어보는 능력이라고 생각한다.

진실을 꿰뚫어보는 능력은 누구에게나 있다. 그러나 그 능력은 사용하지 않으면 둔화되어 버린다.

따라서 지금 이 순간부터 진실을 추구하고 진실을 속이지 않도록 노력해야 한다. 진실을 외면한 상태에서 거머쥔 성공은 결코 성공이 아니다. 성공을 원한다면 그 방법이 비록 어렵다고 해도 반드시 진실에 바탕을 두어야 한다.

인간 사회는 진실, 성실, 정직이라는 세 가지 기둥을 기초로 성립되어 있다. 따라서 모든 성공은 이 세 가지 요소를 기반으로 하며, 그 가운데 어느 하나라도 빠지면 진정한 성공을 기대할 수 없다.

당신의 일상적인 일과 행동 하나하나가 모두 진실인지를 자문해 보라. 가슴을 펴고 당당하게 "그렇다."고 대답할 수 있거나, 이웃이나 친구들로부터 당신의 생각이나 문제 해결방식이 옳다고 평가 받는다면, 정말 그럴 것이다.

목적을 달성하길 원한다면, 지금부터 적극적으로 행동하라. 그 결과가 좋으냐의 여부는 이제 당신에게 달려 있다. 당신이 결코 진실을 외면하지 않았다면 당신의 길은 성공으로 이어질 것이다.

어떤 환경에서도 올바른 자기 인식을 가진 완전한 인간이 되기 위해서 필요한 것은 진실뿐이다. 진실을 배우고 그것을 수용해 자기 것으로 만드는 사람에게는 성공이 보장될 것이다.

진실을 알아보는 눈은 다른 사람과 자신과의 차이에도 민감하다. 그리고 자신뿐 아니라 다른 사람이 지금 무엇을 필요로 하는지를 꿰뚫어 보고 있다.

성공 때문에 초조해 하지 마라. 당신에게 아직 시간이 충분하지 않은가? 단, 시간은 계속 흘러가는 만큼, 남아 있는 시간을 그냥 팔짱 긴 채 바라보고 있다면 승리의 여신은 미소를 보내지 않을 것이다. 당신에게는 낭비할 시간이 없다.

▶ 육체적 고통은 정신으로 치유할 수 있다

살아가노라면 고통은 피할 수 없고, 막을 방법도 없다. 하지만 마음먹기에 따라 모든 고통을 어느 정도는 조절할 수 있다.

옛날의 성인들은 일부러 고통을 찾아 맞서기도 했다. 힘을 주면 육체는 강해진다. 그러므로 정신에도 힘을 주어야 한다. 우리가 가지고 있으면서 기른 용기, 결심, 긍지 등은 무엇에 쓸 것인가?

고통이 없다면 그것들은 의미가 없다. 인간의 본성에서 가장 강력한 것은 정신력이다. 우리의 모든 힘, 육체의 힘과 정신의 힘이 한데 합쳐지면 그 강도의 힘은 어떠한 것으로도 막을 수 없다. 한 가지 일, 한 가지 문제에 전력투구하는 사람 앞에는 어떠한 장애물도 가로막지 못한다.

the law of SUCCESS

제9원칙

육감(六感)을 개발해야 한다

▶ **당신의 성공을 위한 조언**

1. 육감은 잠재의식의 일부로 아이디어를 끌어내는 마음의 번득임이다.

2. 육감을 개발하라. 육감은 부자로 이끄는 눈에 보이지 않는 안내자다.

3. 영감과 예감이 육감을 통해 당신을 힘 있는 사람으로 무장시켜 줄 것이다.

4. 당신의 목적이 단순히 돈이나 기타 물질의 축적에 있다면, 이 장은 무엇보다 중요하다.

육감을 통해 닥쳐올 위기에서 벗어난다.

언어는 대지의 딸이다.
그러나 행위는 하늘의 아들이다.
_존스

부자가 되는 또 다른 원칙은 바로 육감(六感)이다. 육감은 잠재의식의
일부로 창조적 상상력과도 관련이 있다.

이것은 또한 아이디어, 계획, 상념을 마음속에 번득이게 하는 수신기와
도 같다. 이 마음의 번득임을 흔히들 '직관'이라고 부른다.

육감은 설명을 거부한다. 하지만 부자가 되는 다른 원칙들을 아직 마스
터하지 않는 사람에게는 이 말의 의미를 설명할 방법이 없다. 그런 사람은
지식이 없을 뿐 아니라 육감에 맞먹는 체험도 가지고 있지 못하기 때문이
다. 육감을 이해하자면 자기 내부에 있는 마음을 발전시켜 심사숙고하지
않으면 안 된다.

이 책을 끝까지 읽으면 여기서 말하는 내용이 진리라는 사실을 알게 되겠
지만, 아직 끝까지 읽지 않은 사람에게는 도저히 믿을 수 없는 일일 것이다.

그래도 굳이 설명하자면, 우리는 육감의 힘을 통해 곧 닥쳐올 위험에 대
한 경고를 받을 수 있으며, 놓쳐서는 안 될 기회도 예견할 수 있다.

그러므로 만일 육감이 발달해 직감적으로 오는 작용이 있다면, 그것을
받아서 행동으로 옮기기만 하면 된다. 그럼 언제든 현자(賢者)의 동산에
들어가는 문을 열 수 있다.

만일 지금까지의 내용들을 정확히 이해하고 있다면 특별한 노력없이 여

기에서 말하는 것들을 모두 체득할 수 있으리라 믿는다.

그러나 다 이해하지 못했다면, 이번 장의 내용이 사실이냐 거짓이냐를
단정하기 전에 앞의 내용들을 먼저 이해해야 한다.

▶ 어떻게 50대에 성공했을까

레이클록(54세에 햄버거 왕국을 이룩한 사람)은 수많은 아메리칸 드림의 성공
담 중에서 그만큼 특이한 존재는 더 이상 없을 것이다. 그래서인지 미국의 수없이
많은 책에서 그의 성공 비결을 다루고 있다.

클록의 성공 법칙은

① 늦는다는 말은 필요없다.

② 정상에 오를 찬스는 가지각색임을 알아야 한다.

레이가 시카코에서 맥도널드 점포를 인수하여 시작한 것이 그의 나이 54세 때
의 일이다. 레이는 자기의 인생, 진정한 레이 자신의 인생을 시작하여 세계 최고
의 햄버거 왕국을 이룩하였다.

"인생에서 늦었다는 말은 없다."

창조력 상상력으로 육감을 키워 나가라

세계는 한 권의 책이며, 여행하는 사람들은
그 책의 한 페이지를 읽었을 뿐이다.
_아우구스티누스

나는 젊은 시절부터 내가 존경하는 위대한 사람에게서 정신적 자극을 받았다. 오래 전에 나는 책을 출간하기 위해, 그리고 대중 앞에서 연설을 하기 위해 글을 쓰곤 했는데, 그때도 나 자신에게 큰 영향을 미친 아홉 명의 우상을 닮으려고 노력했다. 이러한 노력은 내 성격을 재형성하는 습관을 지니게 만들었다

아홉 명의 우상은 에머슨, 페인, 에디슨, 다윈, 링컨, 버벵크, 나폴레옹, 포드, 카네기다.

수년 동안 나는 매일 밤 '눈에 보이지 않는 조언자'라고 불렀던 이들을 머릿속에서 만나 상담을 하곤 했다. 즉, 밤에 잠들기 전에 눈을 감으면 나와 같은 탁자에 앉아 있는 그들의 모습이 보였다.

그 상상 속에서 나는 위대한 그들과 함께 앉아 있었을 뿐 아니라 의장처럼 그들을 지배하기도 했다.

이러한 밤의 모임에는 확고한 목적이 있었다. 즉, 내 성격을 재형성하고 싶었던 것이다. 실제로 내 성격은 상상 속 조언자들의 성격들로 바뀌어 갔다.

내가 젊은 시절 그 사실을 깨달았을 때, 나는 무지와 미신의 환경 속에서 비롯된 핸디캡을 극복해야 했을 뿐 아니라, 위에 서술한 방법을 통해

혁신적으로 재탄생하기 위해 필사적으로 모험을 해야 했다.

우리는 자기 암시가 성격을 형성하는 데 중요한 요소라는 사실을 잘 알고 있다. 솔직히 자기 암시 하나만으로도 성격이 형성될 수 있다. 그런 사실을 알고 있던 나는 성격 재형성에 만반의 준비를 할 수 있었다.

나는 상상 속의 모임에서 그들에게 이렇게 말하곤 했다.

"에머슨 씨, 나는 자연에 대한 당신의 놀라운 이해로부터 당신의 인생을 배우고 싶습니다. 자연의 대원칙을 인정하고 이해할 수 있었던 잠재의식 속의 모든 당신의 능력을 나에게 불어넣어 주었으면 합니다."

"버뱅크 씨, 나는 자연의 법칙을 정확히 파악한 뒤 선인장의 가시를 없애고 식용음식으로 사용한 당신의 지식을 원합니다. 전에 한 번 자랐던 곳에 풀잎을 자라게 한 당신의 지식을 내게 주십시오."

"나폴레옹 씨, 사람들에게 영감을 불어넣는 당신의 놀라운 능력과, 당신을 패배에서 승리로 이끌고 난관을 극복하게 만들었던 당신의 신념을 배우고 싶습니다."

"페인 씨, 나는 나의 확신을 명확하게 표현하기 위해 당신의 명백하고 용기 있는 사상의 자유를 배웠으면 합니다."

"다윈 씨, 나는 선입견이나 편견없이 성의 기원을 연구하는 과정에서 보여준 당신의 놀라운 능력과 끈기를 얻을 수 있길 바랍니다."

"링컨 씨, 나는 당신의 날카로운 정의감과 지칠 줄 모르는 끈기, 그리고 유머 감각과 이해력, 탁월한 관용을 갖게 되길 원합니다."

"카네기 씨, 나는 당신이 기업 설계에 효과적으로 사용했던 조직화된 계획과 노력의 원칙을 배우고 싶습니다."

"포드 씨, 나는 인간의 노력을 조직하고 결합하며 간편하게 만듦으로써 가난을 극복한 당신의 자기 확신과 결단, 그리고 끈기를 배우고 싶습니다. 나도 다른 사람들을 도울 수 있길 바랍니다."

"에디슨 씨, 나는 대자연의 비밀을 놀라운 신념으로 발견했을 뿐만 아니라 실패를 성공의 어머니로 만든 당신의 끊임 없는 노력 정신을 배우길 원합니다."

▶ 기업가의 신조

1986년 미국기업가협회는 기업가의 신조를 발표하였다. 이는 기업활동에 참여하고자 하는 모든 사람들에게 용기있는 선언문이다.

"나는 평범한 사람이 되는 것을 거부한다. 나의 능력에 따라 비범한 사람이 되는 것은 나의 권리이다. 나는 안정보다는 기회를 선택한다. 나는 계산된 위험을 단행할 것이고 꿈꾸는 것을 실천하고 건설하며 또 성공하고 실패하기를 원한다. 나는 보장된 삶에의 도전을 선택한다. 나는 유토피아의 생기없는 고요함이 아니라 성취의 전율을 원한다. 나는 어떤 권력자 앞에서도 굴복하지 않을 것이며, 어떤 위협에도 굽히지 않을 것이다. 자랑스럽고 두려움없이 꿋꿋하게 몸을 세우고 서는 것. 스스로 생각하고 행동하는 것, 내가 창조한 결과를 만끽하는 것, 그리고 세상을 향해 하느님의 도움으로 내가 이 일을 달성했다. 이것이 기업가라고 힘차게 말할 수 있는 것이다."

육감의 능력은 무한하다

인생은 고통이며 공포이다. 그러므로 불행하다.
그러나 인간은 이 순간에도 인생을 사랑하고 있다.
그것은 고통과 공포까지 사랑하기 때문이다.
_도스토예프스키

  나는 이 위대한 아홉 명의 인물들을 최대한 많이 연구했다. 그렇게 몇 개월이 지나자 가상 속의 형체들이 실제로 나타나기 시작했으며, 아홉 명의 영웅들이 나의 성격에 각각 드러나 놀라움을 금치 못했다.

  예를 들어, 링컨은 늦게 일어나는 습관을 고치고 산책을 했으며, 늘 심각한 표정을 짓고 있었다. 정말 나는 그가 웃는 모습을 한 번도 보지 못했다.

  버뱅크와 페인은 이따금 사람들을 놀라게 할 정도로 재치가 넘쳤다. 하지만 버뱅크는 지각을 좀 하는 편이었다. 그는 지각할 때마다 흥분된 목소리로 많은 종류의 사과를 한꺼번에 재배할 수 있을지를 실험하느라 늦었다고 말했다.

  페인은 남성과 여성의 고민은 사과에서 비롯되었다고 주장했다. 다윈은, 페인이 커다란 뱀이 숲 속에 들어갔던 것처럼 사과를 모으러 숲 속에 들어갔지만 유혹자를 못 만났다고 했을 때 웃음을 터뜨렸다.

  에머슨은 "어떤 유혹자도, 어떤 사과도 없었다."고 말했고, 나폴레옹은 "어떤 사과도, 어떤 형체도 찾아볼 수 없었다."고 말했다.

  이 모임은 매우 현실처럼 느껴져서 나는 가끔 두려움을 느꼈고, 결국 여러 달 동안 그들을 만나지 않았다.

  하지만 이런 신비로운 상상 속의 모임을 꾸준히 해 나간다면 두려움과 실망을 극복하는 일에 주저하는 법이 없을 것이며, 창의력을 자유롭게 발휘할 수 있는 힘을 지니게 될 것이다.

그렇다면 어느 순간 참으로 위대한 사상가, 지도자, 예술가, 음악가, 작가, 정치가를 훌륭한 인물로 만든 정신적 '그 무엇'에 접촉할 수 있게 된다. 그렇게만 된다면 우리 모두는 각자가 원하는 욕망을 물질적, 재산적인 것으로 자유롭게 전환할 수 있다.

▶ 우물 안에 있되 우물 밖을 생각하라

성공한 사장들은 '세계화'를 어떻게 생각할 수 있을까?

칼스버그 그룹의 플레밍 린델뢰프는 '최고의 국제적인 브랜드는 글로컬(Global +Local) 브랜드'라고 말하였다. 세계적으로 생각하되 지역적으로 행동하라는 말이다. 그는 성장의 기호를 찾아 덴마크라는 좁은 나라를 벗어났다. 그에게 세계화란 '입맛과 기호가 덴마크와는 전혀 다른 지역에서 외국산 고급 제품이라는 이미지를 심어 놓는 일'이다. 지역 특성에 맞는 제품을 효과적으로 광고하면서 외제라는 느낌을 최대한 살린 것이다. 그는 평소 "우물 안에 있되 우물 밖을 생각하라."는 말을 즐겨 사용했다.

자신에게 전념하는 용기

성공은 능력보다 열정에 의해서 좌우된다.
성공한 사람은 자신의 일에 몸과 영혼을 바친 사람들이다.
_찰스 북스톤

어떤 일에 몰두하면 생각 이상의 성취감을 얻는다. 예컨대 예술 분야에 종사하는 사람들이나 종교적 분야의 사람들이 그렇다. 우리도 그런 성취감을 맛볼 수 있다. 그 성취감은 당신이 좋아하는 사람이나 당신이 증오하는 사람도 함께 느낄 수 있는 감정이다. 한편 성취감은 음식을 만드는데서, 혹은 나무를 베는 일이나 산책 중에 느낄 수 있다.

그것은 걱정이나 자의식을 잊고 그 무엇인가에 빠지는 것과 같은 체험인데, 다른 명칭으로도 불린다.

그러나 흔히 사랑에 대한 성취감은 자신이 직접 체험하지 않으면 좀처럼 느끼기 어려운 감정이다. 식료품을 하나하나 점검하는 일이나 기계를 다루는 일은 성취감을 줄 수도 있지만, 반면 반복적인 일로써 지루함에서 벗어나기 어렵다. 이것은 생각 여하에 따라 즐거운 일, 혹은 그 반대의 입장이 될 수 있다.

간혹 어떤 이들은 막연하게 성취감을 기다린다. 그리고 "보세요, 나도 성취감을 얻었습니다."라고 말하기 위해 어느 조직의 일원이 되었음을 광고한다. 그러나 다른 사람을 위해서 하는 일이라면 그 성과가 떨어지고 만다.

당신은 어떤 생활을 원하는가? 당신에게는 어떤 용기가 있는가? 선택은 당신에게 있다.

창의력은 매력있는 정신적 요소이다. 오랜 역사를 통해 볼 때 그 창의성의 비결을 찾기 위해 많은 사람들이 연구해왔다.

그들은 때때로 자신의 체험에 근거하여 어떤 공식을 찾고자 했다. 그러나 찾을 수가 없었다. 창의성은 점진적인 과정이 아니기 때문이다.

오늘날 많은 운동선수들이 그 창의성을 개발하는 방법을 배우고, 또 생각하고 있다. 이때 흔히 쓰이는 말은 집중력이다. 집중력은 최대의 성과를 가져오는 필수적인 정신적 요소이다. 흔히 훌륭한 게임과 형편없는 게임과의 차이는 집중력에 의해 좌우된다. 이러한 집중력을 갖기 위해서는 불안감이나 자의식을 버리고 마음 속의 무익한 것들을 버려야 한다.

동양의 철학은 '마음의 상태'에 목표를 두었다. '무념, 무상한 자세로 행동한다'고 하는 이 개념은 중세 일본의 사무라이 무사들에게서 찾아볼 수 있는데, 그들은 적을 쓰러뜨리는 가장 좋은 방법을 '지혜없이 싸우는 것'이라고 믿었다.

세련된 무술의 숙달도 필요하다. 그러나 실제적인 행동은 집중력보다는 느낌에 좌우된다. 훈련을 거듭함으로써 그들은 '상대가 왼쪽에서 공격해 올까? 오른쪽일까?'라는 식의 혼란을 넘어서는 직관력을 개발한다. 즉 무사이지만 마음의 평정과 균형을 잃지 않고 자신이 마치 적인 양, 다음에 일어날 일을 미리 예견하고 행동한다.

'정신으로부터 육체는 배운다.'

우리가 어떤 것을 배우고자 할 때, 마음의 문을 활짝 열고 그 방향으로 주의를 기울여야 한다. 열린 마음은 당신을 깨우쳐준다. 그때 당신은 그것이 무엇을 뜻하고 있는 가를 생각해 본다.

사무라이처럼 동양의 궁수들도 그 느낌을 추구하는 일종의 명상을 통한 수련법을 중요시한다.

만약 당신이 새로운 무엇을 배우고자 한다면 느낌을 얻는데 집중해야 한다. 복잡한 의식의 세계로부터 벗어나서 온전한 명상을 통해서 당신이 바라는 일에 깊이 빠져들어야 한다.

▶ 조직적인 계획을 세워라

뿌리지 않는 씨는 싹이 트지 않듯이 모든 일은 씨를 뿌리는 데서부터 시작된다. 그 다음에 기후·물·바람과 같은 환경, 꽃을 피우고 열매를 맺는데 필요한 조건을 갖추는 것이다.

어떤 사람이건 자기가 좋아하는 일, 즐거운 일, 적합한 일이라면 능력을 100% 이상 발휘할 수 있다.

그런 분야의 지위를 얻고 싶을 때는 다음과 같이 해야 한다.

1. 어떤 직업, 직종에 종사하고 싶은가를 확인한다.
2. 일하고 싶은 장소를 선택한다.
3. 희망하는 근무처, 경영자, 상사에 대한 인상을 조사한다.
4. 자신의 재능, 능력을 분석하여 할 수 있는 일을 생각한다.
5. 직업이니까 하는 생각은 버린다.

the law of
SUCCESS

마스터 마인드를 활용해야 한다

▶ 당신의 성공을 위한 조언

1. 여러 사람의 힘을 모으면 좀 더 쉽게 원하는 것을 얻을 수 있다.

2. 마스터 마인드(Mastermind) 그룹을 만들어 활용하자. 이 그룹은 엘리트 그룹이다. 그들은 당신이 부를 키워 나가는 데 큰 도움이 된다.

3. 인간의 재산은 곧 에너지를 의미한다. 두 사람 또는 그 이상의 마음들이 조화롭게 협력한다면, 그것은 거대한 에너지의 은행이 될 것이다.

4. 축적된 정신력의 세 가지 주요 원천은 이미 당신을 도울 준비가 되어 있다.

성공의 원천은 에너지다

자신이 하는 일에 신념을 가지지 않으면 안 된다.
그리고 누구나 자기가 하는 일이 좋다고 굳게 믿으면 힘이 생기는 법이다.
_괴테

돈을 벌어 성공하기 위해서는 '힘'이 절대적으로 필요하다. 계획만 있고 행동을 일으키는 힘이 없다면, 아무리 훌륭한 계획이라도 전혀 소용이 없다. 따라서 이 단계에서는 어떻게 하면 힘을 지닐 수 있고, 또 활용할 수 있는지에 대해 설명하겠다.

여기에서 말하는 힘이란, 욕망을 화폐 자원으로 전환시키는 데 필요한 조직적 노력에 중점을 두는 힘이다. 그리고 조직적 노력은 명확한 목적을 향해 매진하는 사람을 위해 협조적 정신을 갖고 일하는 두 사람 이상의 그룹을 통해 이루어진다.

돈을 벌기 위해서는 힘이 필요하다. 또 벌어들인 돈을 유지해 나가는 데도 역시 힘이 필요하다.

그렇다면 어떻게 하면 힘을 얻을 수 있을지에 살펴봐야 하는데, 그러기 위해서는 먼저 힘이 지식의 조직화된 것이라면 그의 원천이 무엇인지를 알아야 한다.

1. 무한의 지성

지식의 원천이 되는 무한한 지성은 창조적 상상력의 도움을 받아 활동한다.

2. 경험의 집결

인간의 경험담은 조직적으로 체계화되고 기록으로 남겨져 공공도서관 같은 곳에서 볼 수 있다. 이 집대성된 체험 가운데 중요한 것만을 골라 공립학교나 대학에서 가르치고 있다.

3. 경험과 연구

과학 분야, 특히 사람의 일생을 연구하는 곳에서는 새로운 경험을 한 사람들의 이야기를 모아 분류한 뒤 체계화하고 있다. 이것은 '쌓아온 경험'에 의한 지식만으로는 부족할 때 반드시 참고해야 할 원천이다. 이 경우, 물론 상상력을 활용해야 한다.

지식은 어디에서나 얻을 수 있다. 그 지식을 명확한 계획에 반영해 움직일 경우에만 지식이 힘으로 전환될 수 있는 것이다.

위에서 언급한 지식의 세 가지 원천을 검토해 보면, 지식을 모아 명확한 계획을 수행하는 데 노력을 집중할 경우 어떠한 난관도 극복할 수 있다는 사실을 알 수 있다.

특히 누구나 그 계획에 공감하고 그것에 대해 진지하게 생각한다면, 반드시 많은 사람들이 협력해 주기 위해 몰려들 것이다.

카네기는 혼자 성공을 이룬 것이 아니다

건강한 육체는 영혼의 객실이요,
병약한 육체는 그 감방이다.
_오스카 와일드

　　마스터 마인드(Mastermind)를 '두 사람 이상이 어느 한 사람의 명확한 목적 달성을 위해 협조의 정신을 발휘하면서 지식과 노력을 제공하는 것' 이라고 정의해도 좋을 것이다.

　　아무리 훌륭한 사람이라도 '마스터 마인드'를 활용하지 않으면 결코 큰 힘을 발휘할 수 없다. 우리는 앞에서 욕망을 돈, 즉 재산으로 전환하기 위한 계획 작성 처방전에 대해 살펴봤다.

　　이 처방전을 끈기 있게 실천하면서 마스터 마인드 그룹을 신중히 선택해 나간다면, 비록 깨닫지 못한다 해도 자신의 목표가 절반은 달성되었다고 말할 수 있다.

　　그렇다면 마스터 마인드의 특정적 성격에 대해 살펴보도록 하자.

　　마스터 마인드의 특징은 첫째 경제적 측면, 둘째 심리적 측면으로 구분된다.

　　먼저 경제적 측면은 무척 명백하다. 주변 사람들이 협조 정신을 갖고 진심으로 원조를 아끼지 않는 그룹이라면 경제적 이익을 많이 얻을 수 있다. 이 점을 잘 이해해서 목표 액수를 명확하게 설정하는 것이 바람직하다.

　　심리적 측면은 매우 추상적인 것이어서 이해하기 힘들 것이다.

　　왜냐하면 마스터 마인드의 심리적 측면은 이해하기가 쉽지 않은 정신력과 관련된 것이기 때문이다. 인간의 마음은 에너지의 한 형태이며, 그 일부는 본질 측면에서 정신적인 것이다.

두 인간의 마음이 협조 정신에 의해 화합할 때, 각자의 마음속에 있는 에너지 정신이 동족과 비슷한 것을 만들어 낸다. 이 동족성이 마스터 마인드의 심리적 측면을 형성하는 것이다.

내가 마스터 마인드의 경제적 측면에 관심을 갖게 된 것은 50년 전에 만난 카네기 때문이다. 그를 만난 이후 나는 마스터 마인드의 특성을 파악하고 사업을 결정했던 것이다. 카네기는 사람들에게 둘러싸인 채 강철을 생산했으며, 그것을 판매하는 목적을 수행해 냈다.

마스터 마인드를 통해 많은 돈을 번 사람과 돈을 거의 벌지 못한 사람들의 기록을 분석해 보면, 그 갈림길은 마스터 마인드 그룹의 원칙을 적극적으로 채택했느냐, 아니냐에 달려 있었다.

▶ 성공자와 실패자의 차이

승자는 실수했을 때 "내가 잘못했다."고 말한다.
패자는 실수했을 때 "너 때문에 이렇게 되었다."고 말한다.
승자는 "예", "아니오"를 확실히 말하고
패자는 "예", "아니오"를 적당히 말한다.
승자는 어린아이에게도 사과할 수 있으나
패자는 노인에게도 고개를 못 숙인다.
승자는 넘어지면 일어나 앞을 보고
패자는 넘어지면 일어나 뒤를 돌아다본다.

여러 사람의 지혜를 모아라

그대가 얻고 싶은 것을 남이 가졌거든
남이 그것을 얻기에 바친 노력만큼 그대도 노력하라.
_힐티

인간의 두뇌는 건전지에 비유될 수 있다. 여러 개의 건전지가 모이면 하나의 건전지보다 더욱 많은 에너지를 만들어 내며, 이 때도 각각의 건전지는 제 기능을 다 한다는 사실을 모르는 사람은 없을 것이다.

두뇌의 작용도 이와 유사하다. 즉, 어떤 사람의 두뇌는 다른 사람의 두뇌보다 뛰어날 수 있으며, 중요한 순간에 리더십을 발휘한다. 하지만 협조정신으로 이루어진 두뇌 그룹은 건전지를 모아놓은 것처럼 한 사람의 두뇌보다 더 합리적이고 좋은 사고를 낳을 수 있다.

즉, 그룹을 형성한 두뇌들이 각각 협조하면서 제 기능을 다 발휘한다면 창조적 힘은 더욱 증가하게 된다.

한 예로 가난, 무지, 무교육이라는 큰 핸디캡을 안고 사업을 시작한 헨리 포드를 들 수 있다. 포드는 10년이라는 짧은 기간 내에 자신의 세 가지 핸디캡을 극복했으며, 25년 만에 상상도 하지 못했던 엄청난 거물급 부호가 되었다. 그는 에디슨과 친구가 되면서 놀랄 만한 진전을 보았으며, 어떤 것을 성취하려는 인간의 심리적 흐름을 이해하게 되었다. 더 나아가 그는 화이어스톤, 버로우스, 버뱅크와 친교를 맺으면서 더 큰 발전을 이룩했다.

이런 포드의 일생만 봐도 두뇌 그룹의 힘이 얼마나 위대한지를 알 수 있다. 그러므로 당신도 성공하고 싶다면 이것을 충분히 활용해야 한다.

가난에는 계획이 필요 없다

돈이란 참 알 수 없는 존재다. 그것은 여성이 배우자를 결정할 때 사용하는 방법과는 다른 방법으로 추구되어 왔으며, 또 정복되었다.

반면, 돈을 추구할 때 사용되는 힘은 남성이 부인을 얻는 데 사용하는 방법에서 크게 벗어나지 않는다.

돈을 버는 데 성공하였다면, 그 힘은 틀림없이 신념과 결합되어 있을 것이다. 또 끈기와도 결합되어 있을 것이며, 잘 짜인 계획이 행동으로 옮겨졌을 것이다.

어마어마한 돈이 모이면 그것은 물이 언덕 아래로 흘러가듯, 돈을 추구하는 사람에게 흘러들어간다. 그 곳에는 강과 비교될 만한, 눈에 보이지 않는 거대한 물줄기가 존재한다.

반면, 불행한 사람들을 가난의 밑바닥으로 움직이게 만드는 지류는 반대쪽으로 흘러들어간다.

사람들은 모두 이 커다란 물줄기의 존재를 알고 싶어한다. 그 물줄기는 인간의 사고를 통해 이루어지며, 그 사고의 적극적 감정은 행운을 수반하는 물줄기의 한 부분으로 나타난다.

반면, 소극적 감정은 가난으로 떨어지게 하는 지류를 형성한다.

이 책은 행운을 잡기 위해 노력하는 사람들에게 중요한 생각을 가져다

줄 것이다. 따라서 가난을 극복하고 싶다면 그 거대한 물줄기를 인생에 적
용하고 사용해야 한다. 책을 읽고 이해하는 것으로 끝나면 그야말로 무의
미하다.

다시 한번 강조하지만, 가난이 부로 바뀌는 변화는 대부분 잘 짜인 계획
을 주의 깊게 수행할 때 일어난다.

반면, 가난은 아무런 계획도 필요로 하지 않는다.

▶ 성공이 당신의 존재를 완전무결하게 만들지 못한다

크게 성공을 거둔 여자도 철저하게 공격을 받는 경우가 있다. 성공한 남자도
예외는 아니다. 연예계의 수퍼 스타들도 평론가들로부터 심술궂을 정도로 공격
을 받으며, 그 비난은 스타에게 상처를 준다. 권력자인 대통령도 신문 여론으로부
터 공격을 받으면 움추린다. 당신은 어떤 짓(아이들, 가족, 연인, 직업)에 대해서
도 열정을 느낄 수 있으며, 이것들에 의해 상처를 받을 수 있다. 상처 받은 것을
두려워하지 말라. 상처를 뛰어 넘어서 그 상처가 당신의 다음 계획에서 더 큰 성
공을 거두는데 힘이 될 수 있도록 이용하라.

기회를 창조하라

당신이 열등감으로 주저앉는 동안
다른 사람은 시행착오를 거듭하며 점점 탁월해진다.
_C. 링크

스스로 기회를 창조해야 한다. 기회를 향해 자신감 있게 나갈 수 있는 능력을 개발해야 한다. 위기를 기회로, 패배를 성공으로, 좌절을 성취감으로 바꿀 수 있어야 한다. 그러면 어떻게 해야 그것이 가능할까?

그것은 보이지 않는 당신의 훌륭한 무기로서만이 가능하다. 그 무기란 스스로에 대해 좋은 이미지를 가지며 최선의 삶을 살겠다는 결심이다. 당신만이 자신을 좌우한다는 것을 잊어서는 안 된다.

당신에게는 기회를 최대한 활용할 수 있는 권리가 있다. 그것은 자신을 과소평가하지 않고 스스로를 높여 줄 때 가능하다. 동시에 다른 사람의 생각에 대해 불안해하거나 닥쳐올지 모르는 여러 가지 재난을 생각하지 않아야 한다. 오직 창조적이고 창의적인 힘을 개발하는데 몰두해야 한다.

당신은 불행했던 과거를 생각하며 번민하기보다는 주어진 기회를 생각해야 한다. 당신에게는 분명히 여러 가지 한계가 있다. 때로는 좌절감을 느낄 것이다. 그러나 당신에게도 다른 사람에게 주어지는 기회와 똑같은 기회가 주어진다. 따라서 창조적인 힘을 발휘할 수 있도록 노력해야 한다.

당신이 그 기회이다

나의 관심은 미래에 있다.
그것은 내 삶의 나머지 부분을 미래에서 보내야 하기 때문이다.
_F. 케더링

기회란 무엇인가? 바로 당신이 기회이다. 즉 당신 자신이 스스로의 운명을 개척하는 문을 두드려야 한다. 당신은 기회를 깨닫고 그 기회를 붙잡을 수 있는 준비를 해야 한다. 당신의 능력을 개발시키고 이미지를 만들어야 한다. 그럼으로써 자존심은 더욱 높아지고 활기에 넘친 삶을 살 수 있게 된다.

기회가 주어질 수 있는 영역은 광범위하다. 흔히 재정적인 성공이나 직장에서의 성공만을 생각하고 그 기회를 한정시켜 생각하는 경향이 있는데 기회는 어떤 조건하에서도 주어질 수 있다.

또 기회는 부정적인 감정을 피해간다. 기회는 권위의식이나 편협된 생각, 기만된 행동에서 얻어지는 것이 아니다.

기회는 긴장이나 갈등 속에서도 혼자 힘으로 자신감을 발견하려고 애쓸 때 얻어진다. 자신감은 급변하고 복잡한 이 세상에서 당신에게 내적인 평화와 안도감을 가져다 줄 것이다.

당신이 생산적인 목표에 전념할 수 있는 최상의 기회는 꼭 주어진다. 단 거기에는 조건이 있다. 그 목표를 달성하는데 당신의 능력을 최대한 활용해야 한다는 점이다.

당신의 자존심을 높여 스스로의 힘을 개발시킬 때, 당신은 행동으로 옮기게 되고 적절한 시기에 기회를 붙잡게 된다.

당신은 자신의 사고능력을 배양하고 활용할 때 무한히 뻗어나가게 된다. 내적인 힘이 먼저 갖추어져야 성공과 행복이라는 당신의 목표를 향해 나아갈 수 있다.

▶ 대재벌의 비결

대재벌이 된 카네기에게 어떤 사람이 물었다.

"재벌이 된 비결을 말씀해 주시겠습니까?"

"플래시 덕분이지요."

"플래시라뇨?"

"일생동안 아침 일찍 일어날 때마다, 오늘은 무엇을 해야 할 지를 일러주는 플래시가 내 마음 속에서 떠오릅니다. 나는 그 플래시가 시키는 대로만 하면 늘 성공하곤 했지요."

"플래시는 침묵 속의 훈계이자, 지시 같은 것이었습니다. 저는 그 짓들을 겸허히 받아들였고, 그 결과 성공의 기쁨을 맛보았습니다."

the law of
SUCCESS

제11원칙

자기 암시를 걸어야 한다

▶ 당신의 성공을 위한 조언

1. 당신의 마음속 깊은 곳에 자리한 잠재의식을 자극하면 놀랄 만한 결과를 낳을 수 있다.

2. 당신은 육감을 가지고 있지만, 당신의 잠재의식으로 통하는 생각들을 통제하기 위해서는 다섯 가지의 감각이 필요하다.

3. 확실한 목표를 크게 세워라. 그리고 시간을 정하라. 당신의 잠재의식 속에 어떤 계획이 떠오르면 즉시 행동으로 옮겨라.

4. 영감은 무척 소중하므로, 즉시 사용해야 한다.

자기 암시로 잠재의식을 높인다

자기 암시는 오감(五感)을 통해 모든 시사, 감응, 자발적 충동을 당신의 결심으로 만들어 주는 매개체다. 다시 말해, 자기가 자기에게 최면을 거는 것이다.

즉, 당신의 마음속에 싹트고 있는 잠재의식을 뚜렷한 의식적인 생각으로 높여 가는 의사전달 매개체다.

인간은 오감을 통해 체득하는 잠재의식에 의해 물질을 지배하도록 만들어져 있다. 그렇다고 인간에게 늘 물질을 지배할 수 있는 힘이 있는 것은 아니다. 대부분 그 힘을 행사할 수 없기 때문에 많은 사람들이 일생을 가난하게 사는 것이다.

잠재의식은 비옥한 토양으로 이루어진 정원과도 같다. 하지만 아무리 비옥한 토양을 가진 정원이라도 나쁜 종자가 뿌려지면 억센 잡초만 무성해지고 만다는 사실을 마음속에 새겨둬야 한다.

즉, 자기 암시는 잠재의식을 활용해 창의력이 가득한 상태를 만드는 데 작용하지만, 그것이 반대 방향으로 움직이면 애써 비옥한 토양으로 만들어진 마음이 무참히 파괴되고 만다.

마음을 욕망에 집중하라

내일을 위한 최선의 준비는
오늘의 일을 가장 훌륭하게 하는 것이다.
_오슬러

제1원칙 '불타는 욕망을 가져야 한다.'에서 목표 액수에 대한 욕망을 문장으로 명확히 써놓은 뒤 하루에 두 번씩 큰 소리로 읽으면 정말 돈을 얻은 듯한 기분이 든다고 말했다.

이 처방전을 실행하면 신념을 단단하게 굳힐 수 있다. 또 이 방법을 몇 번이고 되풀이하면 돈을 버는 데 필요한 창의적 생각을 하게 된다.

단, 문장으로 쓰인 자신의 욕망을 대충 대충 읽어서는 안 된다. 욕망을 한 자 한 자 읽어가면서 마음을 다지고 감동해 나간다면 그것이 곧 참다운 생각이 되고 결의가 되기 때문이다.

어떤 독자는 내가 이 말을 너무 많이 강조한다고 불평할지도 모른다. 내가 이 내용을 지나칠 정도로 강조하는 이유는 이 책의 각 단계를 반복하면서 자기 암시를 하는 것이 중요하다는 사실을 알면서도 한 번 훑어보는 정도로 끝내는 사람들이 무척 많기 때문이다.

감정이 담기지 않은 겉치레 말만 몇 번 되풀이하기 위해 잠재의식을 일깨울 필요는 전혀 없다. 잠재의식이 진짜 생각이 되고, 우리의 입에서 나오는 말들이 신념으로 바뀔 때 비로소 자신의 목표가 이루어지는 것이다.

그러나 이것이 한두 번으로 쉽게 이루어지는 일은 아니다. 그런 만큼 한두 번 시도해 보고 "나는 감동할 수 없어."라고 체념해서는 안 된다. 그리고 아무것도 하지 않은 상태나 가능성이 전혀 없는 상태에서는 아무것도 얻을 수 없다는 점을 명심해야 한다.

즉, 잠재의식을 일깨워 그 원칙을 집요할 정도로 쉬지 않고 실행할 경우에만 목표를 이룰 수 있는 것이다.

이때 우리에게는 대단한 노력이 필요하다. 값싼 노력으로 욕망이나 능력을 키우려 하는 것은 그야말로 헛된 욕심이다.

우리가 돈을 의식하지 않은 채 '노력이 중요하다' 는 정의를 마음속에 가지고 있다면, 우리의 노력이 결코 헛되지 않게 되는 순간이 찾아오게 된다. 자기 암시의 원칙을 실행하는 일은 자기 마음을 욕망에 어느 정도 집중시키느냐에 달려 있다.

▶ 대학 졸업장이 꼭 중요한 것이 아니다

물론 의사, 변호사, 교수가 되거나 과학계에 종사하자면 대학을 나올 필요가 있다. 한편 인사관리자들은 당신의 입사원서에 학사학위나 석사학위(박사학위까지)가 기재되어 있는 것을 좋아한다. 하지만 당신이 원하는 직업을 얻는데 대학 졸업장이 반드시 필요한 것은 아니다. 교육을 받고, 사고방식을 배우고 더 나은 직업을 갖기 위해서는 직장에서 일을 해 보아야 한다. 대학 학위가 당신을 최초의 직업에서 수완가로 만들어주지는 못한다.

잠재의식 속에 부자가 되겠다는 욕망을 심어라

무슨 일을 하던지 시작을 조심하라.
처음 한 걸음이 장차의 일을 결정한다.
_레오나르도 다빈치

'욕망을 달성하기 위한 6단계'를 실행할 때 제일 필요한 것은 집중의 원칙을 반드시 지켜 나가는 일이다. 그렇다면 정신 집중을 위한 효과적인 방법에 대해 생각해 보자.

'욕망을 달성하기 위한 6단계'를 실행하기 위해 먼저, 목표로 하는 돈의 액수를 마음속에 새겨야 한다. 그리고 목표 액수가 눈을 감고 있어도 눈앞에 떠오르도록 주의를 집중해야 한다.

또 하루에 한 번 이상 목표 액수를 상기해 집중적으로 생각해야 한다. 이것을 매일 반복하면서 '신념'의 처방전을 실천한다면, 실제로 그 돈을 손에 넣을 수 있게 된다.

여기에 더욱 중요한 사실이 하나 있다. 그것은 잠재의식은, 절대적 신념에 의해 주어진 명령은 무엇이든 받아들이지만, 어느 순간에든 원래대로 되돌아갈 수 있다는 점이다.

그렇다면 잠재의식을 완전한 것으로 만들어 갈 수 있는 가능성에 대해 생각해 봐야 한다. 우리는 목표 액수를 어떻게 해서든 손에 넣지 않으면 안 된다. 그리고 그 돈은 이미 용도가 정해져 있다. 그러한 돈이 필요하다는 잠재의식은 그 돈을 손에 넣기 위한 구체적인 방법을 알려줄 것이다.

단, 앞서 말한 것처럼 돈을 갖고자 하는 욕망을 실현시킬 수 있는 구체적 계획이 우리의 생각을 창의적으로 이끌어야 한다.

이때 우리는 결정적인 계획을 기다려서는 안 된다. 즉, 목표 액수를 움켜쥐었을 때의 자신의 모습을 연상하면서 시작해야 한다. 그럼 잠재의식은 스스로가 필요로 하는 계획으로 옮겨 가게 된다.

이때 당신은 잠재의식이 만들어 낸 계획을 끊임없이 기발한 것으로 만들어 가기만 하면 된다.

그리고 계획이 세워졌다면 바로 실행하도록 한다. 그 계획이란 당신의 육감을 통해 마음 속에 번뜩이는, 말하자면 영감으로 나타날 것이다. 우리는 그것을 존중하면서 떠오른 계획을 지체없이 행동으로 옮겨야 한다.

'욕망을 달성하기 위한 6단계' 중 넷째에서 우리는 '욕망을 실현시키기 위한 최종 계획을 창조하라'로 배웠으며, '즉시 실행하라'는 준엄한 경고를 받았다.

이때 우리는 지나치게 이성에 의존해서는 안 된다. 인간의 이성은 원래 게으름뱅이니까 말이다. 따라서 이성에 자신을 의탁하면 실망만 하게 될 수 있다.

눈을 감고 생각해 보면, 목표 액수를 현실적으로 손에 넣고 그것이 손에서 떠나지 않게 하려면, 어떤 노력을 기울여야 하는지를 알게 될 것이다.

잠재의식이 움직이는 3단계

성공하면 조금씩 배울 수 있고
패배하면 모든 것을 배울 수 있다.
_매튜슨

'욕망을 달성하기 위한 6단계'를 자기 암시와 결부시켜 요약하면 다음
과 같은 원칙이 나온다.

1. 조용한 장소에서(잠들기 전이 가장 좋다) 아무런 방해도 받지 않고,
   아무 거리낌 없이 자신의 목표 액수를 큰 소리로 말한다. 돈을 마련해
   야 하는 시기와 돈을 만들기 위한 서비스 및 상품에 대한 계획도 읽는
   다. 이 일을 매일 계속한다면 어느 사이엔가 목표 액수를 손에 넣은
   듯한 기분이 들게 된다.

예를 들어 우리가 5년 후 1월 1일까지 15만 달러를 벌기 위해 서비스를
밑천으로 장사하겠다고 결심했다면 다음처럼 쓰면 된다.

'2018년 1월 1일까지 15만 달러의 돈을 손에 넣기 위해서는 매일매일 저
금하지 않으면 안 된다. 목표 액수를 벌기 위해 나는 가능한 한 능률적인
서비스를 실천함으로써 세일즈맨으로서 질적 · 양적으로 충분한 힘을 발
휘할 것이다. 나는 목표 액수가 반드시 내 손에 들어오리라고 믿는다. 내
신념은 바위처럼 단단한 만큼 그 돈은 이미 눈앞에 놓인 것과 마찬가지다.

그러나 이것을 내 것으로 만들려면 5년의 세월이 걸려야 한다. 그것을 버는 방법으로 나는 서비스 제공을 선택했다. 나는 15만 달러를 얻기 위한 계획을 세우고 그 계획대로 움직인다.'

2. 목표 액수가 손에 들어올 때까지 이 방법을 아침저녁으로 반복한다.
3. 목표와 계획을 적은 종이를 잘 보이는 곳에 붙인 뒤 하루의 일과가 끝난 시간과 일어나기 전 시간에 읽도록 한다. 이것은 자기 암시를 위해 반드시 필요한 과정이다. 단, 중요한 것은 당신의 잠재의식이 반드시 감정의 작용을 유도해야 한다는 점이다. 신념은 제일 강력하면서도 생산적인 감정의 산물인 만큼 반드시 마음속에 갖고 있어야 한다.

처음에는 이러한 처방전이 추상적으로 느껴질 수도 있지만, 그렇다고 결코 무시해서는 안 된다. 아무리 추상적으로 느껴지고 실제적인 것이 아니라도, 반드시 처방전대로 해야 한다.

그럼 자신도 모르는 사이에 처방전대로 행동하게 되고, 정신도 그것에 따라 움직이게 된다. 그렇게 되면 당신은 새롭고 보편적인 힘을 갖추게 될 것이다.

운명의 지배자가 되어라

누가 가장 영광을 얻을 사람인가?
한 번도 실패하지 않은 사람이 아니라
실패할 때마다 조용히, 그리고 힘차게 일어나는 사람이 영광을 얻는다.
_골드 스미스

　새로운 아이디어가 떠오르면 먼저 의심을 품는 것이 인간의 특징이다.
그러나 만일 당신이 여기에 제시된 처방전에 따른다면, 당신의 의심은 신
념으로 굳어질 것이다.

　인간은 지상의 물질을 지배할 수 있기 때문에 운명의 지배자가 된 것이
다. 인간은 인류의 환경을 지배할 수 있다.

　왜냐하면 인간은 자신의 잠재의식을 일깨우고 그것을 발전시켜 나갈 수
있는 힘을 가지고 있기 때문이다.

　따라서 욕망을 돈으로 전환시키려면 자신의 잠재의식을 발견해야 하
며, 잠재의식을 일깨워 현실화하려면 자기 암시를 매개체로 활용해야 한
다. 그 밖에도 여러 가지 원칙이 있겠지만, 그 원칙들은 사실 자기 암시를
움직이게 하는 도구에 지나지 않는다.

　이런 생각을 머릿속에 새겨둔다면, 당신은 부를 축적하는 방법 가운데
제일 중요한 구실을 하는 것이 바로 자기 암시의 원칙이라는 사실을 깨달
을 수 있다.

삶을 지배하는 힘

자신감을 가지라는 것은
인생을 적극적인 면에서 포착하라는 의미다.
_노먼 필

당신이 인생을 변화시킬 수 있는 놀라운 능력을 알지 못하는 것은 마치 뒤뜰에 다이아몬드가 묻혀 있다는 사실을 알지 못하는 것과 같다.

평범한 인생을 보내는 사람들이 대부분이고 비참한 삶을 보내는 사람도 적지 않다. 그것은 자신이 지닌 능력을 깨닫지 못하고 활용하지 않기 때문이다.

당신은 자신의 인생과 더불어 투쟁하려고 하지 말라. 당신의 삶을 다스리도록 노력하라. 우리는 이 진리를 하루라도 빨리 깨달아야 한다.

우리가 자신의 인생을 최대한으로 활용하려면 먼저 삶을 이해해야 한다. 이 놀라운 힘은 누구나 다 활용할 수가 있다. 거기에는 어떤 특별한 훈련이나 교육을 필요로 하지 않는다. 소질도 필요로 하지 않는다. 부나 명성도 필요로 하지 않는다. 그 놀라운 힘은 신분과 지위를 막론하고 태어날 때부터 소유하고 태어난다.

당신은 이 놀라운 힘을 인정하여 받아들이고 아낌없이 활용해야 한다. 그리고 하루 빨리 성공의 무대에 올라서야 한다.

콩 심은 데 콩난다

눈물과 함께 빵을 먹는 자가 아니고는
생의 맛을 알지 못한다.

_노먼 필

신념은 당신 인생의 모든 것을 조절하는 자동온도 조절기와 같은 것이다. 훌륭한 일을 하지 못하는 평범한 사람들을 관찰해보라. 그러한 사람들은 자기 자신이 별로 가치가 없는 존재라고 믿고 있는 까닭에 인생으로부터 하찮은 것밖에 받아들이지 못하고 있다.

그는 자신이 큰일을 할 수 없다고 스스로를 포기하고 있기 때문에 열등감에서 벗어날 수 없다. 또 한편 그는 중요한 존재라는 믿음이 결핍되어 주위 사람들로부터 그가 하는 일은 모두 신통치 않다는 낙인이 찍히고 만다.

세월이 흐름에 따라 자신에 대한 신념의 결여는 말씨, 걸음걸이, 행위에까지 나타난다. 자기의 자동온도 조절장치를 상향 조절하지 않는 한 점점 더 위축되어 마침내는 자기 자신을 과소평가하게 된다. 이것은 무서운 자기 비하 현상이다.

당신이 끝없이 전진하기 위해서는 자신이 가치있는 존재라는 확신감을 갖고 있어야 한다. 많은 정보를 얻음으로써 큰 일을 할 수 있다는 점진적인 자세를 갖출 때 당신의 계획을 이룩할 수 있다.

당신은 성공할 수 있다는 신념을 가지고 정직하고 성실하게 정상을 향해 공격을 개시할 때 비로소 정상이 보인다.

the law of SUCCESS

끈기를 가져야 한다

▶ 당신의 성공을 위한 조언

1. 목표 금액을 손에 넣기 위해서는 목표 달성을 방해하는 당신의 약점을 알아내고 없애야 한다.

2. 목표 금액을 손에 넣고 싶다면 제일 먼저 끈기를 길러야 한다.

3. 인내력을 가지고 성취 의욕을 키워라. 그럼 바라는 바를 모두 얻을 수 있을 것이다.

4. 일이 잘 되지 않았다면 그 이유를 자세히 살펴라. 그럼 해답을 찾게 될 것이다.

욕망을 재산으로 키우는 끈기의 힘을 살려라

자식에게 돈을 물려주는 것은
저주를 하는 것이나 다름없다.
_카네기

욕망을 재산으로 전환시키는 과정에서 '끈기'는 절대 불가결한 요소다. 그리고 끈기의 기초가 되는 것은 의지의 힘이다. 의지와 욕망이 적절히 결합되었을 때 무슨 일에나 굽히지 않는 강력한 힘이 생겨난다.

큰 재산을 모은 사람은 대부분 냉혈동물이라는 소리를 듣게 되고, 때로는 가혹하다는 욕도 먹는다. 그러나 이것은 심한 오해일 수 있다. 그들이 가진 것은 끈기의 밑받침을 이루는 의지, 그리고 목적을 달성하기까지 결코 단념하지 않는 욕망이다.

대부분의 사람들은 자신이 마음속에 품은 목표나 목적을 간단하게 내동댕이치며, 사소한 장애나 불행에 부딪칠 것 같을 때마다 쉽게 포기하고 만다. 눈앞에 장애가 있다고 해도 최후까지 목표 달성을 위해 노력하는 사람은 극소수에 지나지 않는다.

끈기라는 말에는 영웅적 의미가 없을지도 모른다. 하지만 끈기는 인간의 성격 안에서 철강에 대한 탄소와도 같은 구실을 한다.

돈을 모으고 싶다면, 이 책의 각 장의 제목인 13원칙의 철학적 원칙들을 완벽하게 이해하고, 실천하지 않으면 안 된다. 이 원칙들을 잘 이해하고 끈기있게 실천한다면 반드시 막대한 재산을 모을 수 있다.

욕망이 클수록 성공도 크다

바람과 파도는
항상 유능한 항해자의 편에 선다.
_에드워드 기번

　이 책의 내용을 충분히 숙독했다면, 자신의 끈기를 테스트하는 재료로
'욕망을 달성하기 위한 6단계'를 활용할 수 있다는 사실을 분명히 깨달았
을 것이다.

　당신은 이미 명확한 목표를 갖고 있으며, 또 100명의 사람 가운데 목표
달성을 위한 명확한 계획을 가진 두 사람 중 한 명이라면 더욱 그럴 것이다.

　만일 그 사실을 깨닫지 못했다면 이 책에서 말한 방법들을 잘 읽고 그것
들을 습관적으로 몸에 익히도록 해야 한다. 이 처방전을 하나하나 다 실천
하지 못한다면, 아직 돈을 모으기 위한 본격적인 태도를 갖추었다고 할 수
없다.

　끈기가 부족하면 실패하게 된다는 사실은 두말할 필요가 없다. 또 몇 천
명의 경험에 비추어보더라도 끈기가 없다는 것은 대다수 사람들의 공통된
약점이다. 이 약점이 가져오는 안일함을 극복하는 방법은 자신의 욕망을
강화하는 것이다.

　욕망은 목표를 정하고 이루는 데 있어서 발판 구실을 한다. 따라서 불을
작게 지피면 극히 적은 양의 열기밖에 얻을 수 없듯, 욕망이 작으면 얻어지
는 결과도 작을 수밖에 없다. 이 점을 마음속에 새긴 뒤 결코 잊어서는 안
된다. 자신에게 끈기가 부족하다는 사실을 깨달았다면, 그 약점을 욕망이

라는 불로 활활 타오르게 함으로써 끈기를 키울 수 있다.

이 책을 다 읽고 난 뒤 다시 처음으로 돌아가 '욕망을 달성하기 위한 6단계'를 철저히 실행하도록 하라. 이 6단계 처방전은 당신이 얼마만큼의 열의를 가지고 실천하는 지, 그리고 목표 액수가 얼마나 크거나 작은 지를 보여주는 바로미터가 될 것이다.

만일 그 일을 등한시하거나 무관심하게 넘기는 사람이라면 그에게는 돈을 모으겠다는 의식이 전혀 없다고 말할 수 있다. 그런 사람은 절대 돈을 모을 수가 없다. 돈을 모으려는 사람의 마음속에 깃든 '막대한 재산'에 대한 의식은 하나의 큰 동력이 된다. 이는 마치 물이 대양에 끌려 흘러내리는 것과 마찬가지다.

만일 자신에게 끈기가 없는 것 같다면 앞에서 언급된 8원칙 '두뇌의 힘을 키워야 한다'의 처방전에 모든 정신을 집중하고, 주위에 있는 '마스터 마인드' 그룹의 협조를 동원하도록 하라. 그럼 당신의 끈기는 몰라보게 강화될 것이다.

끈기를 강화하는데 있어서 '자기 암시'와 '잠재의식'은 큰 도움이 된다. 그리고 잠재의식을 일깨우고 뚜렷한 욕망을 구체적으로 그려내게 하는 것은 바로 습관이다. 이렇게 따져본다면 끈기가 없다고 해서 결코 그것이 핸디캡이 될 수 없다는 사실을 알 수 있다.

잠재의식은 우리가 잠자고 있을 때나 깨어 있을 때나 끊임없이 활동하며, 습관은 자신이 몸에 익히기 나름이기 때문이다.

끈기 있는 사람만이 성공한다

스스로를 신뢰하는 사람만이
다른 사람에게 성실할 수 있다.

_에릭 프롬

욕망을 돈으로 전환시키는 원칙이 우연히 맞아떨어졌다고 해서 그것에 큰 가치를 부여할 필요는 없다. 왜냐하면 자신의 목표를 달성하기 위해서는 지금까지 살펴본 원칙들이 몸에 밴 습관이 되어 실제 활동으로 연결되지 않으면 안 되기 때문이다.

돈을 벌려고 노력하는 사람에게는 돈이 틀림없이 따라온다. 그와 똑같은 법칙이 가난에도 그대로 들어맞는다. 즉, '가난뱅이 의식'은 '돈을 모으겠다는 의식'을 갖지 못한 사람에게 자연적으로 생겨나는 것이다.

그리고 '가난뱅이 의식'은 애써 가난뱅이 근성을 발휘하려 하지 않아도 제멋대로 자라나는 법이다

그러나 '돈을 모으겠다는 의식'은 태어날 때부터 그런 의식을 가진 사람을 제외한다면, 모든 사람들이 키우고 창조해 가지 않으면 안 되는 성질의 것이다.

앞에서 설명한 원칙들의 의미를 충분히 파악했다면 돈을 모으는 데 있어서 끈기가 얼마나 중요한 요소인지를 이해했으리라 믿는다. 끈기가 없다면 일을 시작하기 전부터 이미 성공은 물 건너갔다고 보면 된다. 즉, 승리는 끈기가 있는 사람에게만 주어지는 혜택이다.

악몽으로 가위에 눌린 경험이 있는 사람이라면 끈기가 얼마나 가치 있

는 요소인지를 이해하리라 본다. 혹시 잠을 자다고 비몽사몽의 상태에서 뭔가에 쫓기다가 질식할 것 같은 경험을 해본 적이 있는가?

그런 경우에는 돌아누우려 해도 근육이 결코 말을 듣지 않는다.

그래서 어떻게 해서든 근육을 움직이려고 노력하게 되며, 그렇게 끈기 있게 의지를 활동시키려 하다보면 간신히 한쪽 손가락을 움직일 수 있다. 그럼 다시 끈기있게 의지를 더욱 활발히 활동시켜서, 그 결과 다른 손과 한쪽 발이 움직이기 시작하다가 비로소 몸을 전부 다 움직일 수 있게 된다.

확고한 의지로 전체 근육 조직을 조절함으로써 비로소 악몽에서 벗어날 수 있게 되는 것이다. 이렇듯 악몽에서 빠져 나오자면 한 걸음 한 걸음 순서를 밟아야 하므로 아무래도 속도가 느릴 수밖에 없다.

우리가 정신적 무기력에 사로잡혀 있고, 어떻게 해서든 무기력에서 벗어나야 한다고 깨달았을 때 취할 수 있는 방법은 이렇게 악몽에서 빠져 나올 때 쓰는 방법과 똑같다.

처음에는 한 걸음 한 걸음 순서를 밟아야 하지만, 이윽고 속도를 내어 완전히 의지를 지배할 수 있게 된다. 아무리 처음의 움직임이 느려서 답답하다고 해도 끈기있게 의지를 가지고 조금씩 움직이려 노력하지 않으면 안 된다.

끈기만 있다면 당신은 반드시 성공할 수 있다. 마스터 마인드 그룹을 선택할 때도 이 점에 주의해서, 그룹의 한 사람 정도는 끈기를 가지는 데 도움이 될 만한 사람으로 채우는 것이 바람직하다.

성공한 사람은 어느 누구를 막론하고 다 끈기를 가지고 있다. 그들이 끈기를 키우게 된 이유는 늘 절박한 환경에 쫓기다 보니 끈기를 발휘하지 않고서는 버틸 수 없었기 때문이다.

이런 끈기를 굴복시킬 만한 다른 힘은 존재하지 않는다. 즉, 성공을 위한 요소 가운데 제일 큰 것이 바로 끈기인 것이다. 이 점을 마음속에 새긴 뒤 일이 잘 안 되거나 속도가 느려질 때 한 번씩 상기하도록 하라

끈기가 습관으로 몸에 밴 사람은 실패를 하나의 보험이라고 생각하고 있으면, 어떤 난관에 부딪혀도 침착한 태도를 유지하며 헤쳐 나갈 수 있다. 실패를 거듭하고 시행착오를 되풀이하면서도 마침내 목표를 달성한 사람을 볼 때마다 "반갑습니다. 당신은 반드시 해낼 줄 알았습니다."라는 말을 외치고 싶어진다.

실패와 시행착오라는 끈기 테스트를 통과하지 못한 사람들은 결코 거물이 될 수 없다. 반면, 끈기 테스트를 통과한 사람은 그 대가로 끈기를 얻게 되며, 그 결과 어떤 목표를 세우던 성공할 수 있는 사람이 된다.

따라서 성공에 있어서 끈기만큼 중요하고 소중한 것도 없다는 사실을 늘 염두에 두길 바란다.

▶ 기업가의 정신

워싱턴 대학교의 베스퍼(Verper) 교수는 다음과 같이 기업가의 정신을 정의하였다.

"다른 사람들이 찾아내지 못한 기회를 발견한 인간, 또 사회의 상식이나 권위에 사로잡히지 않고 새로운 사업을 추진할 수 있는 인간이야말로 기업가다. 가장 중요한 것은 기업가 정신이 행복을 추구하는 수단이라는 것이다. 어떻게 살 것인가? 무엇이 행복한 것인가?를 진정으로 이해할 수 있는 인간이야말로 기업가다."

끈기는 마음먹기에 달렸다

인자하고 상냥한 태도, 그리고 사랑을 지닌 마음.
이것이 사람의 외모를 아름답게 하는 힘이다.
_파스칼

그런데 안타깝게도 실패나 시행착오에서 끈기의 소중함과 위대함을 깨닫는 사람은 매우 적다. 즉, 실패나 시행착오가 자신의 인생에서 극히 일부분에 해당하는 미비한 것이라는 사실을 모르는 사람들이 너무 많은 것이다.

실패나 시행착오 때문에 두 번 다시 일어서지 못하는 사람들을 볼 때마다 안타까운 마음이 든다.

사실 우리가 실패에 직면했을 때 구제자가 되어줄 '힘'은 결코 눈에 보이지 않는다. 그래서 많은 사람들이 무엇에도 굽히지 않는 '힘'의 존재를 의심하지는 않아도, 그 힘의 침묵에 더욱 좌절하고 마는 것이다.

우리는 그 힘을 끈기라고 부르지만, 실패했을 때 끈기가 종횡무진 활약하게 만들어주지 못하고 있는 것은 아닐까 생각해볼 필요가 있다.

한 예로, 전 세계의 수많은 사람들이 명성, 돈, 권력, 사랑, 성공 등을 좇아 '기적의 브로드웨이', '죽어버린 희망의 묘지', '찬스의 현관문'이라고 불리는 브로드웨이로 몰려들고 있다. 그래서인지 성공을 향해 달리던 사람이 어느 순간 성공을 이루어 위대한 존재가 되었을 때 전 세계 사람들은 '브로드웨이를 지배할 사람이 나타났다.'며 무척 부러워한다.

하지만 브로드웨이는 그토록 간단하고 신속하게 정복당하지 않는다.

브로드웨이는 재능을 꿰뚫어 보는 힘을 갖고 있고 천재를 인정하기는 하지만, 그런 사람에게 돈으로 보상하는 경우는 그가 결코 활동을 중단하지 않으리라는 확신이 선 다음이다. 그런 사람 가운데 끈기를 가지고 있던 대표적인 인물이 바로 여성 작가 페니 허스트다.

허스트는 1915년에 뉴욕으로 온 뒤 글을 써서 큰돈을 번 인물이다. 뉴욕에서, 그것도 여성 작가가 글만으로 돈을 버는 일은 결코 쉽지 않음에도 말이다. 허스트는 글을 쓰기에 앞서 넉 달 동안 뉴욕 뒷골목을 답사했고, 그곳을 소재로 작품을 썼다.

낮에는 일을 하고 밤에는 글을 쓰던 그녀는 희망이 깨져 가려 할 때에도 결코 "브로드웨이, 네가 이겼다." 같은 약한 말을 내뱉지 않았다. 오히려 "브로드웨이, 너는 수많은 사람들을 내쫓았지만, 나에게는 결코 그렇게 할 수 없을 거야. 네가 그 일을 포기하도록 만들겠어."라고 부르짖었다.

그녀는 자신의 작품을 들고 많은 출판사를 찾아 다녔지만 번번이 퇴짜를 맞았고, 심지어 『새러데이 이브닝 포스트』는 그녀의 작품을 서른여섯 번이나 거절했다.

하지만 그녀는 결국 그 두꺼운 벽을 뚫고 말았다. 보통 작가라면 이렇게 거절을 많이 당하면 글쓰기를 포기하고 말테지만, 그녀는 4년 동안이나 끈기있게 출판사를 찾아 다녔다. 그러면서 자신은 할 수 있으며 반드시 승리한다는 결의를 더욱 확고히 다져갔다.

그런 그녀는 끈기에 대한 보답으로 출판사가 자신의 아파트 문을 두드리는 기회를 잡았으며, 돈이 쏟아져 들어오기 시작했다.

마침내 그녀는 작품 인세와 영화 판권으로 다 셀 수 없을 정도로 많은 돈을 벌었으며, 돈은 계속해서 홍수처럼 밀려들어왔다.

허스트의 예에서도 알 수 있듯이 막대한 재산을 쌓아올린 사람은 누구나 처음부터 끈기를 체득하고 그것을 실천으로 옮긴다.

브로드웨이는 어느 거지에게나 커피와 샌드위치쯤은 던져준다. 그러나 큰 꿈을 꾸는 사람에게는 위대한 끈기를 요구한다. 그러니 내가 계속해서 끈기를 강조하지 않을 수 없지 않은가!

끈기는 다른 마음가짐들과 마찬가지로 몇 개의 정확한 기반을 뒷받침으로 하고 있으며, 계속해서 발전해 나갈 수 있다.

그 뒷받침은 다음과 같다.

1. 목표의 명확성

자신이 무엇을 원하는지를 정확히 아는 것이 끈기를 키우는 데 있어서 제일 중요하다. 확고한 동기가 있어야만 여러 난관도 극복해 나갈 수 있기 때문이다.

2. 욕망

목표를 추구하려는 욕망이 강하다만 끈기를 체득하고 발휘하는 일은 비교적 쉽다.

3. 자기 신뢰

계획을 수행할 수 있는 자신감이 있다면 끈기를 가지고 계획대로 일을 진행해 나갈 수 있다.

4. 계획의 확실성

계획이 조직적이라면, 비록 결함과 비현실적인 요소가 포함되어 있다고 해도 끈기를 키우는 데 큰 도움이 된다.

5. 정확한 지식

계획이 건전할 뿐 아니라 경험과 관찰이 뒷받침되어 있다면, 끈기를 발휘하는 데 효과적이다. 단, '지식'이 아닌 '추측'만으로 계획을 진행해 나간다면 끈기는 파괴되고 말 뿐이다.

6. 협력

다른 사람들에게 동정적이며, 그 사람의 처지에 서서 이해하고 협조적인 자세를 취하는 일은 끈기를 키우는 중요한 요소다.

7. 의지력

목표를 확실히 달성하기 위해서 계획을 작성할 때 사고를 집중하는 습관을 가진다면 끈기를 키우는 데 큰 도움이 된다.

8. 습관

끈기는 습관에서 비롯된다고 해도 과언이 아니다. 일상적으로 정신 집중을 하는 데 어려움이 없다면 훌륭한 습관을 형성할 수 있으며, 끈기도 함께 발전한다.

▶ 돈을 늘리는 마음가짐

누구나 저축을 할 수는 있다. 그러기 위해서는 끈기와 단호한 결심을 하지 않으면 이룰 수 없다. 젊은 시절에는 검소해야 하며 낭비와 허식 같은 절제 없는 행동에 주의해야 한다. 자주 돈을 빌려 써서는 안 된다. 그런 나쁜 버릇은 돈도 잃고 친구도 잃는 더 큰 손해를 입는 경우가 많다. 절약하고 싶다면 지금도 늦지 않다.

무엇보다도 당신은 필히 절약해야만 한다. 당신이 꼭 기억해야 할 것은 금방 필요없는 자질구레한 것에 절대로 돈을 쓰지 말라는 것이다. 그리고 빈틈없는 계획성이 당신 생활 전반에 걸쳐 침투되도록 하는 것이다. 아무튼 일찍부터 돈에 뜨기 바란다. 그리하여 찬란한 노후를 마음껏 즐기기를 바란다.

끈기를 키우는 4단계

생각하는 것이 인생의 소금이라면
희망과 꿈은 인생의 사랑이다.
꿈이 없다면 인생은 쓰다.
_캐런 리튼

1. 명확하고 구체적인 목표를 가지고 그것을 달성하기 위해 불타는 욕망을 마음속에 품는다.
2. 뚜렷하고 체계적인 계획을 가지고 그것을 끊임없이 실천에 옮긴다.
3. 용기를 꺾는 소극적인 일에는 마음을 닫고 돌아보지 않는다. 여기에는 친척이나 친구들의 충고도 포함된다.
4. 계획이나 목표를 수행하는 데 있어서 당신을 격려하는 사람들과 우호적인 관계를 유지한다.

이 4단계는 많은 돈과 권력, 그리고 세계적 명성을 가져다주는 중요한 요소다. 이 4단계를 통해 당신은 두려움, 실망, 무관심을 극복할 수 있을 것이다.

또한 자신이 가고 싶은 곳이면 세계 어디든 갈 수 있는 특권을 선사해줄 뿐 아니라, 자신이 추구하는 인생의 가치가 아무리 높아도 그것을 이루게 해주는 것이 바로 이 4단계다.

많은 돈을 모으고 싶다면 문제점을 극복하라

인생은 하나의 경험이다.
경험이 많을수록 더 좋은 사람이 된다.
_에머슨

끈기를 뒷받침하는 앞의 8개 항을 하나하나 면밀히 검토해 보면, 자기 자신을 좀 더 잘 알게 될 뿐만 아니라 인생을 살아가는 새로운 방법도 터득하게 될 것이라 믿는다.

또 현재의 자신과 자신이 달성하고자 하는 목표 사이를 가로막고 있는 많은 장애와 적이 무엇인지도 깨달을 수 있을 것이다.

따라서 앞의 8개 항을 주의 깊게 연구해서 자신이 어떤 인간이며, 또 무엇을 할 수 있는 인간인지에 대해 진지하게 생각해 보기 바란다.

다음에 나오는 내용은 많은 돈을 벌고자 하는 사람들이 완벽하게 극복해야 할 문제점들이다. 이 또한 자기 자신을 되돌아보는 좋은 계기가 될 것이다.

1. 자신이 버리는 것이 무엇인지를 모르며, 또 그것을 명백하게 정의하지 못한다.
2. 원인이 있든 없든 주저주저하는 일이 많다. 이런 사람들은 대부분 핑계나 변명을 늘어놓는다.
3. 전문지식을 얻는 데 전혀 관심을 기울이지 않는다.
4. 문제에 대해 진지하게 생각하지 않을 뿐 아니라, 어떤 문제가 생기

든 우유부단하게 내일로 자꾸만 미룬다. 그리고 예외없이 변명이
앞선다.

5. 문제 해결을 위해 정확한 계획을 세우려 하지 않으며, 이 핑계 저 핑
계만 늘어놓는다.

6. 자기 세계에 너무나 만족하고 있다. 이런 사람은 전혀 희망이 없을 정
도로 심각한 상태다.

7. 자신의 실수를 다른 사람에게 떠넘긴다. 그러다가 궁지에 몰리면 어
쩔 수 없이 자신의 실수를 인정하는 나쁜 습관을 가지고 있다.

8. 욕망이 강하지 않아서 행동을 일으키는 동기 포착에도 게으르다.

9. 단 한 번의 실패로 자신의 계획을 모두 포기한다.

10. 조직화된 계획이 없기 때문에 어디를 어떻게 고쳐야 하는지 분석조
차 못한다.

11. 아이디어나 기회가 눈앞에 와 있는데도 붙잡으려 하지 않는다.

12. 계획이 현실적이지 않고 뜬구름만 잡는 격이다.

13. 돈을 모으는 대신 가난과 타협하는 습관을 가지고 있다. 이런 사람들
은 일반적으로 '이러이러한 사람이 되고 싶다.' '이러이러한 일을 하고
싶다.' '이러이러한 물건을 가지고 싶다.' 같은 구체적인 욕망이 없다.

14. 돈을 모으는 지름길만 찾으려 할 뿐 그에 상응하는 노력을 하지 않
는다. 이런 사람들은 습관적으로 도박을 하거나 물건 값을 심하게
깎으려고 한다.

15. 비난이 두려워서 다른 사람을 지나치게 의식하기 때문에 어떤 계획
을 짜거나 실행하지 못한다. 이는 잠재의식에 해당하는 부분으로,
명확한 형태로 나타나지는 않는다.

부자는 바란다고 되는 것이 아니다

지금부터 당신이 만나는 100명의 사람들에게 인생에서 가장 원하는 것이 무엇인지를 물어보라. 그럼 그 사람들 가운데 99명은 바로 대답을 하지 못할 것이다.

만일 당신이 대답을 꼭 해 달라고 요구한다면, 몇 사람은 '안전'이라고 대답할지도 모른다. 또 '돈'이라고 말하는 사람도 있을 테고, '행복'이라고 말하는 사람도 있을 것이다.

나머지 사람들은 '사회적 지위', '안락한 생활', '전문가가 될 수 있는 능력'이라고 말할 수도 있다.

하지만 그들 가운데 이런 단어들의 정확한 정의를 말할 수 있는 사람은 거의 없을 것이며, 이렇게 명확하지 못한 소원들을 이루기 위한 어떤 계획도 말하지 못할 것이다.

부자는 바란다고 해서 될 수 있는 것이 아니다. 부자는 뚜렷한 욕망을 바탕으로 명확한 계획을 수립한 뒤 끈기를 가지고 실행할 때만 이룰 수 있는 것이다.

the law of SUCCESS

두려움을 없애야 한다

▶ **당신의 성공을 위한 조언**

1. 주위를 살펴보라. 쓸데없는 두려움이 당신의 앞길을 가로막고 있지는 않은가? 두려움이란 단지 마음의 상태일 뿐이다.

2. 두려움을 없앨 수 있는 습관들을 익히는 것이 중요하다.

3. 두려움은 흔할 뿐 아니라, 어떤 것은 정당하기까지 하다. 그러나 당신이 우유부단함과 의심에서 벗어나지 않는 한 두려움을 뿌리박은 채 자랄 것이다.

4. 돈을 생각하고 큰 부자가 되는데 변명만큼 장애가 되는 것도 없다.

두려움에 대한 준비된 마음을 가져라

패배란 무엇인가? 단지 교훈일 뿐이다.
좀 더 좋은 것으로 향하는 발걸음이다.
_필립스

    이 원칙을 성공적으로 활용하기 전에 먼저 하나의 준비가 필요하다. 그리 어려운 준비는 아니고, 성공하는 데 있어서 큰 적이 되는 우유부단함과 의심, 두려움을 이해하고 분석하는 일이 필요하다.

    육감은 이 세 가지 적 가운데 하나라도 마음속에 있으면 결코 작용하지 못한다. 게다가 무서운 이 세 가지 적은 매우 긴밀한 관계를 이루고 있어서, 어느 하나가 발견되면 다른 두 가지도 함께 그곳에 있다는 사실이다.

    여기에서는 여섯 가지의 근본적 두려움의 원인과 구제 방법에 대해 살펴볼 것이다. 단, 당신은 그 적들을 지배하기 전에 그것의 이름, 습관, 거처를 알아야만 한다.

    만일 여섯 가지 일반적인 두려움이 느껴진다면 조심스럽게 그것을 분석하도록 하라. 하지만 그것들은 이따금 측정하기 어려울 정도로 잠재의식 깊은 곳에 숨어 있기도 하다.

두려움은 마음먹기에 달려 있다

두려움은 인생이란
기계에 끼여 있는 모래알과 같다.
_스탠리 존스

가장 일반적인 두려움은 가난, 비난, 병, 실연, 늙음, 죽음 등이다.

처음 세 가지는 대부분의 사람들이 갖고 있는 일반적인 두려움인 반면, 나머지는 그리 일반적이진 않다.

두려움이란 오직 정신 상태에서만 존재하며, 사람의 정신 상태는 언제든 조절할 수 있다. 인간은 맨 처음부터 생각의 충동이란 형태로 인식되지 못한 것들은 단 하나도 만들어 내지 못한다.

하지만 생각의 충동으로 인식되면, 그것이 의식적이든 무의식적이든 즉시 행동으로 옮겨지기 시작한다. 이는 곧 모든 사람은 자신의 마음을 명백히 조절할 수 있는 능력을 가졌다는 의미다.

즉, 모든 사람은 다른 사람의 지혜를 받아들여 생각의 충동으로 인식하기 위해 마음의 문을 열기도 하고, 반대로 자신의 기회로만 생각의 충동을 인정하면서 마음의 문을 단단히 닫기도 한다.

자연은 인간에게 사고라는 절대적 지배력을 부여해 주었다. 만일 모든 사고가 물질적 자산으로 스스로를 표현하는 경향을 가졌다는 것이 사실이라면, 두려움에 대한 생각의 충동은 용기와 경제적 이득으로 전환되지 못한다는 것도 사실이다.

두려움을 없애기 위해서는 자기 분석이 필요하다

모든 거짓 중에서 으뜸가는 가장 나쁜 것은
자기 자신을 속이는 일이다.

_J. 베일리

두려움은 이성을 무기력하게 만들고 상상력을 파괴하며, 자기 신뢰를 죽이고 정열을 약화시키며, 독창성을 꺾고 목적을 불확실하게 만들 뿐 아니라, 사람을 주저하게 만들고 자기 통제를 불가능하게 만든다.

또한 사람의 성격에 주문을 걸어 정확한 사고력을 파괴하고, 집중적인 노력을 할 수 없게 만든다. 그리고 사랑을 잃게 만들고 마음의 세련된 감정을 없애며, 우정을 저버리게 하고 재앙을 야기하며, 잠을 못 자게 괴롭힘으로써 불행과 곤경 속으로 이끈다.

인간의 자기 분석은 스스로가 밝히길 꺼려 하는 약점을 드러내는 하나의 유용한 방법이다. 이 방법을 사용하면 자신에 대해 좀 더 많은 것을 알게 되고, 그럼 인생을 살아가는 길이 훨씬 더 수월해진다.

그럼에도 자기 분석이 두렵다면 당신을 공정히 판단해 줄 수 있는 사람에게 협조를 구하라. 체면이나 자존심 따위는 다 걷어치우고 용감하게 협조를 부탁하는 것이 더 많은 효과를 가져오는 효과적인 방법이다. 그럼 당신은 좀 더 쉽게 자신의 기질을 파악할 수 있을 것이다.

사람들에게 제일 두려워하는 것이 무엇이냐고 물으면 대부분 하나도 없다고 대답한다. 이런 사람들은 두려움의 형태를 띠는 정신적, 육체적 속박을 깨닫지 못하기 때문에 잘못된 대답을 하는 것이다.

즉, 두려움의 감정은 예민하고 깊이 뿌리박혀 있는 탓에 인간은 그것을 짊어지고 살아가면서도 결코 두려움을 느끼지 못한다.

따라서 용기 있는 자기 분석만이 자신의 두려움과 약점을 밝힐 수 있는 유용한 방법이다.

▶ 자기 암시의 법칙

만일 당신이 파멸한다고 생각하면
당신은 파멸한다.
당신이 어쩔 수 없다고 포기하면
아무것도 성취하지 못한다.
당신이 이길 수 없다고 생각하면
승리의 여신은 당신에게 미소짓지 않는다.
성공은 당신의 의지에서 비롯되며
정신 상태에 의해서 결정되는 것이다.

당신의 생각이 성공을 원한다면 당신은 성공한다.
높은 지위에 오르고 싶으면 반드시 이루어진다는 신념을 가지면 된다. 인생은 언제나 강하고 약삭빠른 사람 편에 서 있는 것이 아니다. 모든 성공한 사람들은 '나는 성공할 수 있다. 나는 해낼 수 있다.'라고 생각한 사람들이다.

가난과 부는 가는 길 자체가 다르다

죽음이 당신의 문을 두드릴 때에 당신은 그에게 무엇을 바치겠습니까.
나는 내 생명이 가득한 광주리를 그 손님 앞에 내놓겠습니다.
나는 그를 빈손으로 보낼 수가 없기 때문입니다.

_타고르

가난과 부 사이에는 어떠한 타협도 없다. 가난과 부로 이끄는 각각의 길은 늘 반대 방향으로 뻗어 간다.

따라서 만일 부자가 되고 싶다면 가난으로 이끄는 어떠한 환경도 거부한 채 받아들여서는 안 된다(여기서 부란 정신적, 물질적, 경제적, 신체적 형태를 말한다).

만일 지배할 수 있는 정신 상태를 소홀히 했기 때문에 돈을 모으는 데 실패했다면 어떠한 변명도 통하지 않으며, 책임을 피할 수 없다.

단, 정신 상태는 돈을 주고 살 수 있는 성질의 것이 아니며 창조된 이후에는 자기 스스로 책임을 져야 한다.

▶ 가난은 계획이 필요 없다

가난과 부는 흐름이 바뀌는 물줄기와 같다. 그러므로 모든 사람들은 이 인생의 물줄기의 존재를 알려고 매달린다. 때로 그것은 인간의 사고력을 통해 이루어질 수 있다. 그 사고력의 적극적인 감정은 행운을 수반하는 물줄기의 한 부분으로 나타난다. 소극적인 감정은 가난으로 떨어지게 하는 지류를 이룬다. 그러므로 부가 가난을 대신할 때, 그 변화는 계획을 잘 세워 주의깊게 수행함으로써 일어난다. 하지만 가난은 아무런 계획도 필요하지 않는다.

가난에 대한 두려움을 나타내는 여섯 가지 징조

돈만 있어도 안 된다. 꿈이 있어야 한다.
꿈만 있어도 안 된다. 돈이 있어야 한다.
몽상적인 것과 상업적인 것을 결합하는 것. 이것이 나의 철학이다.
_세실 로즈

1. 무관심

대부분은 야심 부족, 참을 수 없는 가난, 정신적 · 신체적 게으름, 상상력 · 정열 · 자기 통제 부족으로 나타난다.

2. 우유부단함

다른 사람의 사고를 받아들이는 습관으로, 이쪽도 저쪽도 아닌 위치에 서 있는 상태다.

3. 의심

실패를 변명할 때 나타나며, 이따금 성공한 사람을 비난하고 시기하는 형태로 나타나기도 한다.

4. 근심(걱정)

지나치게 과소비를 일삼는 사람들을 비난하고 욕하며 얼굴을 찡그리는 것으로 표현된다. 신경과민인 동시에 자기 의식과 평정의 부족 현상이다.

5. 지나친 신중함

환경, 사고(思考), 성공의 방법 대신 소극적인 측면을 살피는 습관이다.

6. 지체(연기)

오늘 해야 할 일을 내일로 미루는 습관으로 변명과 구실을 찾느라 시간을 보낸다.

이상의 징조들은 지나친 신중함, 의심, 근심(걱정)과 관련이 있다. 이런 경향을 가진 사람들은 발전의 시금석으로 이 여섯 가지를 사용하고 단련하기보다 자신이 처한 어려움과 쉽게 타협하고 목표를 그냥 포기해 버린다.

즉 번영, 만족, 행복을 돈으로 자기 인생을 흥정하려 한다. 또한 모든 어려움을 극복하기 위해 노력하지 않을 뿐만 아니라 실패한 뒤에야 무엇을 할지 계획을 세운다.

이들에게는 자기 확신, 확고한 목표, 자기 통제력과 주도력, 정열과 야심, 건전한 사고 능력이 결여되어 있다. 게다가 부를 원하고 받아들이는 사람과 교제하지 않고 가난을 받아들인 사람들과 접촉한다.

▶인내력을 기르는 4가지 단계

1. 명확하게 구체적인 목적의식을 가지고, 그 달성을 위해 불타는 욕망을 가질 것.
2. 목표 달성을 위해 보다 현실적인 계획을 세워 끊임없이 실천에 옮길 것.
3. 실천에 있어 소극적인 자세, 용기를 잃는 그러한 불필요한 부작용에 대해서는 굳게 마음의 문을 닫고 뒤를 돌아보지 말 것. 친척이나 친구들의 반대하는 충고도 예외는 아니다.
4. 자기의 성공계획이나 목표를 수행하는데 있어서 격려해 주는 사람들과 우호적인 관계를 맺는다.

비난에 대한 두려움

예술은 채찍을 사용하지 않고
인간을 교육할 수 있는 유일한 수단이다.

_버나드 쇼

　요즘 정치가들은 덕망과 자격을 갖추려 하기보다 경쟁자를 비난함으로써 자신의 업무를 끝마치고 있다. 그래야 자신에 대한 다른 사람들의 비난을 어느 정도 감내할 수 있기 때문이다. 이런 비난에 대한 두려움은 고도로 발달한 사회 안에서 더욱 다양한 형태로 나타난다.

　한 예로, 눈치 빠른 의류업체들은 매 계절마다 옷 스타일을 바꿈으로써 이득을 취하려 한다. 즉, 그들은 인간이 너무나 싫어하고 누구나 공포감을 느끼는 '비난에 대한 두려움'을 충분히 활용하고 있다.

　자동차업체도 마찬가지다. 자동차업체가 매년 신차를 출고하는 이유도, 사람은 누구나 다수에서 벗어날 때 받을 수 있는 비난을 감내할 자신이 없어서 유행이 지난 차를 사려고 하지 않기 때문이다. 그 정도로 사람들은 남을 의식하며 살아가고 있다. 가장 가까운 사람이 때로는 비난에 대한 두려움을 심어주는 공격자가 되기도 한다. 예를 들어 불필요한 비난으로 아이의 마음에 열등감을 심어주는 부모가 이 사회에는 너무 많다.

　훌륭한 부모는 아이에게 건설적인 암시를 심어줌으로써 인간의 본성을 긍정적이고 적극적으로 만드는 사람들이다.

　반면, 비난은 인간의 마음속에 두려움과 공포심, 분개를 심으며 그 상황에서는 어떠한 애정이나 사랑도 자라지 못한다.

비난에 대한 두려움을 나타내는 일곱 가지 징조

비난에 대한 두려움은 가난에 대한 두려움만큼이나 일반적으로, 사람으로 하여금 주도권을 상실하게 만들고 기력을 빼앗아 가기 때문에 성공에 치명적일 수밖에 없다.

다음은 비난에 대한 두려움을 나타내는 징조들이다.

1. 자기의식

보통 회의나 대화 등에서 불안 증상이나 의기소침의 형태로 나타나며, 손이나 발을 떨거나 시선 처리를 제대로 하지 못한다.

2. 침착함의 결여

다른 사람들 앞에 서면 서투른 몸짓을 보이거나 기억력이 떨어져 초조해 하고 말소리의 크기를 조절하지 못한다.

3. 약한 성격

확고한 결단을 내리지 못하거나 자기 의견을 발표하는 능력이 부족해 대화보다는 한편으로 비켜서려는 경향이 있다. 다른 사람들의 의견에 대부분 생각없이 동의한다.

4. 열등의식에 대한 강박관념

열등감을 감추기 위해 말과 행동으로 자신을 드러내 보이려고 한다. 즉

과장해서 말하고, 다른 사람들의 옷이나 태도를 흉내 내며, 자신의 경험을 자랑한다. 때로는 겉으로 우월감을 나타내고 싶어한다.

5. 무절제

다른 사람에게 지고 싶지 않아 자신의 수입을 넘어서는 지출을 한다. 즉, 낭비 습관이 있다.

6. 주도권의 부족

자기 성취를 위한 기회를 잡는데 대부분 실패하고, 자기 의사를 발표하는데 주저하며, 자신의 생각에 확신이 없어서 우수한 사람에게 질문을 받으면 회피하려 한다. 또한 태도와 언어 선택에 주저하는 경향이 있고, 거짓말이나 거짓 행동을 한다.

7. 야심의 결여

정신적 · 육체적으로 게으르고 자기 주장이 부족하며, 결론에 도달하는데 늦고, 다른 사람의 영향을 쉽게 받는다. 사람이 없는 곳에서 그를 비난하고, 앞에서는 아첨하며, 다른 사람이 반대할 때 저항하거나 자신의 패배를 아무런 반대없이 시인하는 습관을 가진다.

또한 이유없이 다른 사람을 의심하고 언어적으로 재치가 부족해 실수를 비난하는 말을 결코 받아들이지 못한다.

병에 대한 두려움

병에 대한 두려움은 신체적 · 사회적 유전일 수 있으며, 늙음이나 죽음과 깊은 관련이 있다. 왜냐하면 좋지 못한 건강은 인간을 '두려운 죽음의 세계'로 이끌기 때문이다.

한 권위 있는 내과의사는 75%에 해당하는 사람들이 우울증을 치료하기 위해 전문의를 찾고 있다고 말했다. 그들은 주로 병에 대한 두려움을 호소했고, 심지어 두려움을 느낄 만한 아무런 원인도 없는데 때때로 죽음을 두려워하는 신체적 증상을 만들어 냈다.

몇 년 전에 시행한 한 실험에서 암시만으로도 사람의 병을 악화시킬 수 있다는 결론이 나오기도 했다. 즉, 우리는 피시험자에게 "어디가 아프십니까? 매우 중병인 것 같군요."라고 말했다.

그들은 처음에는 대부분 "아니요. 아무렇지도 않아요."라고 대답했다. 그런데 똑같은 질문을 다시 던지자 "글쎄요, 기분이 좋지 않은 것 같네요."라고 대답하더니, 세 번째 물어봤을 때는 실제로 아픈 듯한 표정으로 대답하기조차 힘들어 했다.

요즘에는 이런 인간의 정신 상태를 악용해 약품을 파는 제약사나 약사가 많아지고 있는 실정이다.

병에 대한 두려움을 나타내는 일곱 가지 징조

추위에 떤 사람일수록 태양의 따뜻함을 느낀다.
인생의 고뇌를 겪은 사람일수록 생명의 존귀함을 안다.
_휘트먼

1. 자기 암시

모든 종류의 질병 증상을 찾는 데 열심인 암시의 소극적 습관이다. 자신에게 병이 있다고 생각하고 그것을 실제로 믿는다. 그 결과 전문의의 처방 없이 식이요법이나 운동 요법을 감행한다. 가정 비상약이나 의약품, 엉터리 약을 지나치게 믿는다.

2. 우울증

늘 병을 생각하고, 병에 마음을 쏟으며, 신경쇠약이 될 때까지 병의 증상이 나타나길 기대한다. 이 상황에서는 어떤 약도 효과가 없다. 이는 소극적인 사고에서 오는 것인 만큼 적극적인 생각으로 애정을 가지고 치료해야 한다. 우울증은 실제로 병이 있는 사람처럼 심한 손상을 가져오기도 한다. 대부분의 신경쇠약 환자들도 상상 속의 병에서 시작해 병을 키운 것이다.

3. 게으름

병에 대한 두려움은 때때로 신체 운동과 관련이 있는데, 활동이나 운동을 싫어할 정도로 게으른 사람은 비만으로 인해 실제 병을 얻을 수 있다.

4. 감수성

병에 대한 두려움은 몸의 저항력을 파괴해 병원균이 침투할 수 있는 조건을 만들기도 한다. 병에 대한 두려움은 가난과도 밀접한 관련이 있는데, 특히 우울증을 앓는 사람들은 병원비와 진찰비 외에도 돈 걱정을 끊임없이 해댄다. 이런 사람들은 병과 죽음에 대한 이야기로 많은 시간을 허비하며, 공동묘지와 장례식을 위해 돈을 저축한다.

5. 응석받이

간교하게 중병을 앓고 있는 듯이 행동함으로써 다른 사람들에게 동정을 받으려고 한다. 이는 게으름을 감추기 위한 하나의 습관이다.

6. 무절제

원인을 파악하는 대신, 두통이나 신경통 같은 고통을 없애기 위해 술이나 약물에 의존한다.

7. 걱정

병에 관한 책을 읽거나 병에 걸렸을 때 극복할 수 있을 지의 여부를 걱정한다. 의약품 관련 광고를 유심히 읽는다.

▶ 꼴찌의 자기 신념

언제 배움의 즐거움을 발견하는가는 사람에 따라 각기 다르지만, 영국의 수상으로서 노벨상을 수상한 윈스턴 처칠의 경우에는 상당히 나이를 먹고 난 후였다.
그의 말에 의하면 만 22세가 되어서야 처음으로 향학심이 생겼다고 했다. 처칠이 낙제생이었던 것을 아는 대부분의 사람들은 이렇게 생각한다.
'낙제생이라도 일국의 수상이 되기도 하고 노벨상을 받기도 한다. 역시 학교의 성적은 꼭 필요한 것이 못된다.'라고 말했다.

실연에 대한 두려움

우리의 삶에 있어서 정말로 사람을 놀라게 하고
평소의 생각을 송두리째 바꾸어 놓는 큰 생각이 있다.
그것은 바로 연애이다.

_스티븐슨

실연에 대한 두려움은 분명히 일부일처제라는 사회적 제도에서 비롯된 것으로, 다른 여섯 가지 두려움 가운데 제일 고통스럽다. 그리고 이와 유사한 신경증세는 사랑을 잃는 것에 대한 인간의 두려움에서 자라난다.

사랑을 잃는 데 대한 두려움은 아마도 남성이 여성을 짐승 같은 힘으로 빼앗았던 석기시대로까지 거슬러 올라가지 않을까 싶다.

하지만 그 기술은 나날이 바뀌어서 오늘날에는 무력 대신 여성을 설득하고 예쁜 옷이나 자동차를 사 주는 등 힘보다 더 효과적인 기술로 이성을 유혹하고 있다.

세밀한 분석 자료에 의하면, 여성은 남성보다 실연에 대한 두려움에 훨씬 더 민감하다고 한다.

이러한 경향은, 여성은 신이 점지해준 남편만을 생각하고 자신의 라이벌에게 남편을 빼앗겨서는 안 된다는 사실을 경험으로 배웠기 때문에 나타나는 것이다.

실연에 대한 두려움을 나타내는 세 가지 징조

연애는 열병과 같은 것이어서 의지와는
아무런 상관없이 생겨났다가 사라진다.
그러므로 연애는 연령과는 상관없다.
_스탕달

실연에 대한 두려움을 뚜렷이 구별할 수 있는 징조로는 다음과 같은 것들이 있다.

1. 시기와 질투

근거없이 친구를 의심하거나 배우자를 비난하는 습관을 가지고 있다. 상대방을 믿지 못할 뿐 아니라 모든 사람들을 의심한다.

2. 도박

사랑하는 사람에게 뭔가를 사 주기 위해 노름을 하고 훔치고 속이며 아슬아슬한 기회를 잡으려고 한다. 불면증, 신경쇠약, 의지 박약, 자기 통제와 신뢰 부족 등을 불러일으키기 쉽다.

3. 비난

아무런 이유없이 또는 사소한 일로 친구, 친척, 동료, 배우자를 비난하며 그들의 잘못을 찾아내려고 애쓴다.

늙음에 대한 두려움

나는 용기를 잃지 않는다.
내가 겪어온 역경은 나에게 힘을 북돋아준다.
인간의 신뢰는 나에게 희망을 준다. 나는 이를 믿으려 한다.
_슈바이처

늙음에 대한 두려움 때문에 사람들은 자신의 재산을 부러워하는 주위 사람들을 불신하게 되고, 알 수 없는 또 다른 세계에 대한 무서운 상상을 자주 한다.

물론 늙으면 늙을수록 병에 걸릴 가능성이 높아지며, 이것이 바로 늙음에 대한 두려움의 일반적인 원인이다.

늙음에 대한 두려움은 대부분 가난의 가능성과도 밀접한 관련을 갖는다. 즉, '가난한 집'은 아름다운 세계가 아니며, 이는 여생을 보내려는 사람의 마음에 찬물을 끼얹는 것이나 마찬가지다.

무엇보다도 경제적, 육체적 자유뿐 아니라 자립심마저 잃게 된다는 두려움이 그 원인이 되기도 한다.

▶기쁨과 감사의 마음을 갖는다

성공하고 승리한 때에 기뻐하는 것은 누구나 할 수 있다. 그러나 진정한 성공자는 실패조차도 자신의 것이라고 생각하고 기뻐하며 감사하게 즐길 수 있는 사람이다.

성공한 사람은 모두를 기쁨으로 받아들이고, 실패한 사람은 모두를 슬픔으로 받아들인다.

늙음에 대한 두려움을 나타내는 네 가지 징조

인생은 순례자의 여행이다. 인간의 일생은 얼마나 고난이 많은가.
그러나 우리는 이 인생에서 신의 사자, 사랑의 천사에 의해서 위로를 받는 것이다.
그리고 신은 인생의 평범한 사물을 통해서 보다 높은 것을 가르치고 있다는 것을
우리들은 잊어서는 안 된다.
_고흐

1. 빠른 노쇠 현상

정신적으로 성숙한 시기인 40대쯤에 나타난다. 내적 불안감이 증가해
모든 것을 나이 탓으로 돌린다.

2. 늙었다는 핑계

40~50대에 비로소 얻을 수 있는 지혜와 이해에 감사하는 대신, 나이가
들었다는 핑계로 자신의 행동을 변명하려 든다.

3. 독창력의 결여

독창력, 상상력, 자기 신뢰는 자신이 너무 늙어서 아무것도 할 수 없다
고 믿을 때 모두 사라진다.

4. 젊은 척

친구나 또래들이 너무 평범하다는 무모한 생각에 젊은이들의 스타일과
행동을 모방한다.

죽음에 대한 두려움을 나타내는 세 가지 징조

충실하게 사는 것을 알고 있는 사람이
아름다운 죽음을 알고 있는 사람이다.
_테도르

1. 죽음에 대한 생각

나이든 사람이라면 누구나 갖는 생각이지만, 요즘에는 젊은 사람들조차 인생에 대한 긍정적인 사고보다는 죽음을 생각하는 경우가 많다. 가끔 죽음에 대한 생각은 목적이 결여되었거나 무기력, 무능력 상태에서 비롯된다.

이런 생각을 제일 효과적으로 제거하는 방법은 성공한 사람들이 소유했던 불타는 욕망을 갖는 것이다. 바쁘게 활동하는 사람은 결코 죽음에 대해 생각할 겨를이 없다.

2. 가난에 대한 두려움

대부분의 사람들은 가난해질까 봐 두려워한다. 그런데 어떤 사람은 자신의 죽음이 사랑하는 가족에게 가난을 가져올까 봐 두려워한다.

3. 신체적 병

신체적으로 병을 앓고 있는 경우에는 정신적으로 침체되는 경향을 보인다. 그리고 사랑에 대한 실망과 종교적 광신, 정신 이상과 신경과민은 죽음에 대한 두려움을 드러내는 또 다른 징조라 할 수 있다.

두려움이 걱정을 낳는다

걱정은 두려움에 근거를 둔 인간의 정신 형태로, 서서히 그러면서도 꾸준히 생겨난다. 이러한 걱정은 인간의 이성적 능력과 자기 확신, 그리고 독창력을 파괴하는 무덤을 스스로 파는 것이나 마찬가지다. 하지만 걱정은 정신 상태의 하나인 만큼 얼마든지 지배될 수 있다.

안정되지 못한 마음에 희망은 있을 수 없다. 결단을 미루면 미룰수록 인간은 안정을 잃게 된다. 즉, 대부분의 사람들에게는 즉시 결단을 내릴 수 있는 의지가 필요하며 확고한 행동이 뒤따르는 결단에 도달한다면 그 상황에 대해서는 더 이상 걱정이 뒤따르지 않는다.

나는 두 시간 뒤에 사형에 처해질 어떤 사람과 대화를 나눈 적이 있었다. 사형대에 오를 여덟 명의 죄수 가운데 그는 가장 침착했다. 그의 침착함 때문에 나는 그에게 "잠시 후면 영원히 이 세상을 떠나게 될 텐데, 기분이 어떻습니까?"라고 묻지 않을 수 없었다.

그러자 그는 자신에 찬 표정으로 미소를 지으며 거침없이 말했다.

"기분이 좋습니다. 내 걱정이 잠시 뒤면 모두 끝난다고 생각해 보세요. 내 인생은 그야말로 걱정과 고통의 연속이었습니다. 의식주를 해결하는 것조차 큰 고통이자 두려움이었지요. 하지만 이제 곧 그런 걱정을 할 필요가 없습니다. 죽는다는 것이 놀랄 만큼 좋을 뿐입니다. 그래서 이런 나의 운명을 더욱 감사하는 마음으로 받아들이기로 했습니다."

여섯 가지 기본적인 두려움은 사람을 걱정으로 내몬다. 하지만 우리는 피할 수 없는 숙명으로 죽음을 인정하는 결단에 도달한다면 죽음에 대한 두려움에서 영원히 벗어나 아무 걱정없이 목표를 향해 전진함으로써 부를 축적할 수 있다.

그러므로 지금부터 빠른 결단으로 가난에 대한 두려움과 죽음에 대한 두려움에서 벗어나라. 그리고 다른 사람들이 어떻게 생각하며 무슨 말을 하던지 상관하지 말고, 자신만의 결단을 내림으로써 비난에 대한 두려움에서 벗어나라.

그리고 나이 먹는 것을 핸디캡으로 받아들이지 말고, 지혜와 자기 절제와 젊은이들이 알 수 없는 이해력을 가질 수 있는 축복으로 받아들이는 결단에 도달함으로써 늙음에 대한 두려움에서 벗어나라.

두려움으로 가득 찬 사람은 지적인 행동의 기회를 스스로 파괴할 뿐 아니라, 주변 사람들에게도 이런 파괴적 불안을 전달해 그들의 기회까지도 파괴하고 만다.

심지어 집에서 키우는 동물들도 주인의 두려움과 불안감을 자연스럽게 배우게 된다고 한다. 그만큼 두려움과 걱정은 자기 자신뿐만 아니라, 모든 주변 사람들을 괴롭히는 최악의 요소다.

운명의 지배자가 되고 싶다면 두려움을 버려라

자기의 운명을 짊어질 수 있는
용기를 가진 자만이 영웅이다.
_헤세

방송국에서 전파되어 나오는 인간의 음성이 확실하고 재빨리 라디오 수
신기에 이르는 것처럼 두려움으로 인한 걱정 역시 다른 사람에게 쉽게 전
파된다.

소극적인 생각이나 해로운 생각을 말로 표현하는 사람은 실제로 자신의
말처럼 해로운 경험을 하게 되며, 소극적인 결과를 낳고 만다.

즉, 두려움의 가장 큰 폐해는 다음과 같다.

첫째, 파괴적인 생각을 그대로 간직하고 있는 사람의 창조적 상상력을
모두 무너뜨린다.

둘째, 어떤 파괴적인 감정의 정신 상태는 사람들을 불쾌하게 만드는 소
극적 인간형을 만들고, 때로는 그들을 고립주의자로 만들기도 한다.

셋째, 해로운 생각의 충동질은 다른 사람에게도 손해를 입힐 뿐 아니라
그 생각을 받아들이는 사람의 잠재의식 속에서 스스로를 매장해 버린다.

따라서 성공하고 싶다면 물질적 욕망을 충족한 뒤 무엇보다도 행복에
도달해 마음의 평온함을 유지해야 한다.

모든 성공은 생각의 충동에서 시작되며, 인간은 누구나 자신의 마음을
조절할 수 있을 뿐 아니라 자신의 선택에 만족할 수 있는 힘을 지니고 있
다. 따라서 이러한 힘을 바탕으로 좀 더 건설적인 인생을 설계해 나가야

한다.

자신의 생각을 스스로 조절할 수 있는 능력을 갖춘 사람은 운명의 지배
자가 될 수 있다. 즉, 자신이 원하는 대로 인생을 만들면서 주변 환경에 영
향을 미칠 수 있는 것이다.

▶ 당신은 확실히 성공한다

1. 약한 인간일수록 무모한 짓을 하지 않고 기회를 참을성 있게 기다린다.
2. 기회라고 느낀다면 성공한 사람은 적극적으로 자신의 힘으로 붙잡고자 한다.
3. 계획성을 갖고 문제에 몰두하지 않으면 시간을 낭비하게 된다.
4. 건강하지 않으면 안 된다. 육체뿐만 아니라 정신적으로도 건전하지 않으면 충
   분한 노력이나 행동이 불가능하다.
5. 자기 자신을 확립시키고 신념과 자신을 갖는다.
6. 균형을 잃지 않는 중용의 사고를 지닌다.
7. '오늘 하루'를 힘껏 외치고 마음대로 꿋꿋하게 살아간다.

성공 열쇠의 주인은 바로 나 자신이다

삶을 살면서 일을 생각하는 사람은 행복하다.
그에게는 다른 행복을 찾을 필요가 없다.
_칼라일

실패에 대한 변명을 늘어놓는 것은 일반적인 사람들의 나쁜 습관이다. 이 습관은 인류만큼 오래된 것이지만, 성공에는 그야말로 치명적이다. 그런데도 사람들은 왜 변명을 늘어놓는 일에 급급한 것일까?

그 대답은 분명하다. 즉, 한 사람의 변명은 상상 속의 부산물로, 자신의 구상을 지지하려는 인간의 본성인 동시에 뿌리박힌 습관이기 때문이다.

습관을 한순간에 모두 바꾸거나 없앨 수는 없다. 특히 스스로가 그 습관에 어떤 정당한 이유를 부여할 때면 더더욱 그렇다.

플라톤은 '최초의 승리와 최고의 승리는 자신이 정복하는 것이다. 자신에게 정복당하는 것은 가장 수치스러우면서도 비열한 일이다.'라는 진리를 늘 마음속에 되새겼다고 한다.

그리고 앨버트 험바는 "나에게 있어서 습관은 그야말로 불가사의한 대상이다. 왜 사람들은 자신의 약점을 감추기 위해 변명을 만들어 스스로를 어리석게 만드는 데 시간을 허비하는 것일까? 만일 그 시간에 자신의 약점을 치료한다면, 그때부터는 아무런 변명도 필요 없을 텐데 말이다."라고 말했다.

나는 여러분에게 "인생은 장기판이다. 당신의 경쟁 상대는 시간이다. 만일 장기의 말을 놓기 전에 망설이거나 즉시 이동하는 것에 소홀히 한다면, 상대는 당신의 마(馬)를 죽음으로 몰아갈 것이다. 당신의 우유부단함

을 용납하지 않는 상대와 경기를 하고 있는 것이다."라는 말을 상기시키고
싶다.

당신은 어쩌면 인생을 살면서 아무런 강요도 받지 않았을 뿐 아니라, 자
신이 원하는 대로 인생이 흘러왔다면서 그럴 듯한 변명을 늘어놓을지도
모른다. 하지만 그런 변명은 이제 낡은 것이 되어 약효가 떨어졌다.

왜냐하면 오직 당신만이 풍요로움이 가득한 부의 문을 열 수 있는 열쇠
의 주인이기 때문이다.

그 열쇠를 사용하는 데 있어서 더 이상 필요한 것은 하나도 없다. 하지
만 그것을 사용하지 않는다면 그만한 대가를 지불해야 한다. 여기에서 말
하는 대가란 바로 '실패'다.

반면, 열쇠를 사용하기만 한다면 인생을 개척해 나가고 자신을 정복하
려는 사람들에게는 큰 만족이 뒤따를 것이다. 그렇다면 이제부터 새롭게
출발해 확신을 가지고 열쇠를 사용해 보지 않겠는가?

에머슨은 "만일 우리가 인연이 있다면 다시 만나게 되리라."고 말했다.
나도 그의 말을 빌어 마지막으로 "만일 우리가 인연이 있다면 우리는 이
페이지를 통해 만나게 돼 있다."고 말하고 싶다.

▶ 성공한 사람은 창조의 중심이다

기업가는 고독한 위치에 있는 사람이다. 그 자리는 냉엄하고 쓰라린 고통이 따
르는 직책을 소유한 사람이다. 24시간, 그가 겪어야 하는 스트레스와 긴장은 크
게 수지맞는 업무라고 할 수 없다. 그러나 달리 생각해 보면 그 이상 보람있고 즐
거운 직무가 어디에 또 있겠는가?

리더들이 즐겨 읽는 탈무드 한 줄

- 사람들은 돈을 시간보다 소중하게 여기지만, 그로인해 잃는 시간은 금전으로도 사지 못한다.
- 입을 다물 줄 모르는 사람은 대문이 닫히지 않는 집과 같다.
- 너무 높이 오르지 않으면 높은 곳에서 떨어지는 일이 없다.
- 어떤 사람은 젊어도 늙었고, 어떤 사람은 늙었어도 젊다.
- 눈이 보이지 않는 것보다는 마음이 보이지 않는 쪽이 더 두렵다.
- 현명한 사람은 자기 눈으로 직접 본 것을 남들에게 이야기하고, 어리석은 사람은 자기 눈으로 보지 못하고 귀로 들은 것만을 이야기한다.
- 물고기는 언제나 입으로 낚인다. 인간도 역시 입때문에 걸려든다.
- 시계는 일어날 시간을 알기 위해서 쓰여야지, 잠잘 시간을 알기 위해서 쓰여서는 안 된다.
- 인간은 세 가지에 의해서 지탱된다. 지식과 재산과 선행이다.
- 좋은 일을 하는 것은 처음엔 가시밭길이지만, 결국은 평탄한 길로 들어서게 된다. 나쁜 일을 하는 것은 처음에는 평탄한 길이지만 곧 가시밭길로 들어서게 된다.
- 이 세상에 살고 있는 동안에는 영원히 죽지 않을 것이라고 생각하고 모든 것을 계획하라. 그리고 저승을 위해서는 내일 죽는다고 생각하고 계획하여라.
- 1온스의 행운은 1파운드의 황금보다 낫다.

- 가난함은 수치가 아니지만 그렇다고 명예로운 것도 아니다.
- 재물이 많으면 그만큼 걱정거리도 늘어나지만, 재물이 전혀 없으면 걱정거리가 더 많다.
- 돈을 사랑하는 마음만으로는 부자가 될 수 없다. 돈이 당신을 사랑하지 않으면 안 된다.
- 부자가 되는 유일한 방법은 내일 할 일을 오늘 해치우고 오늘 먹어야 할 것을 내일 먹는 일이다.
- 좋은 수입만큼 좋은 약은 없다.
- 돈은 닫힌 문을 쉽게 열 수 있는 황금열쇠이다.
- 겨울 땔감에 필요한 돈을 여름철 한가한 때 놀면서 낭비하지 말라.
- 마음에서의 문은 입, 마음에서의 창은 귀이다.
- 매일매일 자기 자신을 학대하는 자는 이승도 저승도 갈 곳이 없다.
- 남의 결점만 찾아내는 사람은 자기 결점은 찾지 못한다.
- 원한을 품고 난 뒤의 당신의 마음은 개운하지 않을 것이다. 그러나 용서해 준 뒤의 마음은 시원하고 맑다.
- 돈이 없는 것은 인생에서의 절반을 잃은 것이고, 용기가 없는 것은 인생 모두를 잃는 것이다.
- 영웅의 첫 발은 용기를 갖는 일이다.
- 노예라도 현실에 만족하면 자유롭고, 자연스런 인간도 현실에 불만이 있으면 바로 노예다.
- 천국의 출입구는 기도에는 닫혀 있을 수 있지만 눈물에는 열린다.

- 이미 끝나버린 일을 후회하기 보다는 하고 싶었던 일을 하지 못한 것을 후회하라.
- 술이 머리에 들어가면 비밀이 밖으로 밀려나온다.
- 인간의 탄생과 죽음은 책의 앞면과 뒷면 같은 것이다.
- 체중은 그 무게를 잴 수 있으나, 지성의 무게는 잴 수가 없다. 지성에는 한계가 없기 때문이다.
- 사람은 책을 통해 많은 지혜를 얻게 된다.
- 열매가 탐스럽게 열린 나무는 바람에 흔들리지 않는다.
- 지혜로운 자는 빵을 나눌 때 열 번씩 생각하고 나누지만, 우매한 자는 열 번을 나누어도 한 번도 생각나지 않는다.
- 자녀가 성장해가면서 부모를 잊는 것은 부모의 교육이 나쁘기 때문이다.
- 한 사람의 아버지는 열 자녀라도 양육할 수 있으나, 열 자녀는 한 아버지를 봉양할 수 없다.
- 사람을 바꾸고 싶어도 안 되는 것은 자기의 부모이다.
- 선생님으로부터 배우는 것보다도 친구에게, 그리고 학생에게서 배우는 것이 더 많다.
- 어리석은 자의 노년은 겨울이지만, 현자의 노년은 황금기이다.
- 책으로부터 지식을 배우고 인생에서 지혜를 배운다.
- 세 종류의 어리석은 사람이 있다. 첫째는 자신의 어리석음을 알고 있는 사람, 둘째는 자기가 슬기롭다고 자신하는 사람, 셋째는 자기 자신도 남도 모두 어리석다고 생각하는 사람이다.

- 말이 당신의 입안에서 돌고 있을 때 그 말은 당신의 노예이지만, 일단 밖으로 튀어나왔을 때는 당신의 주인이 된다.
- 혀는 마음의 붓이다.
- 현명한 사람은 자기 눈으로 직접 본 것을 남들에게 이야기하고, 어리석은 사람은 자기 눈으로 보지 못하고 귀로만 들을 것을 이야기한다.
- 남의 입에서 나온 말보다 자기 입에서 나오는 말을 잘 들어야 한다.
- 고약한 혀는 고약한 손보다 나쁘다.
- 밤에 이야기 할 때는 소리를 낮추고, 낮에 이야기 할 때는 주위를 살펴야 한다.
- 싸움을 잠재우는 가장 좋은 방법은 침묵이다.
- 침묵도 하나의 대답이다.
- 당신이 비밀을 지키고 있을 때는 비밀은 당신의 포로이다. 그러나 당신이 그것을 말해버린 순간부터 그대는 비밀의 포로가 된다.
- 자기 자랑을 하는 것은 남을 욕하는 것보다 낫다.
- 영혼까지도 휴식이 필요하므로 인간은 잠을 자는 것이다. 입에도 휴식을 주고 남의 말에 귀를 기울여라.
- 즐겁게 오래 살고 싶으면 코로 숨을 쉬고 입은 다물어라.

내 인생이 성공이란 자서전을 쓴다

부자 철학

발 행 2015년 1월 15일 초판 발행

옮긴이 조 덕 현
발행처 문 지 사
발행인 홍 철 부

등록일자 1978년 8월 11일
출판등록 제3-50호

주소 서울특별시 은평구 갈현로 312
전화 | 영업부 02)386-8451(代)
           편집부 02)386-8452
           팩 스 02)386-8453

정가 **14,000**원